小学館文庫

書くインタビュー4

佐藤正午

聞き手 東根ユミ　　ゲスト 盛田隆二

小学館

書くインタビュー ４

目次

Ⅰ かりそめの衣

II 実感

III 前略どんぐり先生

Ⅳ 胎動

I

かりそめの衣

146
東根
2017/01/17
14:55

件名：小説のタイトル

あたらしい年が始まりました。正午さん、今年もよろしくお願いします。

正午さんは、佐世保でどんなお正月をお過ごしだったのでしょう。お節料理は食べましたか？　お雑煮にはやはり特産のあご出汁《だし》を使われるんですか？

年末は特ダネメールをありがとうございました。正午さんの書き下ろし長編小説のタイトルは『月の満ち欠け』、これが今年四月に出版予定、とわかっただけでもわくわくしてきました。さらに「ある登場人物が東京駅に着くところから物語は始まります」と内容についても少しお話をしていただいて、なんだかうずうずしてきました。

質問に移ります。正午さんの、小説のタイトルについて知りたいことがあります。『月の満ち欠け』のタイトルは「書き出す前から」「最初から決まっていました」とのことですが、どうも私はここで首をひねってしまうのです。

たとえば、ある小説家が新作の構想を練っています。主人公の人物像も固まり、ストーリー展開もこんな感じになるだろうとだいたいの見通しもついたとします。そこで初めて、この作品内容にぴったり合うタイトルは何かを考える——小説のタイトルってこんなふうにして決まるんじゃないかと思うんです。

でも、私の知る限り、正午さんはちがいます。手順としてはまったく逆です。『鳩の撃退法』のときも、はじめにタイトルのみありき、だったと教えていただきました。「作中で鳩に喩《たと》えられるものが何なのかすら僕にはわかっていなかった」時期があったようですからね。

こういう順番で、つまり、まずタイトルを決めて、それから（ある意味タイトルに沿ったかたちで）作品の内容や構想を考えていくやり方で、正午さんは小説を書き出されることが多いのでしょうか？　『5』や『アンダーリポート』『身の上話』といったタイトルは、書き出す前から、決まっていましたか？　新作『月の満ち欠け』でも、なんというか、謎かけのお題を与えられた噺家《はなしか》が「整いました！」と声に出すまで思案するかのごとく、タイトルに合う内容や構想、たとえば月に喩えられる何かを考えたり、夜空に浮かぶ月の描写を加えようかなどと模索されていたのでしょうか？

もうひとつ。『鳩の撃退法』というタイトルは、筆ペンで漢字の書き取りをしているとき生まれたとうかがいましたが、今回はどのような経緯で、月の満ち欠け、に行き着いたのでしょうか？　ボツになったタイトル案もありましたか？

件名：二〇一七年

147
佐藤
2017/01/26
12:33

ちょうど一年前に送ったメールをいま読み返して、そうか、去年の正月は競輪のネット投票にのめりこんでたんだな、連戦連敗だったな、とおぼろげに思い出したところです。そこからはじめます。

今年は競輪には手を出していません。毎年おなじバカはやりません。今年の正月はＹｏｕＴｕｂｅのモンスト攻略動画にのめりこみました。

モンストで東根さんには通じるのかどうか知りませんが、これはどうやら「モンスターストライク」というスマホゲームの略称のようですね。ようですねって、つまり、僕自身、モンストのことはなんも知らないんです。まだやったことありません。アプリも持ってません。なんも知らないまま攻略動画の新作を見まくりました。

昔、ネットだのスマホだのなかった時代、石器時代ですね、仮に高校生の頃としときましょうか、吉行淳之介の小説やエッセイにはまったことがありました。文庫本で読みまくりました。

読みつくしてしまうと、そこで終わりじゃなくて、こんどは吉行淳之介つながりで（友人としてエッセイに名前の出てくる）安岡章太郎の本を探して読んでみる。すると安岡章太郎という作家にも興味がわいてきて、エッセイまで読みまくって、それでまた次に安岡章太郎つながりで……とそうやって次から次へ知らない作家の小説を読んでいって、そのうち自分でも書いてみようと思い立って、書いた短編を吉行淳之介が選考委員をやってる公募の新人賞に応募したけどシカトされて、何年後かにもう一回、こんどは長編を安岡章太郎が選考委員をやってる公募の新人賞に応募したら、最終選考に残って、何が嬉《うれ》しいかって、あの（高校時代に愛読した）安岡章太郎に自分の小説を読んでもらえるんだ！　と胸高鳴らせて選評を読んだら、選考委員のなかでその安岡章太郎氏がとくに僕の応募作をけちょんけちょんにけなしてた……みたいな人生の悲哀を味わうことになります。まあ仕方ないですね。人は、自分が愛する人からは、愛されない。

そんな話がしたいんじゃないんです。

僕がお伝えしたいのは、かつての吉行淳之介から安岡章太郎へ、のごとく、今年の正月ポケモンＧＯからモンストへ、ＹｏｕＴｕｂｅのというかスマホゲームのというか、奥深い道を分け入って進んでみたということです。

昨年夏以来、ポケモンＧＯについては何度かメールでも触れてきました。まだ飽きずにやってます。で、YouTubeでポケモンGOの攻略動画をあれもこれもと見まくっているうちに、その、なんていうんでしょう、ユーチューバーとか呼ばれているらしいですが、YouTubeに動画をあげている若い人たち、その人たちのつながりで、モンストの動画を見はじめたわけです。チャンネル登録しているポケモンGO関連の動画を見ちらかして、もちろん新作は毎日あがってきますが、新作が少ない日はそれだけじゃ物足りなくなって、大げさにいえばゲーム動画に対する禁断症状みたいなのがあって、もっとほかにも、未知のユーチューバーとの、未知のゲームとの出会いを求めてみたわけです。

モンストの攻略動画がそんなに面白いかと訊《き》かれれば、そんなに面白くはありません。だってモンスト一回もやったことないし。動画再生中、聞こえてくるのは意味不明の言葉だらけ、つまりユーチューバーの解説が意味不明。カンツーとかカクセイとかマルチとかツーゲージとかユージョーロックとか、なんじゃそれ？　でも物珍しさから退屈はしないで見てしまう。スマホ横向きに持って、ソファに寝ころがって、熟練のプレーヤーがモンストをライブでやってみせる動画を一時間でも二時間でも見てしまう。

見終わって、アプリをダウンロードしてみようかなと気持ちが動く。自分で一回やってみれば、ゲームの流れはつかめるだろう。二回三回と続けてやるうちに、難解なモンスト用語の意味も理解できるだろう。高校時代、吉行淳之介の隣に安岡章太郎の文庫本を並べたように、ポケモンGOの隣にモンストのアプリを並べて、そうやってなじみのゲームの数を徐々に増やしていく。本棚が文庫本で埋まっていったように、スマホの待受けがゲームアプリで埋まっていく。高校時代以降の人生が小説なしでは送れなくなったように、今後、毎日スマホゲームなしでは物足りない人生になる。

そういうのもありか？　……ありだろうな、とちらっと思う。

いまそのあたりです。

以上、「正午さんは、佐世保でどんなお正月をお過ごしだったのでしょう」という質問への、これが回答になります。

ちなみに去年は大吉だった近所の神社のおみくじ、今年はシンプルに吉でした。

さて。

ここから新作のタイトルの話です。

四月に刊行予定の小説『月の満ち欠け』について、前回のメールで、このタイトルは「ハトゲキのときと同様、書き出す前から」決まっていたとお知らせしました。それで間違いではないんです。ただ、ちょっと言葉が足りませんでした。補足します。

「書き出す前」というのは、実際の執筆作業として、iMac のワード縦書き入力画面にキーボードで小説の一行目を打ち込みはじめた日、よりも前という意味で、その意味では確かに（ハトゲキのときと同様）小説を書き出す前からタイトルは決まっていました。が、今回は（ハトゲキのときと違って）タイトル決定より先に、小説の構想は練ってありました。構想を練るって、東根さんがメールでその表現を使っているのをとりあえず借用しただけで、実質そんなに大層なものではありません。小説のあらすじを考えるとか、そのていどのことです。それでいくとハトゲキの場合は、

タイトル↓小説の構想↓執筆開始

の順番、一方こんどの長編『月の満ち欠け』は、

小説の構想↓タイトル↓執筆開始

の順番でした。

まだ小説の構想どころか影も形もなかった頃、いまから五年くらい前ですか、気の早い編集者が佐世保にやって来て、そのとき初めてタイトルの話をしたのを憶《おぼ》えてるんですが——たぶんほろ酔い加減で、戯れに、という感じだったと思います——当時はなにしろ「きらら」にハトゲキを連載中で、ほかの小説に本気出すのがもったいなかったので、編集者と向かい合ってた居酒屋のBGMでたまたま、梓みちよの「メランコリー」という曲が流れていたのが耳に止まって、

♪　それでも　乃木坂あたりでは
　　私はいい女なんだってね

「タイトル、乃木坂あたり、とかどう？」と僕が提案すると、

「うーん。どうかなあ」と編集者は不満げで、

「じゃあ、メランコリーは？」

「うーん。どっちかというとそっちのほうが」

「じゃメランコリーにしよう」

「簡単に決めちゃっていいんですかね」

「いいよ」

「どんな小説になるんですか」

「さあ。メランコリーぽい小説なんじゃない？」

「うーん。ではまあ、とりあえず決めときますか」

「うん、ハトゲキの次はメランコリーで」

ということになりました、その場では。

編集者も手帳にメモを取って帰京しました。

実話です。ちょっと盛っただけです。

らしたがってですね、この四月に出る長編のタイトルがもしメランコリーであったなら、それは東根さん言うところの「はじめにタイトルのみありき」なんですね。もとをたどれば佐世保の居酒屋のBGMから誕生した小説、ということになったと思います。でもそうではありません。

ハトゲキ書きあげて、本になってしばらく経《た》ってから、次に書く長編に頭を向けました。本気出して考えはじめました。そのときにはもうメランコリーなんてタイトル案のことはすっかり忘れていました。というか、居酒屋での一夜のエピソードはいま、このメールを書いている最中にふと、ひさしぶりに思い出したんです。小説のタイトル——その一語をキーワードにして、自分の頭の中の、ここ数年ぶんの出来事をあらいざらい検索しているうちに、あ、そういえば、そういうこともあったなあと記憶がよみがえったんです。たぶんそういうものなんでしょうね、ものを書く現場で、記憶の抽《ひ》き出《だ》しを開けてみるって。

でね、新作の小説のことを本気出して考えはじめてから半年くらい過ぎて、東根さんのお説どおり「主人公の人物像も固まり、ストーリー展開もこんな感じになるだろうとだいたいの見通しもついた」ころ、「作品内容にぴったり合うタイトルは何かを考える、欲を言えば読者の興味をそそるような」のタイミングが訪れ、読者の興味をどれほどそそるかは僕にはわかりませんが、わりとすんなりと『月の満ち欠け』というタイトルを思いつきました。編集者も反対しませんでした。おそらく彼もメランコリーの一件はすっかり忘れてたんじゃないでしょうか。こうしてタイトルが決まったのは二〇一五年春から初夏にかけての時期だったと思います。

それから満を持して、小説の執筆にとりかかりました。

新作のタイトルについての疑問、これで解消されたでしょうか。

なんなら『月の満ち欠け』というタイトルをわりとすんなりと思いついた当時の経緯について、ここで、事細かに説明することも可能です。ですが、説明可能なこと、つまりそれを書けるということと、書くべきこととはまた別ですからね。タイトル決定の経緯を説明するためには、登場人物一覧と、小説のストーリーを一から十まで明かす必要があります。出版前に小説家によって懇切丁寧に明かされたストーリーの小説を、どこの物好きが買って読むんだ？　という問題も生じかねません。買って読んでもらわなければ、原稿料なしの書き下ろしで小説を書いた作家のこの一年はただのボランティア活動になります。……厳密にはならないかもしれませんが、気分はそれに近いものになります。経緯説明は、またの機会に。

四月になれば、東根さんには『月の満ち欠け』を読んでいただけるでしょうし、読んでいただけば、タイトルがわりとすんなり決まった経緯もおのずと想像がついて、正午さんの説明なんかもう要らないと言われそうな気もします。いや、きっとそのような感想を持つはずです。小説じたいの感想は別として、『月の満ち欠け』というタイトルは、小説を読んだひとに、そのようなすっきりした感想をもたらすはず、とこの場で請け合っておきます。ま、読んでみてください。

148
東根
2017/02/17
01:33

件名：厳しいお言葉

正午さん、ほんとうに「けちょんけちょん」にけなされていますね。私、自分の目で確かめて驚きましたし、とても気の毒に思いました。

驚いたというのは、いくら公募の新人賞とはいえ「けちょんけちょん」なんて大げさじゃないかと考えていたからです。気の毒に思ったのは、まるで落選作のように思える評を受けてデビューすることになった、未来ある新人作家の心境を察してです。

正午さんからメールが届いた翌週、国会図書館まで行って確認してきました、『永遠の1／2』がすばる文学賞に選ばれたときの選考委員、安岡章太郎さんの選評を。

今でこそ正午さんは「人は、自分が愛する人からは、愛されない」なんておっしゃっていて、私は笑ってしまったんですけど、手加減知らずの選評を実際に目にすると、笑えなくなりました。正午さんの応募作に好意的な評も多くあるなかで、（引用は少なめにしますが）「この人は、自分が何を書こうとしているかが、よくわかってないんじゃないだろうか」「原稿用紙の無駄遣いとは思わんかね」（「すばる」一九八三年十二月号より）といった厳しいお言葉には、どういうわけか私まで萎縮《いしゅく》してしまいました。

自分が書いた文章について、私もときどき正午さんに絡まれ、そのつど凹《へこ》んでいますけど、その比じゃありませんね。正午さんのお気持ちはいかばかりだったでしょう。これをバネにデビュー第二作こそ！　とめらめら燃えあがるものが、当時の正午さんにはありましたか？「自分でも書いてみよう」と思い立ったとき、こうしたプロの洗礼も覚悟の上、でしたか？

掲載された選評は、選考委員五名の座談会の形になっていましたね。もしかしたらこれが「けちょんけちょん」に拍車をかけたのではないかと私は思います。書く選評ではなく、喋《しゃべ》る選評です。喋るといっても座談会は、さすがに売り言葉に買い言葉みたいな雰囲気ではありませんでしたけど、安岡章太郎さんが対談集をいくつも刊行するほどの論客であったことも確かです。

国会図書館へ行った翌日から、安岡章太郎さんの『文士の友情　吉行淳之介の事など』という本を読みはじめました。ここにも対談や鼎談《ていだん》が収められていますが、私が興味深かったのは吉行淳之介さんの短編「食卓の光景」にまつわるエッセイでした。
安岡章太郎さんはこう書いています（新潮文庫『文士の友情　吉行淳之介の事など』所収「吉行淳之介の事8　俊寛と焼飯」より）。

《食い物の話をしようとおもいます》というのが『食卓の光景』の書き出しだが、次の行には《私が一ぱい飲屋で酒の肴に蓴菜《じゅんさい》を注文したのを、あるとき友人のSが非難したことがある》というのが出てきて一種の波乱を孕《はら》むのだが、この《S》なる人物は章太郎、即《すなわ》ち小生のことである。

と、現実にあったお二人のやりとりを、吉行淳之介さんが短編小説の導入部分に使っていることが明かされています。そこからどれくらい盛って小説に仕立てられているのかはさておき、ここで私が注目したのは、現実にあったことのほうです。だって正午さん、お店で酒の肴《さかな》を注文したら、向かいに座る友人に「非難」された、なんて経験ありますか？　そんな経験、私にはありません。
安岡章太郎さんはエッセイのなかで「彼の行為、あるいは嗜好を非難したつもりはない」と述べたあと、「要するに、吉行が飲屋などで『ボク、じゅんさい』などと注文を発するときのマナーに、私は或《あ》る滑稽《こっけい》を感じたというにすぎない」とつづけています。実際その場でどんな言葉のやりとりがあったのか気になりますが、ともかくこのエピソードには、お二人のキャラクターや、「一種の波乱」もありの、気が置けない間柄がにじみ出ていて印象的です。同書に収録された「弔辞　遠藤周作」のなかには、「遠藤とは半世紀以上、吉行ともほぼそれに近い間つき合ってきて、その長い年月のうちには、何度も喧嘩をしたし、消息の途切れたこともある。しかし、そんなときでも私は、彼等と文学上の生き別れをしたと考えたことは一度もない」といった言葉もありました。「文学上の生き別れ」って具体的にどんなことなのか、私の理解を超えていますけど、安岡章太郎さんが日頃から同業の友人たちと時には厳しい言葉もまじえて、火花の散るような文学議論を交わしていたことはうかがい知れます。

「自分でも書いてみよう」と思い立った頃の正午さんにも、こうした名だたる文士たちの苛烈《かれつ》な渦のなかへ、自分も飛びこんでみたい、という思いが少しはあったのではないでしょうか？　小説やエッセイを書くばかりではなく、作家どうし顔を突き合わせて、小説について本気で意見を交わしてみたい、といった気持ちは当時の正午さんにはありませんでしたか？　そして現在、二〇一七年の正午さんとしてはいかがでしょうか、いまほかの作家と小説の話をしてみたいと思いますか？　たとえば、こういうシチュエーションならどうでしょう。はんぶん、いえ、ぜんぶ私の夢想です、場所は東京でも佐世保でもどこでもいいです。正午さんが一人で飲みはじめた「一ぱい飲屋」に、二人の男性が入ってきました。「おお、佐藤じゃないか！」と声をかけられて、カウンター席の正午さんは気づきます。いまの正午さんと同い年の、安岡章太郎さんと吉行淳之介さんです。正午さんが気後れすることもないでしょう。「隣いいかな？」と吉行淳之介さんは正午さんの右側に腰かけ、「ひさしぶりだな」と左側で安岡章太郎さんが腰をおろしました。乾杯のあと、二人はどちらからともなく、正午さんの新刊『月の満ち欠け』に話題をむけています。「読ませてもらったよ、面白かったなあ」「うん、まあ面白かったことは面白かったけど、ただき……」正午さん、どうしますか？　応戦しますか？　逃げますか？　酒の肴は何を注文しますか？

149
佐藤
2017/02/27
13:33

件名：引きこもり（文学上の）

そうですか、やっぱり、けちょんけちょんでしたか。

僕としては正直、けちょんけちょんは大げさかな、と思って前回のメールに書いたんですが、掛け値なしのけちょんけちょんだったんですね。そう言われてみると「原稿用紙の無駄遣いとは思わんかね」の辛辣《しんらつ》な発言はいまも思い出せます。

　その安岡章太郎氏の発言を活字で読んで、もちろんいい気持ちはしなかったと思うのですが、ただ、いきなり落胆するまえに、面白がって笑った記憶もあります。いまも笑えるでしょう、原稿用紙の無駄遣いとは思わんかね、って。思わんかね、ですよ。応募作は原稿用紙七〇〇枚の長編でしたから、ド素人の、そんなに長い小説を読まされるほうの身になって考えると、そりゃまあね、って認めたくなりますよね。選考委員の僕らだって自分の小説書くのに忙しいのにさ、なんだよ、こいつ、七〇〇枚？　厚かましいにもほどがあるわ、読んでほしいならもっと短い枚数にしろよ。僕が選考委員でも似たようなことは言ったと思う。

　でね、結局その長編が受賞して本になって、僕もプロの仲間入りをしたんですけど、それからしばらくして、若い小説家を主人公にした私小説ふうの『ビコーズ』という長編を書いたとき、そのなかに、

「例の原稿用紙無駄遣い新人はまだ書いてるのかね？」

　とかなんとか、ベテラン作家の台詞《せりふ》を（面白がって）入れ込んだおぼえもあります。

　そういうこと、そういう遊びですね、いまならいろいろ気兼ねしてやれないかもしれません。当時は鷹揚《おうよう》に許されていた、というか見逃されてたんでしょうね。安岡章

太郎氏側からも何も言ってはきませんでした。歯牙《しが》にもかけない、って感じでしょうか。もちろん『ピコーズ』は読んでもらえなかったと確信します。人は、自分を見てほしい人からは、見てもらえない。

そんなふうだったから、べつに萎縮なんかしなかったと思いますよ。また逆に、「これをバネにデビュー第二作こそ！　とめらめら燃えあがるもの」もなかったようです。たぶんそこまで真剣には受けとめなかったんですね。

安岡章太郎氏の発言にかぎらず、デビュー作に対するほかのどなたの発言も、どこ吹く風と受け流して先へ進んだような気がします。まあ本の売れ行きも良かったし、調子に乗ってたんでしょう。まだ若かったしね。体力もあり余ってて、明け方まで遊び回っても、昼過ぎに起き出して締め切り原稿書いて、また夜の街に繰り出す、みたいな無茶、平気でやってたと思います。

ただね、小説をどう評されても萎縮しないとか、どこ吹く風と受け流すとか、一見、カッコ良さげですが、それは、ひとつには僕が佐世保で、ド素人の時代から、ずっと独りでやってきたという事情が絡んでいると思うんです。

ずっと独りって、ずっと独りぼっちで暮らしてきたという意味じゃなくて、小説を読むこと、小説を書くこと、その二点に絞ってなんですが、どちらのキャリアもずっと自分独りでこつこつ積み上げてきた、まわりに誰も、ただの一人も話し相手を持たずにやってきた――家族、友人、知人、先輩、先生、恋人、行きずりの人、男性女性にかぎらず一人も――という意味です。東根さんのメールにあった、「文学上の生き別れ」という安岡章太郎独特の（独特ですね！）言い回しをもじると、僕のこの境遇、いわば「文学上の引きこもり」でしょうか。

小説を読むこと、の話は置いといて、まず極端な話、書いた小説を、アマチュア時代、身近にいる誰かに読ませた経験、一度もありません。書いている小説のことで悩んで、先輩に相談に乗ってもらった経験、まったくありません。小説を書いている、と友人に喋ったことすらなかったと思います。プロの時代に入ってからも、担当の編集者以外、原稿を誰かに読んでもらった、どころか、他人に触らせた経験、一度もありません。

で、実はそれがあたりまえのことなのか、つまり小説を書く人は大半が「引きこもり」がちなのか、そうではなくて僕が特別に非社交的なのか、いまいちはっきりしません。なぜって、小説を書くことにまつわる諸問題を、ほかの人と話し合った経験がないから、僕以外の小説を書く人との情報交換の場を持たないからです。ずっと独りなので。

文学上の引きこもり、もう長いこと続いてるんです。

要するに、書いた小説のこと、誰かにけなされたとしても、どのくらい萎縮していいものか、加減がよくわかりません、独りなのでそばに見比べる相手がいない、物差しになるもの、自分と同じことやってて参考にできる人、同じようにけなされた人、反対にほめられた人、それでじたばたする人、がいない、この目で見たことがない。だから結局、これまでどおり、自己流で、マイペースでやってくしかないんですね。佐藤くんさ、もうちょっと真剣に落ち込もうよ、あんなこと言われて、もっと暗い顔したほうがいいよ、小説家として一皮むけるためにさ、とか忠告してくれる「文学上の」友人でもいたら話は別なんでしょうけど。

小説を書くことにまつわる諸問題、という言い方をいましましたが、ほかにどういう問題があるのか、一例をあげて説明します。

火曜日の電話の謎、というのがあります。

かなり昔——たぶん一九九〇年代だったと思います——まだ自宅の固定電話に出版社から電話がかかってきていたころ、ある日ふと気づいたことがあって、どうも、火曜日になるとよく電話が鳴るようなんですね。べつに統計とったわけじゃなく、印象としてそうなんです。週の始まり、月曜日にはめったに担当編集者は電話してこない。用事があるとたいてい火曜日に連絡してくる。なぜ火曜日なんだろう？

そこで昔の僕は、この疑問をつきつめて考えました。つきつめるほどの疑問じゃないようですけど、まあそのくらいヒマだったんでしょうね、まだポケモンGOもモンストもYouTubeもなかったので。

なぜ編集者からの電話は火曜日に鳴るのか？

独りで出した答えはこうです。

ひょっとして、各社編集者の手もとには作家の優先順位表というものがあるのではないか。

で、第一に優先すべき作家への連絡を、編集者たちは、週明けに最初の仕事としてやるんじゃないのか。

そのせいで月曜日はつぶれ、二番手にランクされている作家への電話連絡は後回し、火曜日以降になるんじゃないのか。

ということは、僕は二番手か？　二番手の筆頭か。

いや二番手以降はひとまとめで、筆頭もなにもないのか。そういえば、こないだは金曜日に電話がかかってきたしな。どっちにしても、担当編集者にとって佐藤正午はまっさきに応対したい作家ではないということか。

そうに違いない、のか、そんなこたない、のか、この問題、時が経っても謎は解けていません。

なぜ解けないかって、

「あのさ、ちょっと妙なこと訊くけど、きみんとこ、編集者からの電話はおもに何曜日にかかってくる？」

「月曜日だよ、毎週月曜日」

「あ、え？　そうなの？」

「そうだよ、編集者からの電話は月曜日に決まってる。佐藤くんとこは？」

「……火曜日、かな」

「あちゃ。そりゃきびしいね、佐藤くんランク2だね。もっと頑張っていい小説書いてさ、月曜日に電話かかってくるランク1の作家にならないとだめだよ」

「ほえ、そんなのあるんだ？　ランク1とか2とか、3とか？」

「あるよ。ランク3は金曜までほっとかれるんだよ」

みたいな情報を入手できる知り合いがいないからです。なにしろ文学上の引きこもりなので。

どうでもいいのはわかってます。

僕が言いたいのはつまり、東根さんのこの質問ですね、

「小説やエッセイを書くばかりではなく、作家どうし顔を突き合わせて、小説につい

て本気で意見を交わしてみたい、といった気持ちは当時の正午さんにはありませんでしたか？」

これに対して、答えは即座にNOだけど、いま述べた火曜日の電話の謎に代表されるような、小説を書くことにまつわる諸問題についてなら、どちらかといえば、誰かと本気で意見交換したい気持ちがないではなかった、ということです。

それは現在、二〇一七年でも変わりません。

したがって、以下、東根さんが創作してくれたシチュエーションに乗っかって進めると、あるとき僕が飲み屋で一杯やってるんですね（現実にはそういうことはしませんけどね。夜出歩くことも全然ないですけど）、そこへ吉行淳之介・安岡章太郎コンビがやってくるんですね、そして新刊『月の満ち欠け』の話題が持ち出される、面白かったなあ、と吉行淳之介がお世辞を言う（言うか？）、面白かったけど、ただざ、と安岡章太郎が辛辣なことを言いかける（言うだろうな）、すると僕はね、たぶんこんな感じで喋ると思う。

「そういうのはいいから、ほら、吉行くんジュンサイ頼みなよ、ここのジュンサイ美味《うま》いんだよ、安岡くんはなんにする？　実はね、ふたりに訊いてみたいことがあって、ちょうどよかったよ、印税率のことなんだけど、うん、本が出て支払われる印税の話、こんどの新刊、書き下ろしなんだよね、連載小説を本にするのと違って書き下ろしの場合、やっぱり印税のパーセントは高いのかな、高いとしたら何パーセントくらいがふつう？」

「印税率なんて、どうでもいいと思わんかね」

「安岡くんはそう言うけどさ、作家にとって大事な問題だよ、生活かかってるんだよ、あと僕が訊いてみたいのは、発行部数のことなんだけど、昔は初版部数、なんまん部も刷ってたんだろうね、『砂の上の植物群』はどのくらいだったの？　ああ吉行くん、なにやってるの、従業員のおしりなんか触っちゃだめだよ、ここそういう店じゃないから。もうなんだかなあ、安岡くんも、吉行くんも相変わらずだなあ」

ね？　だいたい想像つくでしょう。

作家どうし顔を突き合わせて、できれば僕が本気で意見を交わしてみたいのはそういう話題です。小説を書くこと、小説じたいじゃなくて、小説を書くことにまつわる諸問題。

小説は独りで書きます。長年引きこもりになじんでいるのでこれからもそれでやっていきます。ただ万が一、仮定ですが、今後どこかで、僕と同じように職業として小説を書いている人と出会う機会があったとして——まあ、それは現実に吉行淳之介や安岡章太郎と今後出会う確率と同程度だと思いますが——そのとき僕がしたいのは文学上の議論じゃなくて、やっぱり小説を書いている彼・彼女への質問ですね。同業者への質問ならいくらでもある。いちんちに何時間くらい書いてるんですか？　とかね、仕事してないときは何やって時間つぶしてるんですか？　とか。

あと、いまなら続けて絶対この質問をすると思う。YouTubeの動画見ますか？

ああ、やっぱり見るんですね。

ところで、ポケモンGOやってます？

もしその人がやってたら、その場でLINEの「友だち追加」でしょうね。

150
東根
2017/03/15
17:11

件名：もうすぐですね

「あたしは、月のように死んで、生まれ変わる――」

この言葉とともに、『月の満ち欠け』が岩波書店のホームページで紹介されているのを先日確認しました。もうすぐですね、正午さん。来月の今頃は正午さんの新刊長編を読んでいるはずと想像しただけで、そわそわしてきます。この作品が書き下ろしなのも、私の気持ちに拍車をかけているかもしれません。物語の内容をほとんど知らないままですからね。

いまの正午さんのお気持ちはどうなのでしょう。まもなく新刊が店頭に並ぶというこの時期でも、マイペースでお過ごしでしょうか？

正午さんのお言葉を借りれば、「無名の人」の感覚から、「小説家」の肩書のほうへ踏み出す直前ですよね？　一読者の立場からすると、期待がふくらみすぎてもうお祭り気分に近いというか、この作品で世間をあっと言わせてみせるぞ！　くらい、正午さんには大風呂敷を広げてほしいです。

けれども、これまでメールで質問を重ねてきたインタビューアーの立場からすると、一方で正午さんのストレスを案じたりもしています。来月の刊行後には、「小説家」として取材を受ける機会もあるでしょうし、もしかしたら『鳩の撃退法』のときのようにサイン会開催の予定もあるかもしれません（あるんですか？　私がこっそり並ぶのはありですか？）。つまり、いつまでも「無名の人」の感覚ではいられないですよね。しかも正午さんは、「文学上の引きこもり」を自認しているような方です。そんな正午さんがにわかに取材を受けたり新刊のPR活動をされたりする——となると、なんというか、執筆中の日常から「小説家」のほうへ、えいっ、と思い切ってなにかを飛び越える必要があるんじゃないか、それって実際のところ正午さんの負担になりやしないか、と考えているのです。

余計な心配でしょうか？

「小説家」として取材を受ける現場でも、正午さんは「ほら、ジュンサイ頼みなよ」といった感じの軽いノリで喋るんでしょうか?

名だたる文士二人を相手にしたやりとりには、思わず笑ってしまいましたけど、以前うかがった「種田くん現象」の話がふと頭をよぎって、しっくりしなかったことがあります。はんぶんは正午さんに創作していただいた話なので、なおさら疑問がぐるぐる渦巻いています。

一昨年の夏、正午さんがほぼ二十年ぶりに書き下ろし小説の執筆現場に身を置かれたとき、「(小説を)自分から書きたくて書いてるんだということ、その点を確認できる」と、その効用を教えていただきました。「小説を書くことは、お金で説明なんかつかないんです(あくまで仮説ですが)」という言葉もありました。ところが先月、同い年の同業者二人と出会って正午さんが口にしたのは、印税率とか発行部数のいわゆるお金の話でした。確かにこれは「小説を書くことにまつわる諸問題」の一例ですし、前述の引用も「仮説」の言葉でしたが、どうも私にはしっくりしないところがあります。正午さんのスタンスが、少し矛盾しているようにも思えるのです。

そろばん勘定抜きで「ああ、もう、小説書きたい!」と執筆した『月の満ち欠け』も、刊行前になるとやはり現実的なところへ関心が向く、ということですか?

件名：他社

151
佐藤
2017/03/24
12:03

たいていの小説家は複数の出版社と仕事をします。この出版社と決めてそこから本を出しつづける、決めたらよその出版社と浮気しない、そういう一途《いちず》な小説家は、僕の知るかぎりあんまりいないと思います。はるか昔の時代、また、よその国の事情とかよく知りませんが、いまの日本では出版社の掛け持ちが普通です。

まあ、そんなことみんな知ってますかね。

いちおうです。その点を押さえたうえでいきます。

前作の『鳩の撃退法』は、本誌「きらら」の刊行もとである小学館から出ました。で、こんどの新作『月の満ち欠け』は、岩波書店から出ます。

岩波書店という社名、東根さんがメールにしっかり書いてきているので僕も伏せずに書いてしまいますが、ほんとは、ここに書くのは躊躇《ためら》いがあります。岩波書店て、小学館にとっては同業他社、いわばライバル関係にある会社ですからね、その社名を小学館刊行の雑誌連載で明かすのはどうかな？　と気兼ねしてしまうんです。テレビの新番組の宣伝をね、よそのテレビ局の番組放送中にやるようなもんでしょう？　喩えれば。

あとね、対出版社の気兼ねとは別に、対編集者の気兼ねもあります。どういうことかというと、つまり、ここに、このロングインタビューの連載中に、よそから出る小説について出し惜しみせず書くこと――東根さんの質問に答えるかたちでもうさんざん書いてきたわけですが――その内容、新作を書き出したとか、いま書いているとか、経過報告からはじまって、とうとう書きあげたぞ、岩波書店から出るぞ、ぜひ読んでみて！　といった感じの（自分だけいい気になった）文章を、小学館の「きらら」の担当編集者、ハトゲキのときチームを組んだ編集者、でもこんどの新作に関しては蚊帳《かや》の外にいる編集者は、いったいどんな気持ちで読むんだろう？　そういうことにも頭が向きます。

前回命名した「文学上の引きこもり」とも密に関係していると思うのですが、実は、僕はそのあたりの対人関係にそもそもぼんやりな傾向があります。なにしろ「文学上の」人づき合いがゼロに等しいので、長いことこの業界にいるわりに、慣例とか、あるのかどうかわかりませんが、仮にあっても疎いし、対編集者関係についてもいまだに、素人っぽいところがあります。言い換えればうぶです。そんなことも気づかずによく生きてこれたな？　みたいな。自分で言うのもなんですが。

でもいったん自分のうかつさに気づいてしまうと、「文学上の引きこもり」であるがゆえに、かえって一層、過剰に反応してしまう傾向もあります。あるような気がします。

いつだったか——そうとう昔です——佐世保に来てくれた編集者と食事しながら話していて、

「佐藤さん、他社の話はもうけっこうです」

と叱《しか》られたことがありました。叱られたといってもまあ、相手の口調は、冗談はんぶん拗《す》ねてみました、みたいな感じではあったのですが。

そのとき僕は生まれて初めて「他社」という言葉を編集者の口から聞いたように記憶しています。

「タシャ？」

「いま佐藤さんがお話しされてるのは他の出版社で書く小説でしょう？　そんな話を聞くために佐世保まで来たんじゃないです、わたしは」

「……ああそうか。そうですね」

「他社のお仕事は、本になったら読めばじゅうぶんです」

なるほどね、とぼんやりの小説家は反省しました。

僕としては、何の気なしに、たぶん次に書く小説の構想でも語ってたんでしょう。佐藤正午の担当編集者に、佐藤正午の新作について語るのはあたりまえ、くらいのつもりで。複数の出版社と仕事はしていても、佐藤正午という小説家は自分ひとりですからね。僕にとってはどこの出版社で小説を書こうと、そのどれもが分け隔てなく、佐藤正午の小説に過ぎないわけです。

でも編集者にとっては違う。

編集者といってもまず出版社の社員ですから。自社に利益をもたらすもの（一円でも）と、そうでないものとでは同じ商品でも見る目が違う。つまり編集者にとっては、自社から出る佐藤正午の小説と、他社から出る佐藤正午の小説と、二通りある。著者は同じでもその二つは分け隔てされる。

そのことを、その編集者から学びました。そしてそれ以来、僕は他社という言葉に敏感になったような気がします。

ね、ぼんやりにもほどがあるでしょう？

当時僕はすでに四十歳を過ぎていました。小説家として（「文学上の引きこもり」とはいえ）十年以上経過して、やっと敏感になったんです。いまでも他社という言葉を耳にする機会があると、条件反射的に、その編集者の顔が思い浮かびます。小説家人生に大いなる影響を与えた編集者の顔です。ちなみに女性です。まあそれはどうでもいいですけど。

さっき僕、ハトゲキの担当編集者はどう思うだろう？　というふうに言いましたね。このロングインタビューの連載で、他社から出る新作がさんざん話題になっているのを、彼はどんな気持ちで読むんだろう？

でもこれを他社からの視点で考えてみると、じゃあ一方で、『月の満ち欠け』の担当編集者は、これまでどう思ってたんだろう？　ということになります。

その編集者と初めて会ったのは一九九九年のことでした。いまから十八年前ですね。そのとき佐世保で、僕は書き下ろしの長編小説を書くことを彼と約束しました。そのあたりの経緯は、東根さんが指摘している一昨年夏のメール――件名「お金欲しさに小説書いてるんじゃないかも（仮説）」――で簡単に説明してあります。

でね、その初対面の年以来、僕は、彼にとっての自社である岩波書店で、ぼちぼち（長編小説とは別の）仕事をさせてもらっていました。ひとつ挙げると、「小説家の四季」と題した年四回の連載エッセイです。これはもう十年続いています。そして（ここが肝心なのですが）この十年のあいだに僕は、小学館をふくめて四つの出版社から、長編小説を出してるんです。

つまりこういうことです。

連載エッセイ「小説家の四季」において、僕はその四冊の本のことをたびたび話題にしました。新作を執筆中であるとか、それがようやく書きあがったとか、いついつ本になりますとか——このロングインタビューで『月の満ち欠け』について語るように——自分の仕事の進捗《しんちょく》状況に触れました。でもその四冊は、四冊とも、彼にとっては他社の仕事だったんですね。

角川書店の『5』に、集英社の『アンダーリポート』に、光文社の『身の上話』に、そして小学館の『鳩の撃退法』……特に四つめのハトゲキについては、何回も「小説家の四季」で話題にして書いたおぼえがあります。

自分が担当する小説家が、自社の媒体で、他社から出る本について繰り返し語っている。

それを彼はどう思っただろう。

彼は十年間、どんな気持ちで読んでいたんだろう？

ここまでいいですか東根さん。

言いたいこと伝わってますかね。

ここから質問の回答に入ります。

一気にいきます。

長いあいだ他社の本の宣伝を読まされてきた編集者はどんな気持ちでいたんだろう？　という方向へ頭を向けてみると——ここは例のメール「お金欲しさに小説書いてるんじゃないかも（仮説）」と併せて読んでみてください——今回、東根さんが揚げ足とりみたいに言ってきた「印税率とか発行部数のいわゆるお金の話」は、ほんとはどうだっていいんだ、文句なんか言える立場じゃないんだ、という態度を、小説家として取らざるを得ないと思うんです。ただ黙って十八年前の約束を果たすしかない。

当然そうなりますよね、人情として。

人情でも義理でも恩義でも何でもいいですが、相手の気持ちにはこちらも気持ちで応えるしかないでしょう？

でもね、そうは言っても、です、それはやはり、物事の一面に過ぎないんですね。ここまで書いてきたことは小説家の一つの顔に過ぎません。いま回答に突入しました。

約束した小説を書くために、小説家は現場に入りますね。仕事机でなじみの iMac と向かい合います。すると現場の空気と時間が流れる。編集者と約束をかわした場所の空気や時間の流れとは別種のものです。流れ込んだり、混じり合ったりはありません。簡単に言えば、約束は小説を書くきっかけくらいにはなりますが、小説を書くこと、そのことじたいには何の影響ももたらさない。だってそんなこと考えながら小説書いてるんじゃないから。ただ書きたいものを書いてるんです。小説を書くことは、約束とか、お金とか、そんなもので説明なんかつかないって、一昨年のメール（✉113）に書いたのはそういう意味です。

で、小説を書きあげて現場を一歩離れると、僕にはふだんの、というか世知辛い生活があります。約束もあるけど、お金の問題も、これは誰にでもあります。約束は、ちょっと時間がかかったけど、果たしました。十八年ほどかかって（ちょっとじゃないですね）、長編小説を仕上げました。ただし、この仕事に対する報酬はちゃんと支払っていただかないと困る、そうでないと生活が成り立たない——それもまた小説家の一つの顔です。

小説を書いている現場の僕と、現場を離れて本の印税率を気にする僕と、あるいは、無名の人の感覚でいる僕と、小説家佐藤正午としてふるまう僕と、そこに矛盾があると東根さんは言う。

けどそれは矛盾でしょうか？

人がいくつもの顔を持つのはむしろあたりまえではないでしょうか。それを矛盾と呼ぶなら、人は全員、例外なく、矛盾を抱えて生きているのじゃないでしょうか。

以上で回答突き抜けました。

最後に一つ付け加えておくと、小説書きの現場を離れたあと、東根さんが案じてくれているストレスが現実のものとなりつつあります。先日、新刊小説のプルーフを読んだ書店さんから、出版社を通じてサイン会の依頼がありました。その依頼をものすごく重い負担に感じて、小説家づらして人前に出るのが嫌で嫌で早くも落ち込んでいる自分と、まだ刊行前なのにこの話は有り難い、ぜひとも引き受けるべきだと喜んでいる自分と、心はすでに二通り、矛盾を抱えています。小説書いて、あとはできれば競輪やったり俳句作ったりしながらひっそり暮らしたい。でも小説家として人目に立たないと、なかなか本は売れないし、本はもちろん売りたい。これ、どっちも嘘はありません。(俳句は冗談です)

152
東根
2017/04/18
04:39

件名：私の想像

『月の満ち欠け』の刊行から十日あまり経ちました。

佐世保と長崎では、連日サイン会が催されたようですね(残念ながら私は行けませんでした)。当日はどんな様子だったのでしょう。読者の方から直接、新刊の感想を聞いたりされましたか？　そういうとき、正午さんがどんなふうに応対しているのか、私にはなかなか想像できません。東京でサイン会をする予定はありませんか？

もしかしたら、インタビュー取材もすでにいくつか受けていらっしゃるかもしれません。記者の方は『月の満ち欠け』について、どんな質問を用意していたのでしょう。喋るインタビューに答えている正午さんの姿も、私にはなかなか想像できません。

書くインタビュー版の質問いきます。

正午さんの作品が「実話」や「実体験」をもとにつくられていることを、これまで何度かうかがいました。

たとえば『身の上話』では、正午さんが佐世保の知人女性から実際に聞いた昔話が、物語のひとつの種になっていると聞きました。遠距離恋愛している男性を空港まで見送りに行き、着の身着のまま羽田空港行きの飛行機に乗ってしまった、という「実話」です。また、たとえば『Y』は、競輪でこてんぱんにやられた正午さんの「実体験」がもとになっているんでしたよね。時間を過去にさかのぼって（賭《か》け事を）やり直せれば、と本気で夢想する正午さんの、これまた「実話」と聞きました。

『月の満ち欠け』を拝読したあと、私の頭はまずそちらに向きました。正午さんのなかで、この物語のもとになった「実話」や「実体験」は何だったんだろう、と。

私には最初なかなか想像できませんでした。まさか正午さんの周りに「月のように死んで、生まれ変わる――」という「実話」をお持ちの方がいるとか、正午さんご自身がそんな「実体験」をされているとは思えなかったからです。

そこで、さらに想像してみました。

たとえば正午さんが散歩しているときに、古い歌謡曲を口ずさんでいる幼い女の子でも目撃したのかもしれない、いや、女の子の大人びた言葉づかいを耳にしたのかもしれない、さすがにライターの石の交換は無理でも女の子の口から飛び出した高級ブランドの名称を、正午さんは聞き逃さなかったのかもしれない……そんな「実話」や「実体験」を想像しだしたら、今度はキリがなくなってしまいました。

正午さん、私の想像はいい線いっていますか？　そもそも『月の満ち欠け』にも、物語の種となった「実話」や「実体験」があったのでしょうか？　創作の発端をぜひお聞かせください。

153
佐藤
2017/04/26
12:37

件名：創作の発端？

朝だいたい十時過ぎにコーヒーをいれて iMac と向かい合い、午後二時頃まで仕事して、昼ご飯のあと、横になって身体を休めて、夕方になると散歩に出る。そんな感じの一日の時間割、前にも話しましたよね。

散歩の途中で、下校する小学生とすれ違うことがあります。すれ違う小学生が数人でお喋りしながら歩いて来れば、こちらも特に意識はしないんですが（こんにちは！　と快活に挨拶してくる子もなかにはいます）、でもたまに、ひとりぼっちで歩いている子供がいるんですね。低学年の背のちいさな女の子が。でね、おたがい意識するんです。七つか八つの子供と、六十過ぎのおじさんが、おたがいに。

あ、またあの子だ、とすれ違う十メートルも二十メートルも手前でこちらは気づきます、とうぜんむこうも、あ、またあの無精髭《ぶしょうひげ》のおじさんだ、と同じくらいの距離をおいて気づくんでしょう。気づいたな、と気配でわかります。すると徐々に距離が詰まって、すれ違いざま、なんとも言えない緊張が走る。

一回ね、その女の子が、前から歩いて来る僕を見つけて、そのまま狭い歩道ですれ違うのを避けるため（と僕には思えました）道の反対側へ、トコトコ渡ってしまったことがありました。よっぽど嫌だったんでしょう、無精髭の、ひょろっと背の高いおじさんの横を通るのが。

子供にそこまで気詰まりな思いをさせて申し訳ない気はするけれど、でも僕だって悪気はないんですよ。勤め人ではないから毎日髭を剃《そ》る習慣がないし、ゲンをかつぐたちなので、散歩のコースとして毎日おなじ道の、おなじ側の歩道を歩きたいだけ。すれ違うときは、意識して彼女のほうに視線を振らないように、まっすぐ前を見て歩くように心がけていたくらいで。ただ、彼女にしてみれば、そういう僕のわざとらしい態度もふくめて、大人の男性の圧迫感のようなものに感じ取れていたのかもしれません。

これが言うなら発端の1です。

東根流に言うなら、そうなります。創作の発端の1。

見知らぬ大人の男性を気味悪がって、女の子が道の反対側に逃げる。これはまあ、納得できる反応ですね。知らない人から声をかけられても相手になっちゃだめ、返事もしちゃだめ、そういうルールは、算数の足し算や引き算よりも先に学校の先生や保護者に叩《たた》き込まれているでしょうから。いつかすれ違いざまに声をかけられる事態を見越して、あらかじめ道の反対側へと距離を取るのは、小学生として賢い判断だと思います。なかなかに優秀な女の子です。二十年ほどして彼女が母親になれば、こんどは自分の娘におなじルールを言い聞かせるでしょう。

でもそれだと小説にならない。

小説にならないって、おじさん側の不満は、当の女の子にしてみたらとんだ言いがかりですが――教育委員会やＰＴＡから抗議が来るかもしれませんが、これは頭の中の話です――どうしてもそういうことを考えるんですね。考えることの焦点は、小説になるかならないかの見きわめです。僕は毎日おなじ道を散歩するおじさんであり、毎日小説を書いたり書き直したりしているおじさんでもあるわけですから。道ばたで起きたどんな小さな出来事でも、第一に結びつけて考えるのは小説のこと、それ以外にありません。悪い癖なのはわかってます。

小説にならないというのは、親や学校の言いつけを守る、そういうあたり前の、ありがちな行動を取る小学生を登場させても面白くない、書く側として張り合いがないという意味です。嘘をほんとうに見せる、そのことに魅《ひ》かれて僕は小説を書いているわけですから（✉101）。少なくとも僕の書きたい小説としては、現に目撃した小学生の行動そのままでは、成立しない。

じゃあ小学生の行動がどうだったなら成立するのか？

たとえば、最初から道の反対側を歩いてきた小学生が、たがいの距離が近づいたとき、意を決したように僕の歩いてる側へ道をトコトコ横断してきて、呼びかける。つまり小学生のほうから無精髭のおじさんに積極的に声をかける。おじさんのほうがむしろ、子供の圧を感じて身構える。

　女の子はこう言います。

「あの、これ、読んでください」

「……え？　なに？」

「手紙です」

「手紙って、僕に？」

「はい、あなたに読んでほしいんです」

　ラブレターなんですね。

　これだとあたり前じゃないでしょう？

　ていうか、そもそもあり得ないでしょう？

　でもこれなら面白いかもしれない、と当時、だいぶ前ですが、僕は散歩の途中で思いつきました。

　七つか八つの少女が、中年男性に恋をする物語。

　中年男性が、七つか八つの少女に恋をする物語、ならロリコンですね。それはもう書かれてますよね。ロリコンという言葉、巷《ちまた》にあふれています。

　僕が思いついたのはそれを裏返しにした物語です。

　もしその裏返しの物語を、小説として書けたら、面白いかもしれない。

でも書けませんでした。

いくら嘘をほんとうに見せることに魅かれる、現実にはあり得ない話を小説に書きたいんだ、とはいっても、ものには限度というものがあるでしょう。

七つか八つの少女が？　そこらへんにいるごく普通の子供が？　中年男性に？　恋をする？

一目惚《ひとめぼ》れして？　追いかけまわす？

拒絶されて、ストーカーになるとか？

少女が、中年男性の妻に、嫉妬するとか？

いやいや、あり得ない。

やっぱりそれはないわ（ため息）、そんなの絶対嘘だわ（深いため息）。この嘘を、文章にしてほんとうに見せるなんてできない。成瀬巳喜男だって映画にはしないだろう。なんべん考え直しても、どれだけ物語の筋をこねくりまわしても、無理があると思えました。

要するに、よくよく考えてみると、思いつきでロリコンを裏返しにした物語は、僕には面白いと思えなかったのです。

それから、時間をおいて、発端の2が来ました。

発端の2が来ましたって、これ、表現じたいおかしいかもしれませんが、東根流でいけばそう言うしかありません。発端の1から2へ、段階的に進んだのではなく、1と2は横並び状態で、気づいたら、そこにあったんです。

その発端の2がいつのまに、どこからどうやって1の横にすり寄ってきてたのか、ここで話し始めるとものすごく長くなります。ちなみに『月の満ち欠け』を（題名をそう決めて）書き出すには、まだまだ発端の3まであります。

東根流の「発端」につきあって語り始めたこのメール、だんだんストレスを感じてきました。段落がブツブツ切れているのはそのせいです。他人の流儀にのっとって文章を書くことにイライラしてきました。

書きあがった小説がそこにあるのに、小説家としてはそれを読んでほしいのに、なんでいま「発端」なんか思い出して語らなければならないんでしょう？

だいたいね、創作の発端、とか東根さんは簡単に言うけど（創作の発端って表現からして、なんか舌足らずな感じがするけど）、
こんなことがあった
←

同時にこんなことも、あんなこともあった
　↓
でこの小説を書き出した
　↓
で結果こんな小説になった
みたいな説明のしかた、因果関係の整理ですね、因果関係の整理されたわかりやすい説明ができたとして、そこにどれほどの真実味があるのか、僕自身、よくわかりません。
　確かに以前、『身の上話』や『Y』について、東根さんが指摘されているような発言を僕はしました。それは確かに自分からそう言ったし、それはそれで間違いじゃないと思います。それはそれでというのは、あえて物事を単純化して語れば、とか、ものは言いようとか、インタビューを受ける側にはリップサービスという言葉もあるし、とか、そのくらいの意味です。ただし僕は、『身の上話』や『Y』について、書きあがった小説は「実話」や「実体験」がもとになっている──物語の種になっている──と語ったんですね。「発端」という言葉は使ったおぼえありません。
　まあ、東根流でも意味は通じます。創作の発端て、小説家がどんな小説を書こうか考え考え日々を送るうち、偶然に、または都合良く出会った、小説を書き出すヒント・きっかけをもたらしてくれるもの、や日常の出来事、みたいなことでしょう。そういうのが現にあるのは僕もわかります。それを創作の発端と呼ぶのもかまいません。けど、発端はあくまで発端、に過ぎないでしょう。創作の発端は、ドミノ倒しのいちばん端の板とは違いますから、そこから物事がパタパタと滑らかに前へ進んでいくイメージと、小説書きの実際とはほど遠い気がします。

たとえば前作のハトゲキ——東根さんにこの話をしたかどうか憶えていないのですが——あの上下巻の長編小説、創作の発端は「ツルの恩返し」でした。おじいさんに助けられた瀕死《ひんし》のツルが、のちに自身の羽根で機織りして家計の危機を救う、みたいな泣かせる話がありますね、あの「ツルの恩返し」が頭に浮かんで、じゃあそれの現代版でいこうという話を編集者としてたんですね、小説の構想段階で。

で書き出して、出来あがった小説があれです。

ね？「ツルの恩返し」とハトゲキ、読後の味わいにそうとう落差があるでしょう。はっきり言って似ても似つかないでしょう。

でも東根流に忠実にいえば、ハトゲキ創作の発端は「ツルの恩返し」です。その点は確かなんです。確かじゃないのは、「ツルの恩返し」という昔話を発端にした小説が、どこでどういう因果関係をたどってああなったのか、具体的には、ハトゲキに書かれている登場人物はどこからやって来たのか、偽札の話はどこからいつのまに割り込んで来たのか、ピーターパンは？　デリヘルは？　心中事件は？　奥さんの不倫は？　メモリーカードは？　中野ふれあいロードは？　ドーナツショップで津田が書いている小説は？　それらひとつひとつはどこの何に端を発しているのか、つまり小説書きの実際です。発端から、完成した小説までのあいだの、ぜんぜん滑らかではない、デコボコや停滞です。

同じことが『月の満ち欠け』にも言えます。たぶんどんな小説にも言えるでしょう。たとえ発端の1と2と3をここで説明したとしても、東根さんは、なるほど納得です、その三つの発端が出揃《でそろ》えば必然的にこの小説になりますよね！　とは思わないはずです。むしろ、その発端からなんでこの小説が出来あがるの？　と首を傾《かし》げるんじゃないでしょうか。もしほんとに『月の満ち欠け』を読んだのなら。だって書いた僕自身にも、それがなんでなのかきれいに説明はつかないんですから。発端はこれ、ゴールはこれ、だからそれがどうした、そのあいだはどうなってんだよって話です。

イライラしたまま今回は終わります。

僕が最後に言っておきたいのは、創作の発端とか、舌足らずの表現で、小説家の、こぼれ話を誘導するような（誘導されるほうもされるほうだけど）、まるで喋るインタビューふうの、あとはあなたにおまかせ的な質問文を書いてくるくらいなら、もっと気のきいた、ほかの話題はないのか、あるよね？　ということです。

なにより五月にはこのロングインタビューが本になりますよね。『書くインタビュー3』が小学館文庫から出ます。

僕は長年東根さんと続けているこの仕事が本になること、文庫の『書くインタビュー』シリーズをとても貴重なものに思って、小説ともども読者に面白がって貰えるよう願っているんです。

東根さんはそうでもないのでしょうか。共著者の立場なのに、この話題には触れたくないんだろうか。

まあ触れたくないなら触れたくないでかまわないけど。

ゲラのチェックは気合い入れてちゃんとやったのか？

154
東根
2017/05/16
23:52

件名：ひと月前のこと

私なりに気合いを入れてゲラのチェック、ちゃんとやりました。

この連載が本になることは、私にとっても貴重なことです。編集者から刊行の知らせが届いてから、今回はどんなカバーになるんだろう、と楽しみにしていましたし、ぶじ刊行された先週の火曜日には、自宅の近くにある神社で手を合わせて、どうか一人でも多くの方に読んでもらえますように、と参拝してきました。お赤飯を炊こうかとも思いましたが、もち米がないので諦めました。

『書くインタビュー3』のゲラをチェックしたのは、四月上旬のことでした。待ちに待った正午さんの『月の満ち欠け』が、Amazon から届いたのもその時期です。いまからおよそひと月前のその時期、私は、たとえば移動中に『月の満ち欠け』を開き、少し早く着いた打ち合わせ場所の喫茶店で引き続き読み、帰りの電車でも読み耽《ふけ》り、帰宅してからは『書くインタビュー3』のゲラを夜遅くにまた読み直す、といった毎日を過ごしていました。

ゲラのほうは、なんで私こんなこと書いたんだろう、と首をかしげたり（映画シナリオ案とか）、赤面してしまうような記述（家族のこととか）が続出して、書いた当時の自分を本気で呪《のろ》いたくなりました。だからといって、そういった記述を勝手に削除したりもできません。正午さんのご返信と、内容がつながらなくなるからです。ですから、自分が書いた文章ばかりではなく、正午さんが書かれたところもあらためてゲラで拝読していました。もちろん普段から、『きらら』のバックナンバーや『書くインタビュー』の1と2を引っぱりだして、正午さんがどんなことを書かれていたのか確認していますけど。確認して、見落とすこともありますけど。

正午さんがゲラでチェックされたのは、ご自身で書かれたところだけですか？　それとも、私が書いた部分がいまいちで「気合い入れてちゃんとやったのか？」と私に確かめたんですか？

『書くインタビュー3』に収められたのは、二〇一五年五月から二〇一六年末までのメールのやりとりで、この期間は正午さんが『月の満ち欠け』をご執筆された期間と重なっていますね。

およそ一年半のあいだ、私は折に触れて「いま書いている長編」のことを質問してきました。けれども、事前に教えていただいたのは、人妻の不倫の場面があることと、(純粋な)三人称で書かれていること、それから東京駅での物語の始まりと、『月の満ち欠け』というタイトルくらいでした。その『月の満ち欠け』を、作品の内容について暗中模索だった頃のゲラと併行して読んでいたのですから、なんといえばいいのか、一年半のあいだ知りたくて知りたくてうずうずしていた未来を、タイムマシンに乗っていっぺんに見ているような体験でした。そしてそれ以上に、『月の満ち欠け』を読んでびっくりしたんです、「生まれ変わり」というテーマにも、そこから一年半のあいだに正午さんがたどっていたであろう「ツチノコ探し」の平坦ではなさそうな道のりにも。びっくりしたのと同時に、私の気持ちはこうでした。

　こんな絵空事みたいなテーマどこから生まれたんだろう、「嘘をほんとうに見せる」にもほどがあるでしょコレ、タイムスリップを扱った『Y』くらい？　いやそれ以上だ、そういえば正午さんの作品は「実話」や「実体験」をもとにつくられてるって聞いたけど……。

　私は、『月の満ち欠け』を二回読み終えた後、作中に出てきた『前世を記憶する子どもたち』という本を買いました。値が張る本でしたが、読んでみたい気持ちが勝りました。あり得ないと思っていた話を、すでに現実のことのように感じていたんです。

　前回のメールで、『書くインタビュー3』の話題に触れなかったのは、自分が直接関わった本のことよりも、ついに作品の内容を知ることができた『月の満ち欠け』について、まず聞きたくなったからです。舌足らずな表現は、心からお詫《わ》び申し上げます。わざとそうしたわけじゃないんです、あれがひと月前の私の精一杯でした。正午さんにこれ以上イライラされないよう精進します。

　このままですと、インタビューアーの役割を果たしていないので、最後に二つ質問します。『月の満ち欠け』にも『書くインタビュー3』にも関連した質問です。

　昨年末を最後に、正午さんからのメールに、♨や☞の記号が使われていません。

『書くインタビュー3』で、私は勝手に「ショウゴじるし」と命名しましたが、なにか理由があって「ショウゴじるし」の使用をやめたのでしょうか？　『月の満ち欠け』でも、小説本文の合間に月のイラストが（「ショウゴじるし」のように）配され、また、時計のイラストも章タイトルのような役割で使われていますね。これは、正午さんのアイデアですか？　このインタビューに「ショウゴじるし」を使わなくなったことと、『月の満ち欠け』でイラストを使用したことに、なにか関係はありますか？

さらにもう一つ。四月三十日の読売新聞に掲載された、正午さんの（喋る）インタビュー記事のなかに、『月の満ち欠け』の完成まで毎朝、同じCDを聴いてから創作に入る、というくだりがありました。『書くインタビュー3』でも、私は同じことを質問しています。正午さんからのご返信には「朝起きたら景気づけに『チームしゃちほこ』のアルバム流しながら（中略）いくつかルーティーンこなして、それからさっそく小説書きに入る」とありました。でも新聞には、正午さんの言葉としてこう書かれています。「（米のスター歌手）テイラー・スウィフトでした」。これは、記者の方が「チームしゃちほこ」を「テイラー・スウィフト」と聞き間違えた、と考えていいものでしょうか？　『書くインタビュー3』で述べられていた独特の冷笑癖から、「チームしゃちほこ」を「テイラー・スウィフト」に聞き取れるように、正午さんがぼそぼそと答えたのでしょうか？

155
佐藤
2017/05/21
13:33

件名：赤飯を炊くこと

以前、小説の取材である職人さんにお話をうかがったとき、その職人さんが「道具のご機嫌をうかがう」という言い方をされたのを憶えています。おはよう、とか、きょうも一日頼むな、とか仕事のはじまりに道具に話しかけるというんですね。心に呟《つぶや》くんじゃなくて、そういう気持ちで仕事に取りかかるというのでもなくて、実際に声に出して、手に触れる道具一つ一つに話しかける。

変なおじいちゃんだなとそのとき僕は思いました。腕のたしかな職人さんらしいけど、正直、この話ピンときませんでした。おじいちゃんといっても、当時その職人さんは六十代後半くらいだったと思います。取材した僕のほうは四十前でした。

でね、それからするすると時が過ぎて、いま、僕はおじいちゃんと呼ばれる年齢に近づきつつあるわけですが、ある日はたと気づきます。実はまったくおなじことをやってるんですね。

道具のご機嫌をうかがう。

たとえばiMacに話しかける。

朝、スリープ状態を解除して、キーボードのホームポジションに両手の指を置く。そのまえに両手をもみ合わせながら、目の前のWord画面に向かって、こんなふうに声をかけます。

さて、と。

そろそろ行くか？

東根さんのメールを読んで、何よりまずそんなことを思い出しました。昔一回だけ会った職人のおじいちゃんのこと、そしていまの僕じしんのこと。

東根さんは、『書くインタビュー3』の刊行にあたって、「自宅近くの神社」にお参りしたり、お祝いに「お赤飯を炊こうかと思いました」と書いています。「お赤飯を炊こうかと思いましたが、もち米がないので諦めました」という一文は、ま、なんていうか、冗談にしては面白みがないし、推敲《すいこう》して真っ先に削れよ、みたいな余計な文章に見えますが、東根さんが推敲を怠ったおかげで、僕はこういうことを考えはじめました。言い方を換えれば、新しい本の出版をお祝いするという、東根さんの、本の（共）著者としての、まっとうなおこないにちょっとだけ心を動かされました。

あのときの職人さんの話には、おそらく続きがあったんだろうと思うんです。道具のご機嫌をうかがい、道具に声をかける、にとどまらず、たぶんあのおじいちゃんは、そうやって親しくなじんだ道具を使いながら作り上げたモノにも、おなじ態度で接していたんじゃないだろうか。つまり、道具のご機嫌をうかがい、そしてさらに、道具を使って仕上げた作品のご機嫌までもうかがう。道具に話しかけるように、作品にも話しかける。

どうも、はじめまして！　おめにかかれて光栄です。

そこまでをふくめて私の仕事は完結すると、あのおじいちゃんは言いたかったんじゃないだろうか。もしかしたらそこまでの話を当時丁寧にしてくれていたのに、変なおじいちゃんだな、そう思ったとたんに僕は取材の途中で鼻白《はなじろ》んでしまって、あとは適当に聞き流していたのではないだろうか。そうに違いない。自分の手であつかう道具に、まるで人格があるかのように親密に接する人が、その道具で完成させたモノを、たんにモノの完成品として、この世に迎え入れるわけがない。それは完成というより、むしろ誕生と表現されるべきだろう。

そういうことを、僕は東根さんの推敲の足りてない文章からヒントをもらい、考えさせられました。

僕には、あの職人さんの仕事における一貫した姿勢のうち、話を聞き流した後半、肝心かなめの、仕上げの部分が欠けているのではないだろうか？　簡単にいえば、自分が望んでこの世に誕生させたモノ、形あるモノ、僕にとっては出版された一冊の本、紙でできた本そのものへの「ご機嫌うかがい」が欠けているのではないか？

僕はこれまで、ものを書く現場で、ものを書くという仕事についてああでもないこうでもないと東根さんに語ってきました。そのことばかり語ってきました。書くことに重きを置き過ぎていたのかもしれません。現場で小説を書くこと、それが小説家の仕事、あたりまえです。でもほんとうは、小説家の仕事はそこで終わりにしてはいけないのかもしれない。ほとんど終わりなんだけど、あの職人さんの姿勢に学ぶなら、まだ完全ではない。どんなに頑張って小説を書いても——推敲を重ねて、書き上げて、また読み直して、気合い入れてゲラをチェックしても——最終的に書き上げた作品の、モノとしての迎え入れ、出版された紙の本への「挨拶《あいさつ》」を済ませなければ、小説家の仕事は終わったとはいえないのではないか。

紙の本への「挨拶」って、言葉どおり、待ってたんだよ、きみと会うのを楽しみに、みたいな声かけでもいい。うやうやしく神棚に供えて手を合わせるでも、感謝の意をこめて押しいただくでも、なんなら胸に抱きしめて涙にくれるでも、何でもいい。ただ、やはりイメージとして（僕の年代からすると）いちばんしっくりするのは、赤飯を炊いて祝う、なんですね。東根さんは冗談半分に書いてきたのかもしれないけれど、僕はその冗談として半分も成立していない一文を読んで、虚をつかれる思いがしました。

赤飯を炊いて祝う。その本来やるべきことを僕はなおざりにしていました。いつのまにか——初めての本が出てから、あっというまに過ぎ去った、この三十数年のうちにです——書いた小説が本になるのは当然と思えるようになっていました。鈍感で、傲慢《ごうまん》です。人間として劣化しています。小説家が赤飯を炊く、それはいつか？ 自分の書いた小説が本になったとき、それ以外ないでしょう。いま赤飯を炊かなければもう今後赤飯を炊く機会はないかもしれない、そんな大事なときに、僕は刷り上がった本をテーブルに積んで、ぼけーっとしてタバコ吸いながら、この本がぱあっと売れないかな、そのくらいの応対でお茶を濁していたんです。

情けないことです。小説家として僕に欠けているのは、形あるモノへの敬意です。モノがモノとして誕生し、新たにこの世界に存在することへの驚きと感謝です。僕はiMac に話しかけるように、刷り上がった本にも親しみをこめて、人格を認めて、話しかけるべきなのです。どうも、はじめまして。ずっと待っていました。僕、佐藤正午です。今日は出会いを祝して赤飯を炊きました。

結論。

赤飯を炊くこと、それも小説家の仕事である。
そこまでふくめて小説家の仕事は完結を見るのです。もしそうでなければ、ものを書く現場で小説家の仕事が一から十まで終わってしまうのなら、紙の本など要らない。紙の本にこだわって出版することの意味はあらかた失われてしまうと思います。

156
佐藤
2017/05/21
19:33

件名：は？

正午さんから送られて来た返信を読み終えて、あわててまた質問メールを書いています。私があわてたのは、正午さんの正気を疑ったからです。とくに最後のほうに書いてある「結論」が信じられなかったからです。
私が投げかけた質問を二つ、二つともカンシカされているのはメールを読めばわかりますが、正午さんがどこまで正気なのかがわかりません。赤飯を炊くことも小説家の仕事である、というのは本心なのですか？　それとも私の質問がくだらなかったので、お返しにくだらない回答で対抗されたのですか？　すいません、それだけ教えてください。

ちなみにカンシカとは、完全にシカトするの略語です。

157
佐藤
2017/05/24
12:43

件名：かりそめの衣

最初に断っておきますが、件名「は？」というメールは僕の創作です。とくに罪の意識もなく、ものの五分ででっちあげました。で「きらら」編集部に頼んで、東根さんのメールの体裁であいだに挟んでもらうことにしました。何も知らされてない東根さんは、びっくり仰天というところでしょう。

僕の想像では、件名「赤飯を炊くこと」のメールを読んだ東根さんは、僕がここで創作したメールと大同小異の内容で返信をよこしたはずです。それもいつものように長々と書いてきたでしょう。ねえねえ、パパ、東根さんのメールって長ったらしくない？と『書くインタビュー3』を読ませた娘や息子が言うので（現実には娘も息子もいませんが、いたら言うと思ったので）、東根さんのしそうな質問を僕が（効率的に）短く要約しておきました。こうですね？

赤飯を炊くことも小説家の仕事だというのは本当ですか？

でもこの質問はカンシカです。くだらないから。

先月送信したメール――件名「創作の発端？」――のゲラを読んだ校正者のかたから、佐藤さん不機嫌ですね、なにかあったんでしょうか？　みたいな疑問が（曖昧《あいまい》な字句の疑問よりも先に）提出されたという話を担当編集者から聞かされて、ま、これがほんとの話なのか、編集者が自分の疑問を校正者の疑問にすりかえて僕にぶつけたのかはビミョーですが、とにかくそういう問いを向けられてみて、なるほど、僕は最近どうも不機嫌のようだ、とやっと自覚しました。

それでその不機嫌の原因をしばらく探っていたのですが、ついこないだ、行きつけの喫茶店で新聞社のインタビューをうけているときに、ああそうか、そういうことか、と思い当たりました。

そのとき僕はカウンターのはしっこの席にすわって、反対側のはしのほうから記者（さん）にカメラを向けられて、はい、じゃそこで頰杖《ほおづえ》をついてみてください、とか、有名な写真のなかの太宰治ふうポーズを取らされて（織田作之助だったかな？）、そのことを1対2対7くらいの割合で、1面白がったり、2恥ずかしがったり、7鬱陶《うっとう》しいことだと思ったりしていたのですが（喫茶店の店主は思いやりのある人なので、僕の顔をなるべく正視しないように、うつむいて、カップや皿を拭《ふ》いていました）、ふと『書くインタビュー3』に収録されたメール――件名「無名の人」――のことを思い出しました。そこに書いた内容に従えば、いまの僕はまさしく「一時的な小説家」としてこの場に存在してるんだなと気づいて、不機嫌の原因、あっさり突き止めました。

結局、小説家であることがイヤなんですね。

人前で、一時的に小説家としてふるまうこと、ふるまわなければならないこと、それがイヤなんです。そのイヤなことが、『月の満ち欠け』出版以来、あたりまえですが、ずっと続いている。新刊小説を一冊でも多く売るために、再度あたりまえですが、著者として僕はPR活動に勤しんでいる。

もちろん、そういうPR活動がイヤだ、イヤイヤやってる、というわけではありません。厳密に、イヤかイヤじゃないかどっちなんだよ？　と究極の選択で迫られたらそれは、どっちかっていうとイヤだけど、そういうことじゃなくて、一時的な、かりそめの小説家の状態に自分がいま現にあることがイヤなんです。だってこれ、まったく矛盾する言い方になりますけど、かりそめの小説家って、要するに、いま現に小説を書いていない人の意味ですからね。小説家を名乗る資格なんてないんです。

いま現に小説を書いていない人、つまりこの僕は、ずっと前のメールで説明したおぼえがありますが、小説家というより――実感として――ただの意気地なしのおじさんです。そんな自分が人前に小説家然として立つのは、極言すれば、詐欺に近いふるまいです。小説家小説家っておまえ、えらそうに写真のポーズとってるけど、小説書いてんのか？　……いいえ、書いてません。だったらいったい何やってんだよ、毎日？　……何やってるっていうか、いまはとくに何も、毎日、ぶらぶら。あ？　ぶらぶら？　……すいません。それじゃ小説家じゃなくて頬杖ついたプータローじゃねえか。……ほんとすいません。そのへんから来る罪の意識との葛藤《かっとう》が、不機嫌の原因なんです。

　じゃあ、そういうのがイヤなら、また小説書きの現場に戻ればいいじゃん？　そうですね。かりそめの小説家の衣を脱いで、無名の人に戻って――この無名の人、ずっと前に書いたメールの表現ではまっとうな小説家、の意味になると思いますが――また次の小説を書けばいい。簡単なことですよね。

　言葉上は簡単なことです。

　それをやるしかありません。

で僕、意気地なしの詐欺師まがいのおじさんは、喫茶店のカウンターに頬杖ついて写真におさまりながら、そのときすでに『月の満ち欠け』の著者ではなく、次に書くべき小説へと思いを馳《は》せる、まっとうの手前くらいの、小説家の顔をしている、はずです。知らない人から見れば、なんかうさん臭いなあ、この人、だいじょうぶなの？

ちゃんとした小説家なの？　みたいな顔だと思います。

158
東根
2017/06/18
01:52

件名：想像してみてください

　確かにびっくり仰天しましたね。

　私のメールをでっちあげちゃう正午さんも正午さんですが、件名「は？」のメールを（前回分の原稿をゲラで見るかぎり）東根ユミからのメールの体裁で掲載しようとしている編集部も編集部です。こんなことありなんでしょうか？

（読者のみなさまへ。このメールは正真正銘、東根ユミが書いています）

　どんなに不機嫌でも、正午さんが遊び心を忘れずに書かれていることはよくわかりました。たぶん世界でいちばん私が痛感しているはずです。

　件名「は？」のメールのなかには、こんなことをたぶん書くかも、と思った箇所もありましたし（「あわててまた質問メールを書いています」とか）、こんなふうには書けない（書かない）だろうな、と思った部分もありました（「カンシカ」とか）。それはいいんですが、実際にこうして私の質問文まで正午さんに書かれると、やっぱりこのインタビューは佐藤正午による自作自演なんじゃないか、と疑惑の目が向けられる心配もあります。作家が自作自演しているにしても、あんな舌足らずな表現を使うんてがっかりだ、おいおいこれが「文芸」かよ、とか思われるんですよ。

正午さんはそれでも平気なんでしょうか？

たとえばですよ、正午さん、ちょっと想像してみてください。たとえばこのあと私が、この東根ユミが、前回のお返しとばかりに正午さんの回答文を勝手にでっちあげたとしたらどうでしょう。そんなことが可能なのかわかりませんし、なにより不謹慎です。でも担当編集者の困惑や、読者の方の混乱や怒りをすべて度外視して、私がそんなことをしてしまったら、正午さんは黙っていられなくなりませんか？　それともいつものとおり、飄々《ひょうひょう》と対応されるんでしょうか？

件名：ん？

159
東根
2017/06/18
02:03

あのね、東根さん。

不機嫌なひとの気持ちを、ややこしい話で逆なでするのはやめてください。僕はいま、ただの意気地なしのおじさんからまっとうな小説家に戻る——次の小説を書き出す——勇気がわくかを毎日まいにち自分の胸に問いかけてるとこなんです。『月の満ち欠け』の増刷も決まらないし、そろそろまた一からやるしかないのか（吐息）、アイデアはないわけじゃないしな、けどまた一から書くか（深い吐息）、やっぱしんどそうだなあ……。いちんち何度もこうした問いかけをくり返してます。新作を書き出す勇気がなかなかわかないのも、不機嫌の原因です。これ最近気づきました。

だいたいね、「想像してみてください」って言われても、いったいどう想像しろっていうんでしょう。こんな他人任せのずぼらな質問はカンシカです。カンシカに決まってます。

東根さんがでっちあげた僕の回答文が、現にあれば話は別です。結果はどうあれ、書く勇気を振り絞ったわけですからね。意気地なしのおじさんなりの敬意を払って僕はメールに目を通します。不謹慎を通りこして、たとえ僕の怒りを買ったとしても、安心してください、東根さんの勇気は、勇気だけは本気で認めます。いいですか東根さん、このインタビューで僕の想像に任せるなんて、物を書く仕事として失格です。「私がそんなことをしてしまったら」とかタラレバ持ち出すくらいなら、いっそここに僕の回答文を手抜かりなく書いてみせろ、といまは言っておきます。

話はそれからです。

とりとめのない話題で今回は終わります。

先週だったか、もっと前の週だったか、なかなか寝つけない夜がありました。まあ普段から寝つきはよくないけど、その話は省きます。

ベッドを降りてアメスピ一本吸って、ソファでまた横になってテレビのスイッチ入れると、BSでたまたま映画『ブラック・レイン』をやってました。東根さんは見たことありますかね？　マイケル・ダグラスや高倉健が出ています。僕はだいぶ昔に見た記憶あるんですが、内容はうろ覚えでした。

松田優作演じるやくざが「佐藤」という名前のラスボス的な人物で、僕は何度も居心地悪い思いをしつつも結局最後まで見ました。この映画、物語の中盤から偽札が扱われています。もっと詳しく書けば、偽100ドル札の原版です、表面と裏面用で二枚あります。僕が最後まで見たのはそのせいです。もうピンときていると思いますけど、やくざに偽札といえば、そうです、ハトゲキです。ハトゲキでせっせと描いてきた偽札が、この映画ではどう扱われていたのか気になったんです。

『鳩の撃退法』を書き出すまでの準備期間、それから書きつづけた三年間、僕は映画『ブラック・レイン』の偽札のことをちらっとも思い出しませんでしたからね。刑事役のマイケル・ダグラスや高倉健に、佐藤、佐藤、と追いかけ回されながら、自分の不用意を反省しました。さいわいなことに、ハトゲキと映画に似ている場面はありませんでしたけど。

それから、たぶん映画と小説のことをいっしょに考えていたからだと思うのですが、半年くらい前に佐世保の知り合いから聞いた映画のことがふと頭をよぎりました。確か「小説家が編集者から、原稿削れ原稿削れと言われる映画」とかなんとか聞いた記憶があります。聞いたときは、なんだか耳の痛い話、くらいにしか思いませんでした。

翌日の夕方、知人に映画のタイトルを教えてもらい、ポケモン散歩の途中TSUTAYAに寄ってDVD借りてきました。『ベストセラー　編集者パーキンズに捧ぐ』という作品です。冒頭で「この映画は実話に基づく」と字幕が出てきます。ハトゲキの冒頭みたいですね？　でもハトゲキのことはもう横においといて先を急ぎます。

物語の舞台は一九二九年のニューヨーク。主人公はマックス・パーキンズという編集者です。コリン・ファースが演じています。冒頭の字幕どおり実在の人物で、有名な編集者です。たぶん東根さんはパーキンズの名前も初耳だと思いますけど、僕は何かの本で読んで簡単な経歴は知ってました。『日はまた昇る』や『グレート・ギャツビー』といった、いまでも書店に並んでるような名作を数多く手がけています。そんな名物編集者の仕事机に、無名の作家の原稿が持ち込まれる場面から映画は始まります。

原稿を読んだパーキンズは、作家と協議に入ります。タイトルはこれでいいのかとか、原稿のこの部分はもっと簡潔にまとめたほうがいいんじゃないかとか、編集者も作家と一蓮托生《いちれんたくしょう》となって小説を世に送り出す作業に没頭しています。僕の知り合いが「小説家が編集者から、原稿削れ原稿削れと言われる映画」と評したのは、たぶんこのことです。映画の中盤には、この原稿が『天使よ故郷を見よ』のタイトルで発売されてベストセラーになります。東根さんは知らないと思うので書いときますが、トマス・ウルフの処女作です。

この映画を見て、僕は次の小説に取り組む勇気が少しだけわきました。

パーキンズみたいな編集者探せば、まちがいなく本がぱあっと売れるだろう、と思ったわけではありませんよ。パーキンズが名だたる文豪と組んで数々の名作を送り出していた頃――およそ九十年前ですが――からいまも、作家と編集者の関係は変わらない、少なくとも僕の担当編集者は、映画を見る限りパーキンズに負けず劣らず本気で原稿に向き合ってくれている、そんな幸運を確認できたまでです。

ちなみにこの映画の序盤には、ガイ・ピアース演じるスコット・フィッツジェラルドが生活苦に陥り、パーキンズを訪ねるシーンがあります。著作『グレート・ギャツビー』が売れ出すのは、まだまだ先のことなんですね。「処女作だけ残して死ぬべきだった」と弱気なフィッツジェラルドに、パーキンズは自分の財布から小切手らしきものを抜き取り、「少ないが足しにしてくれ」と手渡します。身につまされました。親近感さえ覚えました、もちろんフィッツジェラルドに、です。そんなフィッツジェラルドの姿もまた、次の小説をちら見してるばかりの僕の背中を、少し押してくれました。……でもなあ、また一から書くのか（深い吐息）。

160
東根
2017/06/18
02:05

件名：カンボツ

三通つづけてメールを送ることになりましたが、正午さん、怒っていませんか？

読者のみなさまへ念のためお伝えしておきますと、件名「ん？」のメールを書いたのは私です、東根ユミが創作しました。深くお詫び申し上げます。罪の意識は大ありでしたが、論より証拠、というか、実際に正午さんのお言葉として書いたとおり、「タラレバ持ち出すくらいなら、いっそここに」という気持ちでやってしまいました。いまの不機嫌な正午さんがメールに書きそうな内容を私が想像して創作したんです。すべて私個人の勝手な判断です。きっと担当編集者には叱られるでしょう。正午さんのメールの体裁で『きらら』に載せてもらえるかもわかりませんし、もしかしたら件名「ん？」まるごとカンボツ（完全にボツの略語です）かもしれません。それも覚悟の上で、決して容易なことではありませんでしたが、書くだけ書いてみました。

あらためて質問です。

件名「ん？」を読んでいただいたとき、正午さんは黙っていられなくなりませんでしたか？ 僕だったらこんなふうに書かないとか、書き直したくてうずうずしてくるとか、そういった気持ちになりませんでしたか？ そしてそれは具体的に件名「ん？」の、どの部分、文章、単語でしたか？

件名：書くこと書かないこと

161
佐藤
2017/06/26
12:33

どうも。

佐藤正午です。ここからホンニンです。

東根さんのでっちあげメール、黙って拝読しました。

怒ってはいません。

うまい、というか器用だな、と感心しました。僕がこれまでこのロングインタビューで書いてきた文章、たぶん誰の目にもこんな感じに見えるでしょう。

　こんな感じ、というより僕が以前書いた文章そのもの、その一部を抜き取ってまぎれ込ませてありますしね。あとは、助詞をはずした指示代名詞とか、語尾の「ね」をはさむタイミングとか、細かいところまで文章の癖を掬《すく》い取って書かれています。

　きっとこれ、東根さんが自分で書いたと告白しなければ、佐藤正午のメールとしていけると思う。こんなの、なりすましだとは誰も気づかない。そう確信して、『きらら』編集部に相談を持ちかけてみました。いっそのこと、これ、僕が書いたものとして『きらら』に掲載してもらえないだろうか。そうしてもらえれば、僕は今月仕事が減って楽ができるし、実はいま競輪の予定が立て込んでてね、なんなら今後、しばらく、東根さんに質問文も回答文も両方書いてもらってさ、年末くらいに種明かしして、読者を呆《あき》れさせるというのはどうだろう、原稿料はまあ、そうだな、東根さんと僕と50・50の山分けでどうだろうか、山分けがアコギだというなら、60・40でも僕はかまわないけど？

　編集部の回答は、NOでした。冗談も休み休み言えという意味の交渉の余地なしのNOでした。

　あたりまえですね。

僕の提案がすんなり受け入れられたらむしろ恐いです。もし『きらら』編集部の回答がOKで、いやぁ正午さんのアイデア、いただきです、ぜひそれやりましょう！　とかだったら、読者を呆れさせて『きらら』のツイッター炎上させちゃいましょう！　とかだったら、そういう編集部は危ういと思います。NOでよかったです。

ただそうなると、東根さんのでっちあげメールに対する僕の感想も単に「器用だな」ではすまされません。読後、自分で返信を書かなければならないわけだし、「器用だな」と感心する以外に、なにかしら書くべき話題を見つけなければなりません。

ひとつ、こういうことを思いました。

さっき僕、東根さんが僕になりすまして書いたメールを「細かいところまで文章の癖を掬い取って書かれています」と持ち上げましたが、それは、どうやら表面上のことなんですね。表面の上澄みのところは上手に掬い取って文章の型に流し込んであるけれど、やはり底の底までは掬い取る手が届いていない。つまり、東根さんのなりすましメールは、上澄みのみ、の無味無臭のものになっている。本来、上澄みの底には、佐藤正午風味の沈殿物が溜まっているはずなのに。

なんだそれ？　といま自分で書いたあとで思いました。

佐藤正午風味ってなんなんだ。沈殿物ってなんなんだ。

たぶん何ほどのものでもありません。最初に表面とか上澄みとかの比喩《ひゆ》を持ち出したので、そこから連想されるものとして、自然にというか安易にというか、沈殿物なる言葉が出てきただけです。いったん忘れてください。

つまり、東根さんは「なりすましメール」の文面で僕の書きそうなことをいろいろ器用に書いてみせているけれど、仮に、ホンニンの僕が書いたとしたら絶対こうは書かないだろうなと思えるところがある。他人の目には見えなくても、それは、僕の目にはかなり目立って見える。簡単にいえば、そういうことです。

たとえばね、それは、トマス・ウルフって誰だよ、僕は読んだこともないぞ、とかそういうことではないんです。「処女作だけ残して死ぬべきだった」と弱気なスコット・フィッツジェラルド（このひともよく知らないけど、ほんとにそんなこと言ったのか?）に、僕は親近感などまったく覚えないけどな、とか、そういうことでもありません。毎日処方薬のんでるので「なかなか寝つけない夜」はほぼないけど仮にあったとして、たまたまBSで映画『ブラック・レイン』をやってても僕ならチャンネル変えるな、松田優作にも高倉健にもあんまり関心ないし、萩原健一が出てる昔の映画ならそのまま見てしまうかもしれないけど、とかでもありません。

その種の固有名詞の選択については——たとえ事実に反していても——なりすましとしては、いかにもそれらしく、でいいわけですからね。トマス・ウルフにしてもスコット・フィッツジェラルドにしても、いかにも僕の年代のシブい小説好きが読んでいそうな作家に思えるし（よく知らないので、本当のところはどうかわかりませんが）読者目線でいかにもと思えればそれでいいわけです。

そういうことじゃなくて、僕が問題にしたいのは、東根さんが僕になりすまして書いている、次のような文章です。

不謹慎を通りこして、たとえ僕の怒りを買ったとしても、安心してください。東根さんの勇気は、勇気だけは本気で認めます。いいですか東根さん、このインタビューで僕の想像に任せるなんて、物を書く仕事として失格です。

これのどこがひっかかるかというと、まず文の運びのリズムがビミョーに僕の呼吸とずれている（まだ推敲の余地がある）という点は別にして、あとそれから、文中に「本気」という言葉が使ってあるけれど、こんな内容のこと佐藤正午がまさか本気の本気で言うわけないからあえて「本気」という言葉を使って「おかしみ」を醸し出そうとしているのはまあわからないでもない、にしても、その「おかしみ」——ちいさな事をあげつらって力説している癇癪《かんしゃく》持ちのおじさんのおかしみ、みたいなもの——がまるで伝わってこない（やっぱりまだ推敲の余地がある）という点も別にして、何より、最後の、断定的な口調です。

物を書く仕事として失格です。

これね、こういうこと、佐藤正午なら書かないと思います。物を書く仕事としておそらく失格でしょう、とか、物を書く仕事として失格ではないでしょうか、なら、まだありかな？　とも思いますが、それにしてもやはり、失格という言葉は、自分で自分を卑下してならまだしも、他人に向けては使わない気がします。

これ明らかに上から目線ですよね。自信満々の人の口にする台詞ですよね。でもその自信、どこから来てるんでしょう。ひとを失格呼ばわりするあなたはどこの誰？って声が聞こえます。そういう声を、自信満々の人生からほど遠いところで生きている僕は、第三者的な自分自身の声を先頭に、という意味ですが、気にします。だからたとえ冗談にしても書かないと思う。

いや、冗談なら——冗談として受けとめて笑ってもらうことを想定してなら——若い人に説教したがる自信満々のおじさんをあえて演じて——ひょっとしたら書くかもしれません。つまりフィクションとしてならありかもしれません。でも東根さんが佐藤正午になりすまして書いてきたメールの中の文章のような書き方では、なしです。

嘘だ、と東根さんは反射的に思うかもしれません。

このロングインタビューを第一回から読んでいる『きらら』の読者もおなじように思われるかもしれません。だって正午さん、あんた、いままでそうとう厳しい言葉をインタビューアーに投げつけてきたじゃん？　あれ上から目線じゃなかった？　自信満々じゃなかった？

もし、そう思うひとがいたとしたら、僕に言わせれば、そのひとは読みが浅い、と思います。むやみに厳しい言葉を投げつけることと、むやみに厳しい言葉を投げつける人物を演じること、そのふたつは別物ですから。だって、前者は冷静さを欠いた軽率な行為ですよね？　後悔の種ですよね？　ね、考えれば簡単にわかることです。文章を書くとき、仕事机に向かった書き手が、冷静さを欠いていては話にならないでしょう。

さきほどいったん忘れてもらった「沈殿物」（せっかく思いついた言葉なので）その話に戻りますが、要は、小説家としてのキャリアのことかと思うんです。言葉を飾っていえば、小説家人生三十何年かのチクセキ、みたいなことになります。で、その、時間をかけて佐藤正午の底に層をなしたチクセキの中に、上から目線とか、自信満々とかは含まれていません。どこをどうほじくっても。

　嘘だと思うなら、文庫の『書くインタビュー1』でも『書くインタビュー2』でも『書くインタビュー3』でも、ほかのエッセイ集でも何でもいいから、とにかく佐藤正午の書いたものを読み返してみてください。そしてもし、もし万が一、どこかに、ここで僕が語っていることと相反するような文章が見つかったら、すぐに教えてください。動かぬ証拠として突きつけてください。

そしたら僕は、ウッ、と一瞬くらいは返す言葉に詰まるかもしれませんが、一瞬後には体勢立て直して、正々堂々、小説家らしく、この場において文章で弁明、というか、言い逃れしてみせます。そのくらいの自信はあります。

件名：聖地巡礼

162
東根
2017/07/10
17:11

小説家人生三十何年の方に「上から目線」で言葉を投げかけられたとしても、それはそれで素直に納得できるライター人生十何年の東根ユミです（でっちあげ騒動のあとなのでいちおう名乗ってからはじめます）。

正午さん、暑中お見舞い申し上げます。毎日いかがお過ごしでしょうか？

私は先日、聖地巡礼に行ってきました。『月の満ち欠け』の聖地です。物語の舞台となった場所を訪ねてきたんです。

その日、大手町駅で地下鉄の乗り換えついでに寄り道しました。東京駅までの連絡通路を歩いて向かった先は、東京ステーションホテル。二階にあるカフェは、『月の満ち欠け』で小山内堅と緑坂ゆい・るり母娘《おやこ》が対面した場所です。

私が訪れたのは午後三時くらいで、店内は混んでいました。スーツケースを転がしたサラリーマンや私の母親くらいの年代の女性グループ、上品そうな老年カップル……。『月の満ち欠け』を読んでいなければ、煉瓦《れんが》と白壁の素敵なカフェの風景と映る店内も、私にとってはちがいます。正午さんが作中で「木製のランチョンマット、つまり身も蓋《ふた》もなく言えば四角い板」と書かれていた実物が席に案内されたときから目に入り、なんだかどきどきしましたし、注文を聞きに来た店員が「白シャツに黒いエプロン掛け」なのを確認したり、小山内堅と緑坂母娘が対面したテーブルはあのあたりかもと「店内右手、奥まった場所」を覗《のぞ》いて妙な興奮を覚えたりしました、付箋《ふせん》が七十枚くらい貼られた『月の満ち欠け』のページを開いたまま。『オール讀物』七月号に掲載されたインタビュー記事によれば、正午さんはこの聖地を実際に訪れたことがないそうですね。「編集者が何度も行ってくれて、写真を送ったり、電話で様子を教えてくれました」とのことで、またびっくり仰天しました。私が巡礼したときには、メニューに「煎茶《せんちゃ》とどら焼きのセット」がなくて残念でしたが、物販コーナーにはどら焼きが置いてありました。もし正午さんが東京にいらっしゃる機会がありましたら、あんみつもお勧めします。美味《おい》しかったです。

次の聖地巡礼は早稲田松竹、と狙いを定める東根ユミから、そろそろ質問です。『月の満ち欠け』について訊きたいことがたくさんあるのですが、せっかく聖地巡礼もしてきましたので、このカフェの場面から質問があります。物語の冒頭で小山内堅と緑坂母娘が対面したテーブルには、もうひとり三角哲彦が来る予定になっています。ただその日、緑坂ゆいによれば、三角哲彦は「どうしてもはずせない会議」があって約束の時間には来られません。そして結局、小山内堅が帰りの新幹線ホームに向かう時間になっても三角哲彦は姿を現しませんでした。カフェでの待ち合わせは午前十一時、店を出たのは午後一時前。正午さん、二時間近く遅刻していますよ。

なにか、四人で顔を揃《そろ》えてしまうと生じる不都合でもあったのでしょうか？　いえ、小山内堅が八戸から持参した肖像画のこととか、緑坂るりから語られる「八年前の事件」のこととかを考えると、その場に三角哲彦がいないほうがしっくりと物語が進むような気もしましたが、だとしたら、三人がカフェを出る頃になってようやく三角哲彦が店内に現れて、晴れて四人が顔を揃える、みたいな場面もあり、な気もしました。また逆に、三角哲彦不在のカフェの場面から物語全体がここまで面白く進んでいるんですから、カフェで待ち合わせていたのは最初から、小山内堅と緑坂母娘の三人、という設定でもイケるんじゃないかという気もします。それとも、正午さんの狙いは、「三角哲彦がいつカフェに現れるかわからない」という構図そのものにあったのでしょうか？

ひょっとして、ここからは私のひねくれた深読みになりますが、緑坂ゆいが口にした「どうしてもはずせない会議」というのは最初から嘘だったのではないでしょうか？　そのあとの台詞もなんだか歯切れが悪いように深読みできますし、女優の演技力も加味して小山内堅がコロッと騙《だま》されている可能性もないとは言い切れないと思います。どうしてそんな嘘をついているのかは謎ですが、そう深読みすると、母親の隣でうなずく娘の素振りも何だか意味深に思えてきます。

正午さん、ご執筆の現場では実際どうだったのでしょう。カフェの場面は、『月の満ち欠け』全体で背骨みたいな役割を担っていますよね？　登場人物たちの過去にさかのぼって語られる各パートのことも、つまりのちのち書くことになる内容もいろいろと考慮した上で、四人ぶんの予約席に三人だけ座らせたのではないか、と私は想像しているのですが、三角哲彦の不在にはそれほど深い意図はなかったのでしょうか？

163
佐藤
2017/07/19
13:33

件名：取り急ぎ

お答えします。

冒頭のカフェの場面に三角哲彦がいない理由、いくつか思いつくままあげてみます、時間の許すかぎり。

まずこの小説はいま本として出版されている姿のとおり、第一章から最終章まで、順々に書いていったんですね。途中で章の順番を入れ替えたりはしていません。つまり登場人物についての情報量に関していえば、この小説を読み始めるときの読者とほぼおなじ程度に、この小説を書き出したときの僕も、ほとんど何も知らない状況にありました。

そこが一つポイントです。

本が出たあと、この小説をとりあげた書評が新聞や雑誌にいくつか載りましたが――どれもが好意的な書評でとても勇気づけられましたが――そのなかに、小説冒頭の場面に触れて「八戸から上京した小山内堅を、カフェで女優の緑坂ゆいと、その娘のるりが待っている」と説明する書き方をしてあるのが目にとまって、その点にだけ僕は（ちょっとだけ）違和感をおぼえました。それはないだろう！　とかそこまで強い反発じゃなくて、僕ならそうは書かないけどなあ、くらいの軽い不満なんですけど。

なぜって『月の満ち欠け』は――まあたいていの小説はそうだと思います。けどとくにこの小説は――ページをめくるごとにだんだんと登場人物の情報が付け足されていく、人物像が肉付けされて全体が見えてくるといった書き方になっているからです。読んでもらえばわかることですが、冒頭のカフェの場面では、小山内堅を待っている母娘はまだ何者かわかりません。

母親にかぎれば、女優だとはまだ書かれていません。どんな服装か、短髪か長い髪の女性かも、名前すらも書かれていません（職業が明かされるのは単行本59ページ、名前がわかるのはさらに100ページほどあとのことになります）。

それはつまり、小説を書き出したときの僕にも、彼女の職業や名前がまだわかっていなかったからだ、とも言えるんです。

そうすると三角の不在もたぶん説明がつくでしょう。ページをめくるごとにだんだんと登場人物（それと登場人物の関わっている出来事）についての情報が増えていく、そういう書き方からすると、冒頭では、登場人物の数は最少にとどめておいたほうがいい。というか、とどめておかざるを得ない。最初から登場人物全員の名前や職業や容姿を事細かく説明して、読者に覚えてもらったうえでストーリーを進める、というタイプの小説、があるのかどうかはよくわかりませんが、すくなくとも僕が書こうとしているのはそのタイプの小説ではない。で、主要な登場人物のひとり、三角はとりあえず（まだ）カフェにはいない。

冒頭は小山内の視点で書かれていますね。いるはずの三角がカフェにいないことに小山内が気づく。

なぜいないのか訊け、と僕は小山内に念を送る。とうぜん小山内は、三角くんは？と母親に訊《たず》ねようとする。しかし声に出して訊ねるまえに、三角さんは、と母親が言います。

「今朝はどうしてもはずせない会議があるそうなので。先にあたしたちだけで」

あたしたちだけで何を始めるんだよ？　と書きながら僕は思う。

「来ないんですか」と小山内は確認する。

来ないのかな、と書いている僕も思う。

でも先のページのことはわからない。小説はまだ始まったばかりだし、そうせっかちになる必要はない。あらすじ好きの、気の短い読者はジレったがるかもしれないけれど、勝手にジレろ。僕が書こうとしているのはあらすじではなく小説なんだから出だしはこれでいい。母親はこう答える。

「いいえ。そうではなくて、はっきりそうおっしゃったわけではありませんが」

うん、このくらいがいい。ふくみを持たせたほうがいい、と書いたあとで僕は思う。三角は来るかもしれないし、来ないかもしれない。どっちなのかは、小説のページをめくっていくうちに次第に明らかになるだろう。読者にも、僕にも。

もちろんほかの理由もあります。

この小説を書き出すときに、すでに決まっていて、そこは絶対変更できない、登場人物の関係性というものはあります。いちばん大きなものは、三角青年と瑠璃さんとの恋愛、というか不倫、それはこの物語の心臓ですね。

そうすると、その心臓にあたる出来事から、長い年月を経て、いまや青年ではなくなった三角哲彦と、少女るりに姿を変えた瑠璃さんとの再会、それがこの物語のハイライトシーンになります。なるはずです、いちばん盛り上がる場面に。

つまりふたりの再会の瞬間を、僕はこの小説のどこかで書くことになる。それはもうわかりきったことなんです。盛り上がる場面のない平板な小説、しかも長々と書かれた平板な小説なんて読みたくないでしょう？

でね、冒頭の場面で「なにか、四人で顔を揃えてしまうと生じる不都合でもあったのでしょうか？」と東根さんは首をひねってみせているわけですが、不都合はおおいにあるでしょう。

だって三角哲彦と少女るりが出会う場面は、この物語のハイライトなんですから。それなのに、冒頭から、ふたりがカフェで同席している、つまりふたりはすでに出会い（再会）をすませている、なんてことになったら、いちばんの読みどころになるはずの場面がだいなしじゃん？　そう思いませんか。

僕はきっとそう思ったんです、この小説を書き出したときに。

ただ実際には、いま言葉で説明していることを「書き出したときそう思った」んじゃなくて、ここは三角不在のほうがいい、と理屈も計算も抜きに、たいして迷わずそっちを選択したような気がします。

これは、登場人物の職業とか服装とか名前とかはあとから足していく、そういった判断保留事項とは別の話です。書き進めるうちにだんだんとわかっていくとかじゃなくて、それがないとそもそも小説が書けない。物語の心臓という言い方をさっきしましたが、小説を書き出すにあたって、現場で、小説家が感じ取っている、やがて自分の手で生み出すことになる小説から伝わる、心臓の鼓動のようなものです。カッコ良くいえばそれを聴き取るわけです。

ひとまず保留してかまわないものと、そうではないもの。

両者の区別をつけるのは、いつも言うように、小説家の勘、でしょうか。

いや、勘ではないかもしれません。ここでふたりを同席させてはまずい、と理屈抜きに反応するのはむしろ、キーボードに触れた小説家の指、そう言ったほうが早いかもしれません。

時間になりました。

今回は以上です。

質問への回答は以上ですが、ほんのちょこっと付け加えたいことがあります。

いま、これを書いているのは七月十九日、水曜日の昼間です。

この日付、ほかの読者のみなさんには通じなくても、東根さんにはわかってもらえると思います。

じつは今回届いた質問メールを読んで、東根さんがその件にまったく触れていないのに驚きました。読後、アメスピ一本吸いながら考えてみて、その件にいまは触れないでおくこと、いつもと同じようにメールを書いて送ることが、東根さん流の思いやりなのだろうと解釈しました。

お心遣い、いちおう感謝しておきます。

これからシャワーを浴びてさっぱりして、昼食にソーメンを食べたあと、編集者との待ち合わせ場所へ出かけます。いわゆる「待ち会」と呼ばれるやつですね。

結果しだいでは、もちろん落胆すると思います。けれどこういうのは自分の力ではどうにもならないので、ただ幸運を期待して電話を待つしかありません。

できれば、次回、東根さんが思いっきり遠慮なくその話題に触れられるような結果になるといい、いまはそう願っています。

164
東根
2017/07/19
22:31

件名：正午さん！

正午さん、私もずっと願っていました！ノミネートが発表されてから一か月、密かに願っていましたよ！

まさか、きょう、この大事な日にメールをいただけるとは思ってもいませんでしたから、インターネットで生中継を見ているときは余計にどきどきしました。

そしてその瞬間には、鳥肌が立ちました。きっとあしたの新聞やテレビでも、正午さんのお名前がたくさん取りあげられるのでしょう。正午さん、急に冷たくなったりしないでくださいね。

私信のようなメールになってしまい、すみません。私、なんだかいま自分のことみたいにうれしくって、うれしくって、とにかくきょう連絡せずにはいられませんでした。質問メールはまた来月あらためて、冷静な頭をとりもどしてからお送りします。

もう「思いっきり遠慮なく」この話題に触れられますね。

正午さん！『月の満ち欠け』の第一五七回直木賞受賞、おめでとうございます！

Ⅱ

実感

165
東根
2017/08/17
13:00

件名：佐藤正午騒動

正午さん、『月の満ち欠け』の直木賞受賞を、あらためてお祝い申し上げます。ノミネートが発表された六月二十日からきょうまで、およそふた月のあいだ、正午さんの会見やインタビューでのお言葉が、たくさん報道されていますね。『きらら』の担当編集者の力も借りて、私はできる限りそれを追いかけています。

六月二十九日に佐世保市内で開かれた会見では、「候補作になった以上は、ものすごく賞がほしい。選考会の日は祈る思いで待つことになると思う」といった発言があったようで、ちょっと意外でした。あの正午さんに、こんなに素直な言葉は似合わないんじゃないか？　と驚いたんです。ただそれとともに、デビュー三十四年目のベテランがここまで素直に打ち明ける重みのようなものも伝わってきました。先月いただいたメールには「自分の力ではどうにもならないので、ただ幸運を期待して」という言葉もありましたね。正午さんはもともと縁起をかつぐ性格だったと記憶していますけど、受賞という幸運を少しでも引き寄せるため、なにか縁起かつぎしましたか？

そして七月十九日の選考会当日。遅めの昼食にソーメンを食べたあとに向かわれた「待ち会」の雰囲気はどうでしたか？　幸運の電話が鳴るまでのあいだ、いっしょにいた編集者とはどんな話をされていましたか？

受賞の結果が発表されてからの正午さんは、まさに「時のひと」です。テレビのニュースや新聞、インターネットでも、正午さんの顔写真とともにその発言が溢《あふ》れるように流れてきました。私にとってはもはや、佐藤正午騒動と呼べるくらいの情報量で、追いかけるのも大変でした。なかには正午さん本人ばかりでなく、正午さんが打ち合わせでよく使う佐世保の喫茶店のマスターや居酒屋の女将《おかみ》さん、札幌で過ごした学生時代のご友人からの言葉が活字になっていた媒体もありましたし、長崎県知事や佐世保市長の談話まで発表されていましたね。正午さんもご覧になりましたか？

さらにこの騒動は、先月私が訪れた〝聖地〟のカフェにも波及しています。『月の満ち欠け』直木賞受賞記念限定メニュー（二〇一七年八月三十一日まで）が提供されているというのです。ご存じでしたか？　もちろん私は再び東京ステーションホテル二階へと赴き、「煎茶とどら焼きのセット」を取材してきました。どら焼きは「富士山のふもとにある『とらや工房』から届く」らしいです。

選考会当夜に電話で（！）行われた受賞者会見では、記者の方との想定問答を披露されていましたが（質疑応答の流れで披露せざるをえない雰囲気でしたね）、受賞以後の一連の騒動もこのとき正午さんは想定済みでしたか？　正午さんと所縁《ゆかり》のある方々や地方自治体の首長がコメントを寄せたり、佐世保でこつこつ書かれた小説をきっかけに富士山のふもとから東京駅へ限定品のどら焼きが届くんですからね、こんなシナリオも予想できましたか？

あの電話会見をインターネットで聞いていて、忘れられないひと言がありました。「なんのために小説を書いているのか？」という質問が挙がったときのことです。女性記者からでした。この質問に対して、むずかしいですね……と、答えあぐねた挙句に「あんまりいじめないでください」と、どこか甘えたような声が聞こえました。もうじき六十二歳になる直木賞作家に向けてこんな言葉遣いは失礼かもしれませんが、正直に書きます。正午さん、めちゃめちゃチャーミングでしたよ！　喋る現場だと、あんな感じなんですね、「無精たらしい質問の放り投げはカンシカです」とか言わないんですね。二年前、『鳩の撃退法』で山田風太郎賞を受賞されたときの電話会見では気づきませんでしたけど、今回はちがいました。これまた個人的な騒動です。

八月一日にも佐世保市内で記者会見が開かれたそうですね。そこでは「（直木賞受賞の）実感は今もありません」といった発言もあったようですが、それから二週間あまり。実感はまだわいてきませんか？　そもそも受賞の実感て、具体的に何なんでしょう。山田風太郎賞のときも実感はありませんでしたか？　最後にもうひとつ。正午さん、喋るインタビューや会見には、そろそろ飽きてきたんじゃないですか？

166
佐藤
2017/08/24
12:37

件名：実感

そうですよね、東根さんの疑問に僕も相乗りしますけど、受賞の実感て、何なんでしょうね。

佐藤さん、受賞の実感はありますか？

と質問されて、ありませんと答える。

そのとき、質問する記者も答える作家も、実感という言葉の意味をどのように解釈していたのでしょう。双方の解釈はぴったり一致していたのでしょうか。

これがこのロングインタビューでの応対なら、つまり「書くインタビュー」の場合なら、回答を書き出す前に、まず「実感」の意味を辞書で確認すると思います。で実際にいま、机上にある『岩波国語辞典』をひいてみたのですが、語句の説明を読んで

もいまいちピンときません。ああそうか！　とかは思いません。でも説明のあとに、用例があげられていて、

まだ受賞の実感がわかない

とあります。僕が使っているのは『岩波国語辞典』第六版なんですが、ほんとに例文がそうなってるんです。ほかの辞書はどうなのかと思って、これもたまたま机の上に置いてあった三省堂『新明解国語辞典』第三版をひいてみたら、「実感」の用例として、またしても、

実感がまだわかない

とあります。ちなみにもう一冊、小学館『新選国語辞典』第六版／ワイド版の用例を見ると、「実感のとぼしい作品」と特色を打ち出してありますが、話の進行上、都合がわるいので、これは見なかったことにします。

あなたいったい国語辞典を何冊机の上に置いてるの？　とむしろそっちが気になるかもしれません。だいたいいつも三冊か四冊置いてあります。別に一冊、小学館の

『類語例解辞典』も常備してあります。ま、そっちへいくと話がぐいぐい逸《そ》れます。僕と国語辞典との長いつきあいの話になるので。

実感の話です。

国語辞典の用例にあげられるくらいだから、これ、よくあることなのかもしれません。実感て、なかなかわかないもの、なのかもしれません。とくに『岩波国語辞典』によれば、受賞の実感はわきにくいのかもしれませんね。

僕が思うに、質問した記者のかたは、そのへんを心得ていたのではないでしょうか。また質問された作家のほうも、国語辞典と半世紀もつきあってきたので、正確な語意はつかめなくても、なかなかわかないもの・わきにくいものとしての「実感」のイメージを、冬場の朝の薬缶《やかん》のお湯みたいなイメージですが、頭の隅に浮かべていたのではないでしょうか。

そうするととくに問題はないでしょう。

記者　受賞の実感はありますか？（まさかないよね？）

作家　えーと、それは（もちろん）まだありません。

このQ&Aはごく自然なやりとりに思えるでしょう。

質問した記者のかたも、おなじ取材の会場にいる記者のかたがたも、だよね？　と全員うなずかれるわけです。実感なんて、そうそう簡単にわくものじゃないよね、うん、とても率直でいい、国語辞典に忠実な回答で好感が持てる、その調子で行きましょう。

てなわけで、

「受賞の実感はまだない」と佐藤さんは語った。

そんな記事が翌日の新聞に載ることになります。

☞

こんな感じでしたか？　このロングインタビューって。

なんか最近、喋るインタビューに慣れて自分を甘やかして、作家としてずぼらしているので、書くインタビューのほうの勘がにぶっているような気がします。ウォーミングアップがわりに軽く書き出してみましたが、こんな感じでよかったですか？

よかったことにして続けます。

あのね東根さん、東根さんに限らずこのロングインタビューをこれまで長年読んでいただいているみなさん、はっきり言って、ほんとは勘づいてますよね？　なんだか歯ごたえないなあ、と思ってますよね？　足かけ七年だか八年だかここで、もう自分で勝手にホームグラウンドと呼びたいくらいになじんだここ『きらら』で、このロングインタビューは続いているわけだし、ここで書いてきたことにくらべたら、よそで僕が喋ること、たとえば記者会見での発言にまるで気合いが入ってないのは見え見えでしょう？

記者　受賞の実感はありますか？

僕　受賞の実感？　それどういうことなんでしょう、実感て何ですか、ちょっとだけ待ってください、いまスマホで言葉の意味調べてみますから。みなさんもどうか、ご自分のスマホで言葉の意味をよく確認してから質問してください。

こんな感じですよね、書くインタビューにおける佐藤正午は。でも喋るインタビューになると「ずんだれ」です。ずんだれって、佐世保の方言で、パンツのヒモがゆるゆるみたいなことです。なんだよ、佐藤正午、もっとしゃきっと喋れよ。

でもそれができないんです。しゃきっと質問に答えるつもりで、口をひらくんですが、ひとこと、ふたことみこと、言葉を喋るうちに、あ、これは違う、この表現だと誤解をまねくかも、と反省が、というか推敲癖が頭をもたげて、書くインタビューの場合なら、ここでキーボードのデリートキーを押して早速書き直すところだなとか思って、でもそれができないもんで、できないというか緊張もしてるし、また一から喋り直すのも億劫《おっくう》で、喋ってる場所、記者会見場には、ものを書く現場とはまったく違う、あわただしい、ひとを急《せ》き立てるような時間が流れているし、記者が陣取っているテーブルとテーブルのあいだの通路には複数のカメラマンがいてバシャバシャ盛大な音をたてて、なんだよこれ、芸能人の不倫釈明会見か？　みたいに撮影もおこなわれているしで、そのまま喋り続けるしかないんですが、でももうすでにその時点で、投げやりな気分になっています。極端にいえば、もう、どうでもいいやって感じですね。投げやりな気分って、これがものを書く現場なら、絶対に起こり得ない、味わうことのない気分です。あたりまえですが。

　ところが現に、受賞後に佐世保でおこなわれた記者会見では、僕はもう途中でほとんどやる気をなくしてしまって、投げやりな気分になって「どうぞ、あとはお好きなように（記事を）書いてください」と、作家としてあるまじき発言をしてしまい、その場では、記者のみなさんには呆れながらも笑って許してもらえたような気がしますが、あとで、会見に同席していた『月の満ち欠け』の担当編集者からは、それはこっぴどく叱られました。正午さん、あんな無責任なこと言ってどうするんですか！　あれじゃ、不当な記事を書かれてもこちらから文句も言えませんよ！

不当な記事、といえるかどうかはわかりませんが、東根さんが意外に思われた発言、あの正午さんに、こんな素直な言葉は似合わないんじゃないか？　と驚かれた発言について――これは受賞後ではなくそれ以前、賞の候補者に対しての「事前の囲み取材」と呼ばれている（らしい）会見での発言なのですが――弁解をここでしておくと、僕の言わんとしたことはこうです。

「文学賞を常に意識して小説を書いているわけではもちろんないのですが、でも書いた作品がいったん候補にあがってしまうと、いままで意識もしなかったその『賞』が欲しくなる。そういうものなんですね。そういうものだということは、二年前の山田風太郎賞のときに経験済みです。ですからその経験から言って、今回も同じような気持ちになるのはまちがいないと思う。とくに選考会当日、編集者と一緒に結果を待っているときには、欲しいという気持ちがたかまると思う。きっとものすごく欲しいと思っているはずです。その日は、祈るような気持ちで電話を待つことになるでしょう」

もちろんこのとおりに喋ったわけではありません。アドリブでこの通りに喋れるくらいなら、小説だって僕はソファに寝転がって口述筆記で済ませます。それが出来ないから、毎日パソコン画面を睨《にら》んで、こまめにデリートキー使いながら文章を組み立てているわけです。

ただね、このとおりに喋ったわけではないにしても、これに近いニュアンスを、たどたどしくも（ときに投げやりにも）喋った言葉のハシバシにはこめたつもりだったんです。でもそれが伝わるひとと伝わらないひとがいます。ある記者は「佐藤正午談話」として次のようなニュース原稿を書いて、東根さんを驚かせる。

「候補作になった以上は、ものすごく賞がほしい。選考会の日は祈るような思いで待つことになると思う」

言ってねえっつうの、そんなこと。

とは、僕には抗議する資格はないかと思います、でも、ほんとにそんなこと「言ったつもりはない」んです。現に、同じ日、同じ会見場にいて、僕の喋る同じ言葉を聞いていた別の記者は、「佐藤正午談話」をこうまとめています。一例あげます。

「候補になってしまうと、（賞を）欲しくなるんですよね。当日は祈る思いで待つと思う」と語った。

選考会を前に、市内で報道陣の取材に応じた佐藤さんは、直木賞候補に選ばれたことに「頭の隅にもなかったのでびっくりした。候補になってしまうとものすごく欲しくなる。当日は電話を祈る思いで待つと思う」と心境を明かした。

ね？　だいぶニュアンスが違うでしょう。

こちらの二例のほうが、僕が「言ったつもり」の発言に近いでしょう。しっかり引用したので引用もとを記しておきますが、これを書いたのはそれぞれ長崎新聞と西日本新聞の記者のかたです。僕に言わせれば、この二紙の記者の、他人の言葉（のハシバシ）を聞き取る感覚はまともです。対して「言ってねえっつうの」の原稿を書いた人は、どこのどなたか存じませんが、ま、なんていうか、人を驚かせる能力にたけたかたかもしれませんね。

☞

東根さんの想像どおり、喋るインタビューにはそろそろ飽きてきました。まあ僕が飽きるよりさきに、インタビューする側も飽きているかもしれません。佐藤正午に会いに佐世保まで行ってもさ、どうせ退屈な、ずんだれた発言しか聞けないんだし、時間とか交通費とかかける意味ねえよ。そんな感じでしょうか。

それはそれでお互いのためにいい事だと思うし、ていうか、ほんとはね、またこんなこと言うと『月の満ち欠け』の編集者に叱られるかもしれませんが、どうでもいいんですね、賞がほしいとかほしくないとか、受賞の実感がわいたかわかないかとか、それが何だというんでしょう、そんな記事を誰が好んで読むでしょう。

じつは今回のメールを「実感」と題して書き出したとき、僕の頭には二年前のある出来事がありました。

二年前の秋、『鳩の撃退法』の山田風太郎賞受賞が決まって、それから何日か経った日の午後、あるひとから突然電話がかかってきたんです。

受賞おめでとう、という電話でした。話した時間はほんの数分だったと思います。その電話を切ったあと、僕は泣きました。二年前だから僕はもう六十歳だったんですけど、涙ってこんなに出るのかと思うくらい泣きました。

そのときのその涙と、受賞の実感とを――この場合は直木賞じゃなくて山田風太郎賞受賞の実感ということですが――結びつけて語れないか、つまりその涙こそが受賞の実感、ということにしてメールを書けないかと考えてみたんです。

でもそうじゃない。

これまでにも何度かこの場で言ってきたことですが、物事はそう単純じゃない。

僕が泣いたのは、受賞の実感などのせいではない。涙と受賞とはまったく関係がないわけでもない（だってその人は受賞を知って電話をかけてきたわけだから）けれど、直接の関係はない。ではそのことを（つまり物事はそう単純じゃないということを）東根さんやこのロングインタビューの読者にうまく伝えるためには、当時の僕の心境をどう書けばいいのか？

で、ここからちょっと、は？　おまえ何言ってんの？　と不思議がられるかもしれませんが、その二年前の秋の出来事、涙のきっかけになった電話は、いったい誰からかかってきたんだろう、と僕は考えはじめました。言い換えれば、誰からかかってきたことにしたら、最も効果的に、僕が泣いた（複雑な）理由が、東根さんや読者のみなさんに伝わるだろう、というふうに考えを進めました。年老いた母親からがいいだろうか、旧知の編集者からの電話はどうだろう、それとももっと関係の淡い、昔ちょっとだけつきあってた女性とかはどうだろう？

そんなふうに考えているうちに、あれ？　まずいな、と僕は気づきました――これを書くのは、ここじゃないのかもな。だって事実に反した嘘をひねり出そうと考えてるんだもんな。それって、メールを書くにしては、ヨコシマな考えだよな。

じゃあ何を書くならヨコシマではなくなるのか？

二年前、山田風太郎賞を受賞したのは事実です。

それから数日後、電話がかかってきたのも事実です。

その電話を切ったあと泣いたのも事実なんです。でもそれらの事実を、ありのまま順番に書き並べても読むひとにはきっと伝わらない。このおじさんなんで泣いてんの？　と相手にされないだろう。もし相手にしてもらいたいのなら、事実を曲げてでも──たとえば山田風太郎賞受賞の事実をほかの何かに置き換えてでも、たとえば電話で話したんじゃなくて、道でばったり会った人と別れたあと泣いたことにしてでも──ひとに読ませるストーリーに仕立てなければならない。

東根さんはもう気づいてるでしょう。

なんかハトゲキの津田伸一みたいになってきました。

結論はこうです。

この話、六十歳のおじさんがめそめそ泣いた話を書くのは、ここじゃない、このロングインタビューの場はふさわしくないと僕が判断したのは、これはこれで独立したストーリーにできると感じたからです。

たいして面白いストーリーになるとは思えませんが、でも、そう感じたと同時に、ああ、そうか、自分はまだ懲りずにあれをやるつもりだな、事実をねじ曲げて、まとまった文章を書くつもりでいるんだなと、あたりまえといえば（小説家なので）あたりまえなんですが、確かにそうも感じたからなんです。

これ、実感ですね。

受賞の実感なんてありません。

生きているという実感すらあるのかどうかわかりません。

僕はまだ小説を書くつもりでいる、これがいま、たぶん僕が感じられる唯一の実感だと思います。

167
東根
2017/09/13
13:15

件名：不倫

六十歳のおじさんがめそめそ泣く――正午さん、ただごとではありませんね。

正午さんの身に起こった実話ではなくて、正午さんが考えはじめていたストーリーのことを私は言っています。おじさんの涙の背景には、こりゃ大泣きして当然、みたいな一筋縄ではいかないドラマが、きっとあるのでしょう。

正午さんなら六十歳のおじさんを作中で見事に号泣させる新しいアイデアをひねり出してくれそうな気がします。お世辞でも皮肉でもなくて、正午さんの手にかかれば面白いストーリーになる、というか、どうにでもなる、極端に言えば、黒いものでも白く見せてくれる、と私は思うからです。たとえば不倫のことがあります。

【ふ-りん　不倫】人の道にそむくこと。特に、男女の仲が道徳にはずれていること。「不倫の恋」（小学館『現代国語例解辞典』より）

第一五七回直木賞受賞作『月の満ち欠け』には、正木瑠璃と三角青年の不倫の恋が描かれています。二か月前のメールの言葉を借りれば「この物語の心臓」です。
正午さんから「どこの奥さんも不倫している」という言葉が届いたのは二年前の六月、ちょうど『月の満ち欠け』を書き出された頃のことでしたね。私はこの言葉を最近よく思い出します。週刊誌やテレビのワイドショーなどで次から次へ報道される、芸能人や政治家の「不倫」を目にするたび思い出しています。近ごろ多いですよね、正午さんの言葉どおり、どこの奥さんも（旦那さんも）不倫しているんじゃないか、と思えるくらいです。当事者はもれなくやり玉にあげられ、涙ながらに釈明したり、職を追われたりしています。「いやあ、素敵な不倫ですね、うらやましい」みたいなことを言っている記事やコメンテーターなんて見たことありませんしね。とにかく厳しい目が一斉にむけられ、善悪でいえば悪、白か黒かでいえば「不倫」は黒として扱われています。

ところが、『月の満ち欠け』に描かれた正木瑠璃と三角青年の不倫の恋を読み進めているとき、私はほとんど「悪」を感じなかったんです。いずれ痛い目に遭うぞとか、人妻の火遊びに決まってるとか、横槍《よこやり》を入れるような思いは浮かばず、むしろ二人がなんとかして幸せな結末を迎えられないか、くらいの気持ちでした。辞書を引けば「道徳にはずれている」はずの関係なのに、なんといえばいいのか、私にとっては微笑《ほほえ》ましい感じさえする白い不倫だったんです。

大学生の三角くんがうぶだったからでしょうか。雨に濡《ぬ》れた見ず知らずの女性（瑠璃さん）に、タオルもハンカチもないから自分の替えのTシャツを差し出した三角くん。そんな三角くんに、私がきゅんとしてしまったからかもしれません。

ちょっと話が逸れますけど、正午さん、この場面ですんなりタオルが出てこなかったことも、もしかして二年前の五月に文豪トルストイの『戦争と平和』から引用してご説明いただいた、「絨緞《じゅうたん》のめくれあがったすみを気にするように」（✉103）ではありませんか？　私にはこれも「ストーリーの平坦な通り道にあえて打ち込まれた杭《くい》のよう」に読めたんです。いえ、なにやってるんだよ、佐藤正午、さっさとタオル出せよ、とせっかちに思ったわけではありませんよ。おそらくはあらすじで省かれる、小説の読みどころだと思ったんです。もし三角青年からあっさりとタオルが差し出されていたら、二人の関係はそれ以上進展しなかったんじゃないか、不器用な親切だったからこそ、複雑な事情を抱えた人妻も年下の青年にこころをひらいたんじゃないか、そんなことまで考えましたからね。

正午さんが「タオル代わりのTシャツ」を思いついたのは、キーボードに手を添えてまさにこの場面を書き進めている最中でしたか？　それとも、あらかじめメモでもとっていたのでしょうか？　バッシングの標的にされるような黒い不倫は避けておこうなどといった理屈や計算はありましたか？

最後までしつこく不倫の話です。

人妻と年下の青年の不倫を、正午さんは『鳩の撃退法』でも描かれています。白くまのアイスとかホットカーペットとか笑ってしまう場面がたくさんありましたけど、幸地奈々美と晴山青年のいきさつはどちらかといえば、辞書の語釈に忠実な印象でした。「人の道にそむくこと」を地で行っている感じで、きゅんとはしません。もちろん、正木瑠璃・三角青年カップルと状況も人物像もちがいますし、「この物語の心臓」でもありません。ただ、人妻と年下の青年の不倫、という構図はおなじです。

正午さん、もしかして、青年時代にこの構図とよく似た思い出でもあったのでしょうか？

件名：ただごと↓ただごとではないこと

168
佐藤
2017/09/25
12:33

はい、青年時代によく似た思い出があります、じつはこうみえて僕、年上の人妻と不倫した経験があります。

なんて、言うわけないですよね。

自分より年上の、他人の奥さんにちょっかい出すとか、そのような――国語辞典の解釈に従えば、人の道にそむいた――経験は僕にはないし、仮にあったとしても、こんなとこで、公の場所で、堂々と書けるわけがない。ひっそり墓の前でご先祖さまに手を合わせて許しを請うことはあっても。いや、それもない。バカな質問しないでください。

たしかに「どこの奥さんも不倫している」という件名のメール（✉109）を送った事実はありますが、その「どこの奥さんも」や「不倫している」は、小説の中での話、だったはずです。トルストイの『アンナ・カレーニナ』の中でも、佐藤正午の『鳩の撃退法』の中でも、そして当時いまにも書き出そうとしていた『月の満ち欠け』の中でも、奥さんたちはみんな当然のごとく不倫している、そういう意味でした。それはもちろん、小説ではなく現実の話としても、古今東西、どこの奥さんも旦那さんも不倫している、と誇張法で言って言えないことはないかもしれません。でもそっち側の話には、僕はぜんぜん責任持てないし、あんまり関心もないんです。

たとえば現実には、偶然出会って、一目で恋に落ちて、夫婦になって、不倫なんて言葉とは無縁で、おまえひゃくまでわしゃくじゅくまで（うろ覚えですが、こんな文句ありましたよね？）添い遂げるカップルもいるでしょう。その昔「成田離婚」という流行語があったと思いますが、新婚旅行で海外へ行って帰国したとたん夫婦愛が冷めて別れてしまうカップルもいました、僕の知り合いにも一組いました。役所に婚姻届を出して結婚生活をはじめたその日からなぜか「夜の営み」（こんな文句もありましたよね？）が途絶えて、皆無になって、それでも友だちみたいに長年仲良く夫婦生活を送っている、そんなカップルがいるのも僕は知っています。夫に隠れて不倫している妻も、妻に隠れて不倫している夫も、過去にさかのぼれば現実に何人も知っています。

前にもいちど説明したように（✉101）、テレビや新聞やYouTubeやネット記事を見ていればわかることですが、現実には（もう、ほんとに）なんでもあり、なんですね。

むしろあり得ないことが、ない。ええっ！　そんなことってあるんだ？　あるんですね、世界は広いし、ひとは何じゅうおくにんも生きているわけですから。

だから、あえてこうも言えます。

不倫なんてどこにでも転がっている、現実には。

つまり、ただごと、です。


何が言いたいかというと、次のような主旨になります。

東根さんは今回のメールの冒頭で、六十歳のおじさんがめそめそ泣くのはただごとではない、というふうに書いていますね。

小説のストーリーとしてただごとではない、と断り書きがしてありますが、僕もその意見に賛成なんです。

東根さんはこう言いたいわけでしょう？

現実には、六十歳のおじさんがめそめそ泣いてたとしても、そんなの不倫と同じで珍しくもない、ただごとに過ぎない。だって世の中にはもっと奇妙な出来事がいっぱいあるし（事実は小説より奇なり、という言葉もあるし）、あり得ないことなんてひとつもないんだから。

したがって、そのただごとを、ただごとのまま小説に書いてもひとには読んでもらえないだろう。ひとに読んで面白がってもらうためには、読ませるストーリーを用意しなければならないだろう。

言い換えれば、現実における「ただごと」を、小説では「ただごとではない」ものにしなければならない。

これ、前回僕の言わんとしたこと――事実をねじ曲げてでもストーリーを作る――と重なりますね？

で今回僕の言いたいのは、その事実のねじ曲げ方です。

核心に入るまえに少し回り道をします。

東根さんが打ち出してきた不倫を二分割する新語――「白い不倫」と「黒い不倫」から導かれて少し考えてみました。

記憶の書き換え、と呼ばれる心理療法があって、これは簡単に説明すると、個人的な体験、なかでも嫌な思い出ですね、その過去の一場面に立ち戻って、登場人物としての自分の役割を、誰でもかまわないのですが、思いつくかぎり自分とは懸け離れたキャラクターに置き換えてなぞってみる、積極的に追体験してみる、という方法なんです。

一例として、僕がよく選ぶのは明石家さんまです。

ここでいう明石家さんまはもちろん、本名なにがしの実在の人物ではなくて（実物を僕が知るわけないですから）、あくまで芸人明石家さんま、テレビのバラエティ番組でひたすら陽気にふるまっている人物のイメージ、イメージだから敬称抜きです。それで、自分がそのイメージの明石家さんまだったとして、過去の場面に戻って、同じ場面をもう一回演じてみると、劇的に変わる。深刻で暗い話だったはずなのが、まるでコメディになる。

想像つきませんか？

なんてったってあの明石家さんまですからね、彼が登場すればどんな場面も掻《か》き回してコメディにしてしまうでしょう。そのくらいの力を明石家さんま（のイメージ）は持っているでしょう。それがいいんです。それで救われるんですね。気の持ち方が楽になる。過去のあの場面は、自分がひとりで思い込んでいたほど深刻で暗いものではなかったかもしれない、という視点が新たに加わる。

これを僕は勝手に「明石家さんまセラピー」と命名しています。

ほんとはここで僕じしんの嫌な思い出の実例をあげて、こんな深刻な体験談が、キャラクターを置き換えてみると、ほらこんなふうに笑い話になる、と具体的に解説したほうがわかりやすいとは思うのですが、それをやっていると長くなるので、端折《はしょ》ります。

というよりも、実例ならほかにある、僕はすでにこの「明石家さんまセラピー」を現実ではなく小説に応用して使っている、そういう話になります、ここから。

☞

一九九〇年代に、僕は、主人公が犯罪に加担する小説を立て続けに書きました。まず『彼女について知ることのすべて』。

この小説のなかでは殺人が描かれています。どちらかといえば——ま、殺人事件が起こるわけですからあたり前ですが——これはシリアスな小説です。

でね、書きあげて、この作品が本になったあとで、自分でも再度読み返してみて、二点ほど、後悔というかないものねだりというかがわいてきました。語りの問題と、ストーリーの性格の問題と二点。

語りの問題というのは、この小説は、主人公「わたし」の視点から一人称で書かれているのですが、同じ一人称で書くにしても、主人公ではなく、むしろ第三者（たとえば主人公の知人とか）の視点から、主人公「彼」の身に起きた出来事を語っていく書き方があったのではないか、殺人に加担した罪深い「わたし」が長々と語れば語るほど言い訳めくだろうし、第三者による中立な目で語ったほうがより適確に事件の内容が読者に伝わったのではないか、そのほうがよかったんじゃないか？　という後悔です。

あとストーリーの性格の問題というのは、要するに、この小説は深刻で暗いんですね。深刻すぎるし、暗すぎる。こんなの、あの軽やかな、コミカルな、ふざけた長編『永遠の1／2』でデビューした佐藤正午らしくない。初心を忘れたのか？　こんなきまじめなものを書くために小説家になったのか？　違うだろう？　うん、絶対違う。そういう後悔です。

で次に書いたのが『取り扱い注意』。

この小説のなかでは、いわゆるロリコンと、現金強奪事件が描かれています。どちらかといえば――ま、中年男性と少女との（人の道にそむいた）関係や、強盗という重犯罪を扱っているからあたり前ですが――やはりシリアスな小説、になるはずのところ、これは一転してコメディになっています。

語りの問題はひとまず置いといて、ストーリーの性格に焦点をしぼると、『取り扱い注意』は、最初から最後まで軽いノリの、なんというかもう、ふざけちらかした作品に出来あがっています。いわば前作の『彼女について知ることのすべて』とは正反対に。

つまり、同じ犯罪小説でも、この二作はまったく毛色が違うんです。題材からすると双子のような作品なんですけど、どうしてこうも似ていないかというくらい二色にわかれていて、読者の好みも『彼女について知ることのすべて』派と、『取り扱い注意』派に二分されます。

（念のため断っておきますが、読者の好みも二分されるって、ものは言いようで、実のところ、読者なんて指を折って数えるくらいしかいなかったです、この二作品に関しては。ほんとに本屋さんで売られてるのか？　と疑いたくなるくらい反応はとぼしかったし、とくに『取り扱い注意』のほうは書評を書いてくれたひとも誰もいなかったんじゃないでしょうか。代わりにひとり、ああ『取り扱い注意』わたし読みましたよ、あれじゃあ売れませんね、と面と向かって僕に言った編集者がいたのは記憶していますなぜ売れないと言い切れるのか、理由は聞き忘れましたけど。いや、聞いたのを忘れたのかもしれないけど。

ちなみに僕は『取り扱い注意』派です。急先鋒《きゅうせんぽう》のタカ派です。ここから、志を同じくする支持者のみなさんと、僕はのちに「正午派」という小所帯の派閥を立ち上げ、派閥名をそのまま本のタイトルに用いたりすることになります。また正午派の編集者の後援により、長編『5』や『鳩の撃退法』を書くことになります。そして他派閥のみなさんから強めの反発を招くことにな

ります。なかには離党されたかたもいらっしゃいます。て、何を言ってるのでしょうか、僕は）

話を戻します。

つまり、同じ小説家が書いた同じ犯罪小説でも、まったく性格の違う二作が出来あがるんですね。それはなぜかというと、ここでさきほどの、僕が勝手に命名した「明石家さんまセラピー」が浮上してきます。キャラクターの置き換え——すなわち現実における記憶の書き換えです、それが小説を書くうえでは、題材へのアプローチというこ とになると思います。極言すれば、アプローチの方法というか方向次第で、悲劇にも喜劇にもなりうる。

物議をかもすかもしれないのでちょっと迷ったのですが、言ってしまいます。なんなら殺人事件を扱ったストーリーでも、それがどんな殺人でも、衝動的殺人でも計画殺人でも連続殺人でも交換殺人でも、アプローチの方向次第では、コメディとして成立する。そう思います。

言いました。

もうあとにひけません。

じゃあやってみせろ、おまえが昔書いたやつ、計画殺人の『彼女について知ることのすべて』、連続殺人の『身の上話』、あと交換殺人の『アンダーリポート』、ぜんぶコメディに書き直していま言ったことを証明してみせろ、と求められたらやるしかありません。やれると思います。けれども、それをやるには時間が必要です。一作につき二、三年かかるとして、あいだに休養をはさんで、ぜんぶやると十年ほどかかります。

そんなの誰も待てないし、求めないでしょう。だからいま僕が言ったことは、いつか佐藤正午がロングインタビューでトンデモない放言をしてたな、ていどの記憶にとどめてください。もちろん忘れてもらってもぜんぜんかまいません。どちらかといえば忘れてもらったほうが助かります。

ただ、この放言があったほうが、いまは都合がいい。

とりあえずこう言い放つことによって、例の、東根さんの言う「白い不倫」と「黒い不倫」の色分けについて、さらっと説明がつく段取りが整ったかと思います。

色違いの不倫がなぜ小説に書かれているのか？

答えは単純明快ですね。

不倫という題材へのアプローチの仕方がそれぞれ異なるから。

その一言で片がつきます。

なにしろ殺人事件ですらコメディになりうると放言するくらいだから、それに比べたら不倫なんて、たかが不倫なんて——とか言えば、むしろこっちの発言が物議をかもすでしょうか? あくまで小説の話ですからね、念のため——どうにでもなります。白にもオフホワイトにもアイボリーにも、真っ黒にも白黒まだらにも無色透明にも書き分け可能だと思います、不倫は。

不倫などけしからん、許し難き重罪だ、みたいな書き方もありだし、不倫したってべつに「人の道にそむかないよ」とか「素敵な恋だね」みたいな不倫の書き方もありです。国語辞典の解釈に忠実に人は(小説の登場人物は)かならずしも生きているわけではないので。ただ重要な点は、現実には「ただごと」に過ぎない不倫が、小説として読んでもらえる不倫になっているかどうか、そこにつきると思います。

気づいたら遠回りしすぎました。

これから核心に入るところに来ているのですが、すっかり長くなりました。では現実における「ただごと」を、どのように作り替えて「ただごとではない」ストーリーにするのか?

実践例をあげて解説を試みるのが今回の核心です。核心になる予定でした。そのために引用するつもりで、資料となる本を何冊か用意していたのですが、残念ながら無駄になりました。

もとの場所にしまいます。

いずれまた引っぱり出してくるかどうかは、今後の、東根さんの質問メールの書き方次第、あとは、それを読んだときの僕の気分次第です。

169
東根
2017/10/17
07:22

件名：ホラー映画撃退法

唐突ですが、正午さんはホラー映画をご覧になったりしますか？

私は苦手だったんです、ホラー映画。いまでもどちらかといえば苦手ですし、できれば見たくない。でも、友達付き合いとか、仕事の関係でどうしても見なくちゃいけないときもたまにあります。そんなとき、人知れず心がけていることがあります。

きっかけは私が学生だった頃の話です。

その日は、友人の家に数人で遊びに行き、そのままみんなで泊まっちゃおう、という流れだったと思います。いまでいう女子会ですね。それで、詳しい経緯は憶えていませんが、深夜にテレビで放送される『13日の金曜日』（『エルム街の悪夢』だったかもしれません）を、みんなで見ようという話になりました。これは寝たふりするしかないと硬直していた私に、友人のひとりがこんなことをささやきました。「だいじょうぶ。そういう人は、ジェイソンの気持ちになって見てれば」

映画がはじまったら、私は殺人鬼になるしかありません。そのうち、幸せそうな登場人物たちに対して、いずれみんな私の餌食《えじき》よ、うふふ、とさえ思うようになって、殺人鬼らしい残虐な行為や振る舞いはもはや「ただごと」に感じます。あんまりいい気分ではありませんが、でも恐怖は大幅に減ります。いまかいまかと自分の登場を待ちわびていますから、突然目の前に殺人鬼が現れても、心臓が飛び跳ねるような心配も不要です。ショッキングな効果音は、むしろ私の気持ちを盛り上げます。

その日からずっと、私はこの方法で、時折訪れるホラー映画体験を凌《しの》いでいます。ちなみに殺人鬼ばかりでなく、ゾンビでも悪霊でも、なんなら巨大ザメでも正体不明の地球外生物相手でも応用が可能です。

どうしてこんな告白をしたかといえば、先月いただいたメールを読み返していて、ふと思い出したからです、このホラー映画撃退法を。私がエイリアンや猟奇的殺人犯の立場に身を置いて映画鑑賞するのと、正午さんのおっしゃった「キャラクターの置き換え――すなわち現実における記憶の書き換え」とが、ぜんぜん別のものであることはわかります。ただ、「アプローチの方法というか方向次第で、悲劇にも喜劇にもなりうる」という点では、通じるものを感じたんです。

正午さんは小説を書くうえで、「題材へのアプローチ」次第でどうにでも自在に書き分けている。

私はホラー映画を見るうえで、「作品へのアプローチ」を勝手に組み替えて恐怖をやわらげている。

小説と映画、それぞれの作り手側と受け取る側。ここでの正午さんと私は、どう喩えればいいのか、プロ野球選手とJリーグサポーターみたいな関係かもしれません。たとえば試合開始から先取点を狙う、あるいは守備をしっかり固める、そういった「アプローチの方向」という点から見れば、両者は近い気がします。だから、よくわかります。『月の満ち欠け』や『鳩の撃退法』に描いた不倫という題材ひとつ挙げても、正午さんが巧みに色分けしていることは、私なりによくわかるんです。

わからないのは、「ただごと」↓「ただごとではないこと」についてです。

もとはといえば、前回のメールの冒頭で私が「ただごとではありませんね」と切り出した言葉です。正午さんならきっと六十歳のおじさん号泣の背景に「ただごとではない」ストーリーを用意してくれるだろうという気持ちは変わりませんが、ただそれは漠然としたものでした。

「現実には、あり得ない話などない」とされつつも、正午さんは「現実における『ただごと』を、小説では『ただごとではない』ものにしなければならない」と語ります。このあたりがやはり実践例なしでは、わかりづらいです。

先月、資料として用意していただいた本は何ですか？　現実における「ただごと」を「ただごとではない」ストーリーに作り替えるとは、具体的にどういうことなのでしょう。以前うかがった、嘘をほんとうに見せる、ということでしょうか？

そして最後に。正午さんがお考えになる「ただごとではない」ストーリーの基準のようなもの、は何ですか？「小説として読んでもらえる」ということですか？

170
佐藤
2017/10/25
12:33

件名：前編

では、現実における「ただごと」を「ただごとではない」ストーリーに作り替えるとは具体的にどういうことなのか、その話をします。いつものように回り道したり脇道にそれたりしながら進めていくので、迷子にならずについて来てください。

こないだ『ラ・ラ・ランド』という映画を自宅でDVDで見ていたら、登場人物の独身男性が自宅に帰ってきて、いるはずのないひとの気配を感じて、「うわっ」とのけぞるほど驚く場面が（確か、二回）あって、そういう過剰な反応をするキャラクターが映画のストーリー上どれほど意味を持っているかといえばたいして持ってないような気もしましたが、印象には残りました。まるで自分の姿を見せられているようで苦笑もしました。

僕も、ひとの気配に「うわっ」と声をあげて上体をのけぞらせたり、もっとひどいときには飛び上がったりして驚くことがしばしばあります。ひとは僕をビビりと呼びます。

呼ばれるのはかまいません。ただ、いい年をした大人としてのこの臆病さ、という か滑稽さを、僕なりに分析してみると、これは独り暮らしを長くつづけている、もしくは、独り暮らしを長くつづけてきた人間、特有のものではないかと思うんです。僕はいま家族と同居しているので後者なのですが、自宅で横にひとがいるという状況になかなか慣れません。

高校を卒業して親もとを離れて以来、約四十年――何度かの短い例外の時期をのぞいて――ずっと独り暮らしだったので、他人と接触するのは外の世界、自宅は自分だけのもの、誰の視線も気にしないでいられる場所、そういった安心感が身体に染み込んでいるようなんです。たとえばリビングでクッションに寄り掛かってスマホを見ているときに、まあたいていYouTubeでポケモンGOの攻略動画を見ているんですが、ドアがすっと開いてひとの気配を感じたりするともうほんとにビビって、うわっと叫んで、立ち上がって窓際まで後ずさったりもします。

自分以外の人間は、かならずドアの呼び鈴を鳴らして、「佐藤さーん、ドミノピザでーす」とか段取りをふんで、しかるのち外から入ってくるものと決め込んでいるんですね。四十年慣れ親しんだ安心感です。気を抜いて、油断してるんです。そこへノックもしないでひとがいきなり現れるので、たまったもんじゃありません。まあ家族だからリビングに入ってくるのはあたりまえなんですけどね。宅配ピザの配達とはわけが違う、というのは頭ではわかってるんですけど。でも、四十年の慣れのほうが強い。

で、この話、ここからどこへ行くのかというと、寄り道だからどこへでも行けるんですが、まず、そんなふうにビビりなものでホラー映画は僕も苦手だと言っておきます。

平常心でいるところへ突如何かが現れて、心ならずもうわっと声をあげたり、びくっと身体をひきつらせたり、そういうのが嫌なんです。ビビりの自分をいたぶられているようで気分悪いです。まあホラー映画だからいきなり何かがとびだすのはあたりまえなんですけどね。映画を作っている側の意図は、頭ではわかってるんですけど。でもその見るひとをビビらせてあたりまえの、あたりまえ感が堪え難く、カンにさわるんです。

だからホラー映画は見ません。

ナオミ・ワッツという女優さんがいますね。好きな女優さんで、出演作はたくさん見ているんですけど、ホラーを売りにしている有名な『ザ・リング』は見ていません。それから『ファニーゲーム U.S.A.』というタイトルの映画、これはもう何年も前にDVDを買って持ってるんですけど、ケース裏の解説を読んだらどうもホラーっぽい内容らしかったので、見始める決心がつかないままどこかにほったらかしにしてあります。

さて。

本題に片足つっこみます。

これからする話は、さっき言った四十年もの長い長い独居時代のなかの、短い例外の時期にあったことです。

時は一九九一年。

そのころ僕は赤の他人と同居していました。……赤の他人と同居って、戸籍上は赤

相手は赤の他人という意味で、もちろん見ず知らずのひととって意味じゃありません。相手は親しい間柄のひとです。そのときは女性でした。じつは僕、けっこう赤の他人との同居経験が豊富なんです。友人の男性とも一緒に住んだことがあります。短期間の同居なら、性別問わず何人ものひとと経験があります。

でね、そのころ同居していたのは女性で、彼女は雑誌を読むひとでした。

ちょっと話がそれますけど、雑誌を読まないひとって世の中にはいるんですね。僕もそのひとりで、とくに週刊誌、いろんな種類の週刊誌が発行されていますが、ほぼ興味がありません。月にいちど通っているクリニックの待ち時間に、マガジンラックに立ててある何種類かの週刊誌の表紙を眺めるとか、表紙に書かれている記事の見出しを、視力検査がわりに読み取るくらい。手に取ってひらいて読もうとまでは思わない。

新聞は毎日ざっと目を通します。本も長年読んでいる。でも週刊誌は読まない。月刊誌も読まない。いちど話したと思いますが、自分の小説やエッセイの掲載された雑誌が送られてくると、すぐにそのページだけ切り取って、残りの雑誌本体のほうは……まあ、なんというか、ね、はっきり言ってしまうとあんまりだし、どう言えばいいか……欲しいひとにあげたりします。

でもそのころ同居していた女性は僕とは違い、雑誌を読むひとでした。

雑誌を読むひととふだんから一緒にいると、ふとしたはずみで僕もそばにある雑誌を手にしてぱらぱらめくってみる、そのくらいの気まぐれは起こります。

一九九一年のある日、ヒマをもてあましていた僕は、手近に積んであった（月遅れの）雑誌を開いてページをめくりました。たまたま短編小説が載っていたので、気まぐれに読み始めました。作者の名前は、知り合いの編集者との雑談で聞いたことがあったし、前々から知ってはいたのですが、そのひとの小説を読んだのは初めてだったと思います。

いや、その前に編集者に勧められて長編小説を一冊読んでいたかもしれません。そのへんの記憶はおぼろげで摑《つか》みどころがありません。

ただしここからの記憶には、自信があります。

その短編を読み終わって以降の記憶ですね。

まず僕はその短編を面白いと思いました。読んで心を動かされました。面白いとか、心を動かされたとか、そんな感想では何も伝わらないかもしれませんが、この話のポイントは小説の内容とは関係ないので、このまま先へ進みます。とにかく僕はいい小説を書くひとだなあと思って、そのとき作家の名前をはっきり意識して記憶にとどめたんです。

それからしばらくして、その作家から葉書が届きました。

作家は、僕の『放蕩記』という長編を読んだ感想を、短く要約して記していました。

もちろん僕はびっくりしました。

面識のない同業者から突然葉書が届いた、だけではなくて、それがつい先週だか先々週だかに僕が彼の作品を読んで面白いと思った作家からの、僕の作品を面白く読んだという感想の葉書だった、という偶然にびっくりしました。

この種のびっくりは黙っていられないので、僕は同居している女性に葉書を見せびらかしました。

「ほら、きみが読んでいるあの雑誌、あれに小説を書いてた作家が僕にくれた葉書だ。これ、すごくね？」

みたいな感じで自慢しました。

すると彼女はこう言いました。

「返事書いたら？」

ああそうか、そういうことになるか、と僕はとたんにウットーしくなりました。

葉書を貰ったら返事を書く。

それが人間関係の基本、社会生活のマナーでしょう。でもそういった基本的な事柄に関して僕は無精なんです。筆無精という言葉がありますね。それとは違います。社会生活全般において無精なんです。たとえば、電話が鳴ると、ふつう、ひとは受話器を取って話すでしょう？　一九九一年ですからまだ固定電話全盛時代ですが、僕は部屋の電話が鳴っても、しつこいなあ、とか思いながら鳴り終わるまで聞いていることがよくありました。

ドアチャイムが鳴っても玄関に出ない。毎度まいど出るとはかぎらない。手紙は貰うだけでこっちからは出さない。公共料金の請求書がきてもほっといてガスを止められたりする。払うべき税金も払わないで差し押さえくらう。そういう僕のだらしなさを同居人はよく知っていたので、返事を書いたら？　とわざわざあたりまえの意見を僕にしたわけです。無精しないで返事を書きなさいよ、という意味で圧力をかけたわけです。

当時は同居人に食べさせてもらっているような状況で、彼女の意見には逆らえないということもあったし、とくに締め切り仕事もなくて時間があり余ってたという事情もあったでしょう、でもやはり何より、作家から葉書を貰った、その事実が僕としては嬉しかったんだと思います。あなただって作家でしょう？　と不思議に思われるかもしれませんが、作品を読んだことのある作家を相手にするとき、ひとはだれだって一読者の立場に立ってしまうんですね。たぶん、そういうものです。

で僕はウットーしいのを堪《こら》えて、てのひらでほっぺたをビンタして気合い入れて（比喩です）、返事を書きました。

なにしろむこうは作家ですから、作家に自分の書いた文章を読んでもらうわけですから、失礼のないように、それはそれは気をつかって、時間をかけて手紙を書きました。書き出してから書き終わるまで数日かかったと思います。

一九九一年十二月十一日の夜、その手紙を書き上げました。

♨

一九九一年十二月十一日の夜、その手紙を書き上げましたって、ちょっと妙ですよね。なんでそんな細かいこと憶えてるの、日記でもつけてるの？　そんな疑問が浮かびますよね。

そうじゃないんです。

これね、僕の手紙を受け取った作家が、のちに、ある本のなかで、その手紙の末尾に僕が記した日付を明かしてくれてるんです。

ご親切にどうも、痛み入りますって御礼を言いたいとこなんですが、それじゃすまされません。

僕の手紙を受け取った作家は、なんと、あろうことか、手紙の内容まで公表してくれてるんです。

しかも僕には無断で。

おい！

まったく、なんてことしてくれてるんでしょうか。

♨

経緯はこうです。

作家に手紙を書き送ってから二年後の話になります。

短編集『夏の情婦』を文庫化するときに、僕のほうから、出版社を通して、その作家に解説をお願いしました。

彼は快く引き受けて書いてくれました。

いいひとですね。

ひとくちに作家といっても、作家の中にもいいひとといいひとではないひとがいて、いいひとは、たいがい出版社からの原稿依頼を快諾します。どこかの誰かみたいに渋ったり断ったりしません。想像ですが、彼は鳴る電話にもちゃんと毎回出るひとなんだろうと思います。居留守もつかわないし、住民税を滞納したりもしないでしょう。

そういうのが、いいひとです。

だいたいね、というかそもそも、同業者である作家の書いた小説を読んで面白がる、心を動かされる、そこまではまあわかるんですよ、でもその読後の感想をあえて、当の作家に知らせるために労を惜しまず文章にして葉書を送る、そういう発想が僕にはまったくありません。なんでそんな面倒なまねができるんでしょう？

いいひとだからです。

僕なら、他の同業者の小説を読んでたとえ嫉妬をおぼえるほど感動したとしても、そのことは黙っています。むしろ隠しておきたいと思います。ははーん、正午さんて、意外とこういう小説が好みなんだ？　ほんとは自分でもこういうのが書きたいんだ？　とか誤解されたくないですからね。誤解じゃないかもしれませんしね。最近なんか面白い小説ないですか？　とひとに意見を求められたとしても、別の無難な本をあげてお茶をにごすと思います。まして作家当人になんて、知られたくない、というより知らせたくない。できれば、おまえの小説なんか一回も読んだこともないぞ、というクールな態度でのぞみたい。

（どこにのぞむんだよ？）

でもいいひとは、自分が少しでもいいと思ったものは率直にいいと口にするし、面倒くさがらず文章にも書くし、同業者に葉書もくれるんです。

だからこそ、僕はいいひとの厚意に応えようと、日頃の無精を押さえこんで気合い入れて返事も書いたし、その作家を気安く信用して文庫の解説をお願いしました。

ところがどっこい、です。

その作家は、僕の文庫の解説文のなかで、しれっと僕の手紙を公開してくれました。手紙って、私信ですからね。その私信を、わたくしごとを、勝手に、おおやけにさらしてくれたんです。

おいっ！

ふざけんなよ、て言いたくなりませんか？

僕は言いたくなりました。

いいひとだと信じていたのがとんだタヌキだった、みたいな、巧妙な手口の詐欺にあったような気分にも陥りました。

著作権法ってあるでしょう。

手紙に関しては、手紙を受け取ったひとに所有権はあります。けど著作権は、どこまで行っても手紙を書いたひとにあるんです。著作権者の許諾がなければ、手紙の公開なんかできないんです。つまりここで僕が、ふざけんなよ、とか、てめー、ただじゃおかねえぞ、とか、どう悪態ついてもその態度は合法的だということです。

また今回も遠回りしすぎました。

これからいよいよ核心に入っていくところなのですが、すっかり長くなりました。

では現実における「ただごと」を「ただごとではない」ストーリーに作り替えると

は具体的にどういうことなのか？　実践例をあげて解説を試みる、その核心の、すでに一歩手前まで来ています。

このあと実践例をあげることになります。

つまり引用ですね。

とんだタヌキのその作家が、僕の文庫の解説として書いた文章を長々と引用しなければなりません。

それから、次回の予告として言っておきますが、話の流れで、こんどは僕がのちに、その作家の文庫の解説をひきうけて書いた文章も長々と引用する必要があります。

つまり引用文だらけの長いメールになります。

でもそれがないとこの話にはかたがつきません。

そういうわけなのでね、東根さん、ここで一回休憩をはさみますが、休憩中に東根さんから質問メールが届くのは期待しません。もう書くことは決まっているので、たとえそっちに質問があったとしても、質問してほしくありません。さっきからとんだタヌキと呼ばれているその作家のかたってどなたですか？　とか、そんな質問も邪魔です。

いまから『きらら』編集部にお願いをして、次回は「後編」という体裁にしていただき、僕から続けてもう一通メールを送ります。

件名：後編

ではさっそく行きます。
一九九三年に出た文庫『夏の情婦』の解説から引用です。
全文ではなく抜粋です。
筆者は、こないだから僕が「とんだタヌキ」と呼んでいる作家のかたです。

171
佐藤
2017/11/24
12:33

♨

九一年の冬のことだ。「放蕩記」を読んだぼくは、その感動を是非とも作者に伝えたいと思った。作家に手紙を書いたことなどそれまでに一度もない。文芸年鑑で住所を調べた。作者は佐世保に住んでいた。しかも小説と同じビルの七階だ。やはりそうなんだ、ぼくはひどく感心したが、何か照れ臭い気分にもなった。
同世代の作家の作品でこれほど心に入ってきた小説はない。文体、人称の軽やかな変化と行間に吹く風の冷たさの対比にひきつけられ、一気に読んだ。佐藤さんの代表作になると思う。葉書にそう書いて投函した。だがそのすぐ後に、見ず知らずの者から葉書を受け取る人の気持を考え、失礼なことをしたかもしれないと後悔した。

まもなく便箋四枚にわたる返信が僕のもとに届いた。

何か月も前のことになるが、借りのある女友達に頼まれ、避妊手術を受けた猫を病院に引き取りに行った。待合室には灰皿のかわりに女性向けの雑誌が置いてあった。短篇小説が載っていたので退屈しのぎに開いてみたが、それはとても新鮮な一撃で、猫の入ったバスケットを足もとに置いたまま、興奮して読みふけってしまった。それが○○さんの小説だったといういきさつがあるだけに、先日の葉書は思いがけなく嬉しかった。

そんな内容の手紙だったが、嬉しかったのはぼくの方だ。

申し訳ない。ここまで書いてきて、私信を氏に無断で公開してしまう誘惑に勝てなくなった。手紙はこんな風に続いていた。

「今年はもう仕事おさめのつもりで、年の残りは寝て暮らそうと思っていたのですが、○○さんの葉書にぽんと肩を叩かれたような気分です。もうひと頑張りしてみようかという気になりました」

「正直に打ち明けると、この手紙には苦心しました。何度か書きかけては思い直しました。ふだんから天《あま》の邪鬼《じやく》の皮肉屋で通っているので、ほめていただいてもどこまで素直になって喜んでいいものか用心してしまいます。それでずいぶんためらいました。返事が遅れたのはそのせいです。御容赦ください」

「佐世保はゆうべから冷えこんで、深夜にはあられが降りました。おからだ大切に。十二月十一日 夜」

ぼくはまるで「あとがき」を読むように手紙を読んだ。

（中略）

手紙がぼくに宛てられた「放蕩記」の最後のあとがきのように思え、それがひどく嬉しかったのだ。

♨

引用終わりました（文中二箇所の〇〇には作家の苗字《みようじ》が入るのですがいまは伏せておきます）。

さてどうですかこれ、東根さん。

まず断っておきますが、この解説で無断公開されている僕の手紙は、とんだタヌキの作家のでっちあげではありません。僕はそのとおりの内容の手紙をじっさい書きました。

でもそうだとすると、辻褄《つじつま》のあわないところが出てきますね。

何か月も前のことになるが、借りのある女友達に頼まれ、避妊手術を受けた猫を病院に引き取りに行った。待合室には灰皿のかわりに女性向けの雑誌が置いてあった。短篇小説が載っていたので退屈しのぎに開いてみたが、それはとても新鮮な一撃で、猫の入ったバスケットを足もとに置いたまま、興奮して読みふけってしまった。

ポイントはここです。

こういうことを僕が手紙に書いていたと、とんだタヌキのかたはバラしておられるわけです。そしてそのとおり、僕は手紙にそういうことを書いたのです。でも先月東根さんに送った「前編」と読みくらべてみると、辻褄があいません。

「前編」では、当時僕は、雑誌好きの女性と同居していて、その女性が部屋に置いていた月遅れの雑誌を、ふとしたはずみで開いてページをめくりました。たまたま短編小説が載っていたので、気まぐれに読み始めました。

ね、ここ食い違ってますね。

なぜ食い違っているのか？

答えは簡単です。

僕が事実をまげて手紙を書いたからです。

「前編」で打ち明けたこと、そっちが掛け値なしの事実、ハトゲキの津田伸一にいわせれば、まっすぐな事実です。

そのまっすぐな事実をそのまま作家への手紙には書けないと、一九九一年当時の僕は判断したのです。

なぜ事実をそのまま書けないのか？

これも答えは簡単です。

一九九一年当時の僕ならこう答えると思う。

そのままじゃ面白みがないから。

ひとに読んでもらう手紙を書くのに、ただそれが事実だからという理由で、なんのひっかかりもない文章を書くのは、書き手として無精きわまりないからです。無精すると、書き手の側としても、書くことになんの面白みも感じられなくなるからです。正直に事実を述べればほめられるのは、それはたとえば裁判の証人席にいるひとでしょう。ものを書く現場では、事実はいくらも尊ばれません。たとえ手紙であっても、事実がただ事実であるという理由だけでは、いくら書いても読むひとには伝わらない。事実を書き並べても、残念ながら、その事実が相手に伝わらないんです。まげないと。

ひっかかりを作って、そこに目を向けてもらわないと。

では次に、予告したとおり、もうひとつ引用いきます。

二〇〇四年に出た文庫の小説（とんだタヌキのかたの小説です）の巻末にある解説を、冒頭から長々と引用します。

これを書いたのは僕です。

♨

あるときドーナツショップで連れとふたりコーヒーを飲んでいた。

一九九一年の話だ。季節は真冬だった。時刻は早朝、五時とか六時。外はまだ暗かったと思う。その日その時刻に誰となぜドーナツショップにいたのかはまた別の話で、とにかく、僕はそのときそこにいた。そして隣のテーブルで起こった出来事をいまだに憶えている。

隣のテーブルにはカップルが向かい合ってすわっていた。少しもめている模様だった。女は大判の雑誌を開いて熱心に読みふけり、男がしきりに話しかけるのだが相手にしない。ふたりとも二十代後半に見えた。ふたりとも値のはりそうなスーツ姿で、仕事明けなのかやや着くずれていた。ふたりとも夜の業界の人なんだろうな、と思って僕は横目で見ていた。

「あなたが遅れて来るから悪いんじゃないの」

と女は決めつけ、開いた雑誌から目をあげない。

「遅れたって、たったの十五分だろ」

「でも、もう読み始めたから、終わるまで待って」

「なんだよ、なに読んでるんだよ」

「黙ってて」

「そんなに面白いのか？」

「うん」

「ちょっと見せろよ」

男は椅子を立って、女の横に無理やりすわろうとした。女は身体を揺すって嫌がり、なおも雑誌のページから目をはなさずに、もう、と声をあげた。気が散るからそっちにすわっててよ。

男はもとの椅子に戻ってタバコに火を点《つ》け、片手を差し出した。

「なあ、おれにも読ませろよ。おまえが読んだとこでいいから、一枚くれよ」

すると女は雑誌に目をやったまま、ドーナツの皿に手をのばして一口かじった。

その動作の流れで食べかけのドーナツを口にくわえ、てのひらで雑誌を押さえると、もう一方の手でページを一枚破った。乱暴な感じはしなかった。見開きになった右側のページを、まるで切り取り線でもついているかのようにきれいに小気味良い音をたてて破り取った。破り取られたページは女の手から男の手へと渡った。男はざっと目を走らせて、

「なんだ、小説か」

と言った。そしてタバコを消し、女の皿からドーナツを一つつまみ、その小説を読み始めた。

しばらくたってまたページを破る音がした。女がそれを男に手渡し、ふたりはまた静かに小説の続きを読んだ。女は雑誌に残っているページ（小説の後半）を、男は破り取られたページ（小説の前半）を。

しばらくすると今度は男が、次、と催促した。早く、次。女がうなずいて、また読み終えたページを破り、男にまわした。そうやって、一つの小説が時間をかけて女から男へと受け渡されていった。しまいに雑誌から破り取られた小説のページがぜんぶ男の手に渡った。女は雑誌を閉じて、タバコに火を点け、店の入口のほうへうつろな視線を投げた。それから男が読み終えるのを待つあいだに、コートを着て、マフラーを巻き、手袋をはめ、バッグを雑誌の上に重ねて置いた。

やがて男は小さなため息を洩《も》らすと、読み終えた小説のページを揃えて、筒状に

まるめてスーツのポケットに挿しこんだ。行く？　と女が言い、ああ、と男が答えた。

ふたりが店を出ていくと、僕の向かいにすわっていた連れがすぐに言った。

「マリクレールよ」

「え？」

「いまの女の人が持ってたのは『マリ・クレール』という雑誌。そんなにうらやましい？」

「何が」

「自分が書いた小説もこんなふうに読まれたいと思った？」

厳密に言えば、そうは思わなかった。誰が書いた小説であろうと、いつどこで、どんなふうな読み方でもされる可能性はある。こんなふうにページを破り取ってふたりで回し読みにする（というかふたり同時に読む）方法が、特に小説家として僕が読者に期待する理想というわけでもないし、それは単に、さまざまある小説の読まれ方のうちの一つのかたちに過ぎない。過ぎないと思う。だから別にそんなにうらやましくない。が、それにしても、いま目の前で、こんなふうに雑誌のページを破り取ってまで読まれる小説を書いた作家はいったい誰なんだ？　と僕は思った。

○○○○だった。

♨

引用終わりました（最後の○○○○には作家のフルネームが入るのですがまだ伏せておきます）。

どうですかこれは、東根さん。

早朝のドーナツショップで一組のカップルが熱心に読んでいるのは、若い作家が書いた短編小説です。

そしてその短編小説は、一九九一年当時、事実として僕が（僕だってそのころは若かったのですが）、同居人の女性の愛読していた雑誌で偶然読んだ短編小説と同じものです。

ここで確かな事実のみを、時系列として整理しておきましょう。
1　この短編は一九九一年、『マリ・クレール』3月号に掲載されています。
2　同年八月、僕が書いた『放蕩記』が出版されます。
3　同年十一月頃、自宅に置いてあった『マリ・クレール』3月号を僕が偶然読みます。

4　同年十二月、作家から『放蕩記』の感想を記した葉書が届きます。
5　同年同月、僕が返事の手紙を書きます。
6　一九九三年三月、文庫『夏の情婦』の解説において、作家が僕の手紙を無断で公開します。
7　一九九九年、『マリ・クレール』の短編をもとに、四十代になった作家は新たな長編小説を書いて出版します。
8　二〇〇四年、その長編小説が文庫化されることになり、解説の依頼が版元の編集者から僕のもとへきます。

僕はその解説依頼を渋りました。

断ろうかと思いました。

なぜそう思ったかって、いま整理した時系列の6が理由で僕はその作家に怒っていたからです。根《ね》にもつタイプなんです。

あと、たんに他人の小説の解説書くなんて面倒くさい、たいした原稿料も貰えないのに、という理由もあります。

それからもちろん、「前編」で述べたように、僕がもともと「いいひと」ではないという理由もあります。ケッ、て感じです。出版社が原稿の依頼をすれば作家はほいほい尻尾《しっぽ》振って喜ぶとでも思ってんのか？　な、とんだ勘違いだぞ、なめんなよ、そんな文句がまず頭に浮かびます、原稿の依頼があるたびに。これマジです。心のねじまがった人間ですね。

でも結局、その依頼は引き受けることにしました。

聞いてみるとなかなかの原稿料だったので心がなごんだ、という理由がいちばんだったと思います。ただし理由の二番目には、時系列の3があるのも確かなんです。雑誌に載っていたその短編を読んで、僕が心を動かされたというのは事実ですから。その短編を書いた作家の、しかもその短編をもとに書かれた長編ですから、興味がないわけがない。たぶん読んで面白くないわけがない。

作家はかつて僕の私信を無断で公開し、著作権法違反という罪を犯しました。許し難い罪です。しかしそれは、悪いのは作家であって、小説に罪はないでしょう。罪を憎んで人を憎まず、ということわざがありますね。応用して、作家を恨んで作品を恨まず、ともいえるでしょう。理由（の優先順位）はどうあれ、原稿の依頼を引き受けたからには、作家に対する遺恨など忘れて、書くべきことを書く、無精せずに書く。

書きました。

そうやって書いたのがさっき引用したあれです。早朝のドーナツショップで夜の業界の男女が『マリ・クレール』の小説のページを破り取って回し読みする、という冒頭のエピソードです。冒頭のエピソードに続いて、隣のテーブルで様子を見守っていた「僕」もその日のうちに同じ雑誌を本屋さんで買って読む、文庫解説ではそういう筋書きになります。

言うまでもないことですが東根さん、ここまで来ればもう辻褄なんかあわせようがないですね。事実からはそうとう遠ざかってしまっています。

雑誌に載っていた短編を自宅で偶然読む（事実）

←

猫の避妊手術のついでに病院の待合室で読む（事実をまげる）

←

ドーナツショップで隣席した男女が読んでいるのを目撃し、気になって本屋さんに駆け込む（アプローチを変えて事実をまげ直す）

こういうことです。

重要なのは、僕がその作家の短編を読んで面白いと思った、心を動かされた、その一点です。そこにさえ手を加えなければ、あとの事実はどうまげたっていいんです。まげたっていいというか、むしろまげるべきなんです。

自宅で雑誌を読んだ——これが事実ですが、そんなのは、なんの面白みもない、ただごとですね。

仮に、ただごとの事実を尊んで、さっき引用した解説文を書き出したとしたらどうなるでしょう。

こうなります。

一九九一年のある日、ヒマを持て余していた僕は手近にあった雑誌『マリ・クレール』を開いて、そこに載っていた短編小説を読んだ。とても面白く、心を動かされた。書いたのは誰だろう？　と思って作者名を見ると、○○○だった。

まあ文庫解説の読者もさまざまだし、こっちのほうが簡潔でいいと思うひともいるかもしれません。あるいは、そう思う読者のほうが数としては多いかもしれません。

………。

うん、実はこっちのほうがいいのかもしれない。

………のあいだに考えてみて、いま自分でもそう思いました。そう思ったとたん、自信がぐらついてきました。事実は、その事実をまげないと、相手に伝わらない、などとさきほど断言してしまいましたが、ほんとうなんでしょうか。

ここまでさんざん書いてきていまさらですが、それは僕の思い込みに過ぎないのかもしれません。事実を、事実のまま、相手に差し出すという書き方もあるのかもしれない。あるのかもしれないではなくて、そっちのほうが有効なのかもしれない。

東根さんは前回のメールでこう質問していましたね。

現実における「ただごと」を「ただごとではない」ストーリーに作り替えるとは、具体的にどういうことなのでしょう。

で僕は具体例をあげて説明を試みました。

その説明(の仕方)が間違っている、というのではないんです。現実における「ただごと」を「ただごとではない」ストーリーに作り替える、つまり事実をまげるとは具体的にどういうことか、僕の言わんとするところは、このメールを読んで東根さんにもおおよそ理解していただけたと思います。

ただ、東根さんの質問の中に、もし、そうやって事実をまげるのはいったいなぜなのか、どうしても事実をまげないと文章は書けないのか、そこまでの意味がふくまれているのだとしたら、僕には明快に答えられないということです。事実をそのまま書いても面白みがないからだと、最初のほうで理屈を述べましたが、その理屈が万人に通用するものかどうかもわかりません。

ちらっと思うに、ストーリーの創作と、本来創作とは別物であるはずの手紙や文庫解説とをごっちゃにして説明したせいで、最後にここに来て、収拾がつかなくなり混乱が生じているのかもしれません。ほんとはやってはいけないこと、手紙や、文庫解説に創作をまぎれこませることを、僕は（過去に）深い考えもなくやってしまった、つまり根っからの嘘つきだという話なのかもしれません。いいひとは、そんなまねはしないのかもしれません。

………。

そうだとすると、例の、とんだタヌキの作家のかたが僕の手紙を無断で公開した罪深きおこないにも、別の角度から光があたることになります。

……のあいだにまた考えてみました。

もしかしたら作家は見抜いていたのかもしれない。

僕が作家あての手紙に書いた動物病院のくだり、待合室で猫の入ったバスケットを足もとに置いて小説に読みふけったというあたりの文面に、最初から、本来あるべき姿の手紙とは異質なもの――創作の匂い――を嗅《か》ぎ取っていたのかもしれません。とすると作家は僕の私信をおおやけにさらすのではなく、佐藤正午の創作したストーリーを「引用」するつもりで、僕の文庫本の解説をあんなふうに書いてみせたのではないでしょうか。

ほんとうのところは謎です。

ここはもう、東根さんにではなく当の作家にメールを送って訊ねるしかありません。

でもそんな面倒くさいこと、僕がするわけありません。

作家がどこかで『きらら』のロングインタビューを目にして、自発的に編集部に謎解きのメールを送ってくることのほうが、まだしも期待できます。

いいひとですからね。

以上、今回は、混乱は先送りのまま、あと「まだしも」に期待をかけたまま終わりにします。

172
東根
2017/12/12
23:55

件名：質問を受けること

「後編」ありがとうございました。

真相はどうなんでしょう。その作家の方が、『きらら』を読んでくださっていることを私も期待しています。ここは、〇〇〇さんに呼びかけます、私もいちおうお名前を伏せておきますね、〇〇〇〇さん、当時の真相をぜひ教えてくださいませんか？

　ところで正午さん。

　二〇一七年も十二月に入り、担当編集者から「年末進行だから」と念押しされていたにもかかわらず、それほど早めにメールをお送りできず、失礼いたしました。思いもよらない原稿を先週中に書かなくてはなりませんでした。いえ、急きょ舞いこむ仕事は普段もときどきあるんですけど、こうしてお伝えする理由がふたつあります。

　ひとつ。それが正午さんに関係した内容の原稿だったこと。

　それからもうひとつ。この私、東根ユミが取材を受ける立場だったこと。

　年末進行、が口癖の担当者から連絡があったのは、十一月も終わる頃でした。

「ずっと正午さんをインタビューしてる東根さんの話も紹介したいんだって」

「そんなこと誰が言ってるんですか？」

「『ダ・ヴィンチ』のひと。断れないよこれ、正午さんの特集記事があるらしいから」

『ダ・ヴィンチ』といえば、あの〝本とコミックの情報マガジン〟のことです、どちらかといえばビジュアル系雑誌のイメージがあります。

「でも、私みたいなライターが顔出しとか……」

「え？　撮影なんてあるわけないよ。取材もメールで質問が届くって。それに回答文を書いて送るだけ。もちろんこれも、年末進行で」
「原稿料とかもらえるんでしょうか?」
「わかんない」

「東根ユミさまへの質問状」と題された文書がメールで転送されてきたのは、十二月一日のことです。

質問状、というくらいですからね、当然質問がいくつも箇条書きされていました。たとえばだいたいの雰囲気が伝わりそうな一例として、「佐藤正午さんの作品を、東根さんはどのように読み解いていますか?」といった感じの質問が並んでいました。私には決してひと言では答えられない、むずかしい質問ばかりに思えました。

こんな感じの質問どうですか、正午さん。

私はパソコンのモニターを前にして、うーん、と唸《うな》ってしまいました。普段の取材などでも質問する側にいますから、それがまったく逆の立場になって、まず慣れていませんし、どこからどう答えていいのか、数日のあいだ見当もつきませんでした。しかも回答は、文章に書いてまとめなければなりません。この連載に置き換えれば、正午さんの立場に、いきなり私が置かれたようなものです。

そう考えているうちに、正午さんからこれまでうかがったお言葉やお話を、別の角度から受け取ることもできました。私のメールを「無精ったらしい質問」と評したときのお気持ちや、ものを書く現場とはまったくちがう記者会見で「投げやりな気分」になったというエピソードも、いまの私なら、当時よりも心中をお察しできます。

そんな事情から、今回はなんだか正午さんに質問しづらいのです。二〇一七年最後のメールを、このまま質問しないで終えてしまうと、少し心残りになりそうな心配もあります。でも、私から質問らしい質問がなかった場合、正午さんからどんな返信をいただけるのか、ちょっと楽しみでもあります。

今年も一年お世話になりました。もしかしたら今年は、正午さんが作家デビューされてから、いちばん質問をされた年かもしれませんね。おつかれさまでした。もちろん、新年にはまた私からも質問をお送りします。よろしくお願いいたします。

件名：回顧

173
佐藤
2017/12/22
12:33

東根さんから質問がなかった場合ですね、その場合、僕がどんな返信をするかといえば、とうぜん返信はしません。したがって『きらら』の「ロングインタビュー」のページは文字のないまま印刷されます。こんな感じです。

ね？　こんな感じになると思います。

僕が編集部に送ったメールの原文ママなら、まるまる4ページぶんのだだっ広い空白が右にあるはずなのですが、で読者は呆気《あっけ》にとられると思うのですが、そういう状況は日本で初めて雑誌というものが刊行されて以来このかたあり得なかっただろうし、あり得なかったものがいま突然許されるはずもないので、編集部によって調整されて、それなりの（僕の意図を汲《く》んだ）ほどほどの大きさの直線で囲んだ四角い空欄になっていると思います。

でも本来ならまるまるまる4ページぶんのブランクです。いちおうその広さを、空漠さを、空虚さを想像してみてください。

想像できたら、今後もう二度と、このロングインタビューの連載が続くかぎり、質問の書かれていないメールなど送ってこないでください。

さて。

ここから行き当たりばったりで書いていきます。質問もないのにどんな回答メールを書けばいいのか担当者を問い詰めたところ、なんでもいいです、とにかく正午さんの書いた文章が読めれば私は幸せです、とか、読者もみんな楽しみにしていますから、とか、子供でも騙されないようなお世辞が返ってきたので、電話を切ったあとで、もう、ほんとに深いため息をついて、一回舌打ちもして、書きはじめます。じゃあ『書くインタビュー』シリーズの文庫、部数もっと刷れよ。

メールなど送ってこないでください、とさっき書いたところまで読み返して思い出したのですが、年に一回、または二回くらい、メールで仕事の依頼がくることがあります。それはスルーします。スルーしますって言い方、どうでしょうか、しかとします、のほうが正しいでしょうか。ま、言い方はどうでも意味はひとつです。ざっと目を走らせて、返信はしません。

メールでの仕事の依頼をしかとするとどうなるか。

というと、何も起きません。それっきりです。先日お送りしたメール読んでいただけましたか？　読んだのでしょう？　なのになぜあなたはわたしのメールをしかとするのですか？　理由を教えてください、理由によってはただじゃおきませんよ、わたしのバックには大物が控えているからね、このままじゃあんた困ったことになるよ、みたいな第二信が届いたためし、一切ありません。淡白です。しつこさというものがまったく感じられません。

これね、この淡白さ、十のうち八か九までは、好感が持てます。いや、好感は持てないまでも、そのほうが助かります。だって面倒な仕事の依頼をこちらからアクション起こさずに、黙殺で、お断りできるわけですから、楽勝ですね。ストレスフリーです。ただ、残りの一か二くらいの割合で、物足りなさが来ます。どうも、あとからやって来るような気がします。第二信が来ない代わりに。で、メール黙殺による楽勝がたび重なってくると、うっすらとですが、ストレスが溜《た》まっていく。

今年の夏に直木賞を受賞しましたね。

そのせいで仕事の依頼が殺到して大変でしょう？　そんな決まり文句を事情を知らないひとは口にします。事情を知ってるはずのひと、出版業界のなかにも、そういう考えなしのことを言うひとがいます。それはまあ決まり文句だから、考えなしはあたり前かもしれないけど、聞かされるほうはイラッとするんですね。なぜイラッとするか、簡単にいうと、これ、僕がいままで力を余していたように聞こえるからです。いままでずっと発揮できずに取っておいた力を、やっと、殺到する原稿依頼に注ぎ込めるときが来た、みたいに。そのときを待っていたみたいに。あとこの決まり文句には、原稿書きの仕事を、機械的にとらえているふうがありま す。どこかの工場がにわか景気で大量受注にわきたっている、そこの工場長が僕、みたいに聞き取れます。どんどん作ってどんどん世に送り出せばそのぶん儲《もう》かる、大変でしょうが笑いが止まらないでしょう？　そんな感じ。もう、なんか、いちいち説明するのも面倒だし、このロングインタビューを読んでいるひとならわかると思うので、一言で片づけてしまいますが、そんなことはありません。決まり文句を口にするひとたちが想像するような（受賞後の）変化は、原稿書きの現場ではひとつも起きていない。

少し話が逸れました。行き当たりばったりだから逸れたってかまわないのですが、逸れてるなと自分で気づいた以上、気持ち悪いので修正します。

僕が言いたいのは、メールで原稿を依頼してくるひとたちの淡白さ、とか、お行儀の良さ、とか、そういうことでした。

受賞後もいままで通り変わらない、などと僕が言うと、事情を知っているひとのなかには、それは『月の満ち欠け』版元の担当者が窓口になって、受賞関連の仕事の依頼を止めてくれているからでしょう、正午さんがいままでと変わらず仕事できるよう配慮してくれているからですよ、と言うひとがいて、それはその通りかもしれないけれど、そうだとしても、窓口へメールを送ったり電話をかけたりするひとたちのお行儀の良さ、それはやはりあると思うんです。

たとえばね、その窓口の担当者から、

「正午さん、じつはどうにもこうにも困っております。ストーカーまがいにしつこい人がいて、何回も何回も原稿の依頼をしてこられます。どうしても佐藤正午に原稿を書いてほしいから、うんと言ってもらえるまで退《ひ》き下がらない決意だそうです」

そんな苦情が伝えられたことは一度もありませんでした。

つまり、そこまでしつこいかた、熱意のあるかたはただの一人もいなかったということなんでしょう。

だったらね、そういうひとがただの一人もいないのなら、べつに窓口なんか設けなくても、僕が直接依頼を受ける方法をとっていても楽勝だったんじゃないでしょうか？

だってみんな淡白でお行儀がいいんだから。ダメ、と一回言われたら諦めちゃうんだから。

僕が窓口ならきっとこうなっていたと思う。

メールで依頼が来る↓黙殺↓それっきり。

電話で依頼が来る↓出ない↓それっきり。

ね、楽勝でしょう?

去年だったかおととしだったかこういうことがありました。

若い頃書いた小説が新たに文庫で出ることになって、巻末の解説をある作家にお願いしたい、と僕と編集者とで相談して決めました。編集者が原稿依頼の手紙を書いて作家に送りました。作家はそれをしかとしました。で? と僕は心のなかで問いかけました。まず編集者に、それから自分自身にも。で、だったらどうするの? どうもしません。編集者と僕とふたりでどうしようもなく、結局、解説なしでいくことになりました。かわりに僕が「あとがき」を書いて文庫は出版されました。

そのとき僕が思ったのは、仮に僕が、その解説依頼の手紙を受け取った作家だったとしても、同じようにしかとするだろうということです。間違いなくしかとしたと思います。見知らぬ編集者からの手紙に返信するなんてあり得ないです。それからもう一つ、手紙をしかとされて、他に何のアクションも起こさずに諦めてしまうというのは、要するに、編集者は何が何でもその作家に文庫解説を書いてほしいわけでもなかったのだろうということ、そして同様に、僕だって——その作家が解説を書いてくれたらいいな、けど書いてもらえないのなら仕方ないか——そのくらいの熱意だったということです。そうでないなら、編集者は手紙をしかとされたくらいでは絶対に諦めないだろうし、僕も横で黙って見ていないで、もう一回手紙を書けとか、他の手段を考えろとか尻を叩いたでしょう。

これはつまり、どうしてもその作家でなければならない理由がなかったということになります。極言すれば、文庫解説を書いてもらうのは誰でもよかったのだ、ということです。文庫解説って、えてしてそういうものかもしれません。ただ、誰でもよかったものを、わざわざその作家に書いてくださいとお願いの手紙を送りつける、そう考えると（そう考えるしかないのですが）作家に対して大変失礼なふるまいをしてしまった、かえって申し訳なかった、という気持ちにおちいりました。わかりやすくいうと、そんな手紙、しかとされて当然なわけです。作家に文句をつける筋合いなどないんです。僕はそう思いました。

いまから十五年ほど前、いやもっと前でしょうか、まだぎりぎり自宅の電話で仕事の依頼を受けていた時代の話ですが、こんなことがありました。つきあいのない出版社から電話がかかって、何ヶ月後かにうちから出る予定の本にぜひとも佐藤さんの原稿をいただきたい、との依頼でした。やるべき仕事で手がいっぱいだったので、僕は渋りました。でも先方も譲りません。その原稿の書き手として、佐藤さんがもっともふさわしい、あるいは佐藤さん以外に考えられない、みたいなことを言います。

ちょっと補足しておくと、書き手として「佐藤さんがもっともふさわしい」あるいは「佐藤さん以外に考えられない」という先方の言い草は、まるまる嘘でもお世辞でもないんです。たとえばね、佐世保という土地に関連した本が出るとするでしょう、その本に誰か作家が文章を寄せるとするでしょう、それなら僕はふさわしい作家の候補にあがりますよね？　佐世保に住んでるわけですから。またそれが佐世保競輪に関連した本だったら、佐世保に住んでいてなおかつ競輪もやる僕は、かなりの上位候補にあがるでしょう？　そういった意味で、あくまでいまの佐世保競輪の件はたとえですけど、先方は、書き手として佐藤さんがもっともふさわしく、佐藤さん以外に考えられない、と言ってきたわけです。だから僕にもその依頼の理由は納得できました。嘘がないのはわかりました。お世辞はちょっぴりまじっているにしても。

でも僕はその仕事、二つ返事では引き受けませんでした。

たまたまその時期にほかの仕事をかかえていたし、その次の仕事の予定も立っていたからです。さっき直木賞の話題のときに言いかけましたが、たとえ仕事の依頼が殺到したとしても、ぽつりぽつりの場合でも、同じことです。いまある一つの仕事を片づけて、それから頭を切り替えて、次の仕事にとりかかる。僕が長年やってきていまもやっているのはその繰り返しです。仕事が二つあろうと、百あろうと、できるのは目の前の一つだけなんです。オートメーション化された工場じゃないんだから、原稿書きの現場は。

いまは無理ですね、と僕が返事をすると、先方は、ではいつなら書いていただけるでしょう、と聞いてきました。煩わしいので僕はこう答えました。

「来年ですね」

「来年？」

「来年の春。その頃なら書けるかも」

「わかりました。では来年の春までお待ちします」

「そちらの本が出るのは今年でしょう？」

「刊行時期を来年まで延期します」

「そうですか。じゃあ来年の春にもう一回電話をください」

「承知しました」

これに近いやりとりが実際にありました。一回ではすまなかった電話での会話をひとまとめに要約はしてありますが、話を盛ってはいません。

翌年、先方はふたたび原稿依頼の電話をかけてきました。僕はその依頼を受けて短い文章を書き、それが収録された本がしばらくして出版されました。

これ、もしかしたら自慢話に聞こえるかもしれません。

もしかしなくても自慢でしょうね。

昔々あるところに、自社の本の刊行時期をずらしてまで、佐藤正午の原稿を欲しがってくれた編集者がいたという。

この自慢話で二〇一七年をしめくくります。

東根さんがメールに書いているように、今年は、僕が作家デビューしてからいちばん質問をされた年だったかもしれません。大勢のひとと会って質問を受けたり答えたり、言葉をかわすうちに、僕が感じていたのは、自分がいかにいい加減で、だらしない人間かということでした。彼らはみんな名刺を持った人間です。大学の卒業証書をもらって、入社した会社に毎日出勤して、税金も滞納せず、年金にも加入し、選挙にも行く。それらを裏返しにして出来あがった人間が僕です。しまいに僕以外の人間は、つきあいのある編集者もふくめて全員、どうしてこうもきちんとした、お行儀のいいひとたちなんだろう？　という思いにとらえられました。だらしない人間と、きちんとした人間と、言葉で通じ合えるのか？　とすら疑問をいだきました。僕の言葉は、あなたたちに届いているのか？

本当はそういうことを書きたかった、というか書くつもりで書き出したのですが、前段でうろうろしているあいだに道を踏み外してしまい、たどり着いた先が自慢話です。

書くつもりでいたことは、もしまた機会があれば、そのときまだおなじ思いにとらえられていれば、ということにしておきます。

で今年はこれでおしまい。

去年もそうだったように、このメールが仕事納めです。

そしてこれまた例年どおり、年末三十日にはＫＥＩＲＩＮグランプリでふだんより大きめの、身の程知らずの賭けをして、新年を迎えます。

では東根さん、よいお年を。

III

前略どんぐり先生

＊二〇一七年十二月末、編集部にある連絡が届きました。送り主は、佐藤正午さんが「件名：前編」「件名：後編」のメールで「とんだタヌキ」と呼んでいた作家です。本章では、その作家と佐藤正午さんのメールのやりとりをおたのしみください。（編集部より）

盛田隆二（もりた りゅうじ）
一九五四年東京都生まれ。八五年「夜よりも長い夢」で早稲田文学新人賞入選。九〇年『ストリート・チルドレン』でデビュー、野間文芸新人賞候補に。九二年『サウダージ』で三島由紀夫賞候補。二〇〇四年刊行の『夜の果てまで』が三〇万部を超えるロングセラーとなる。著書に『いつの日も泉は湧いている』『父よ、ロング・グッドバイ　男の介護日誌』『蜜と唾』『焼け跡のハイヒール』など。

174
盛田
2018/01/10
19:48

件名：四半世紀後の謎解き

佐藤正午さん、〈いいひと〉尚且《なおか》つ〈とんだタヌキ〉と名指しされた盛田隆二です（僕の名前はまだ伏せておきたいとお考えなら、〇〇〇としておいてください）。

さて、佐藤さんの文章を少しずつ端折りながら引用しますね。

〈その作家は、僕の文庫の解説文のなかで、しれっと僕の手紙を公開してくれました〉〈おいっ！　ふざけんなよ、て言いたくなりませんか？〉〈いいひとだと信じていたのがとんだタヌキだった、みたいな、巧妙な手口の詐欺にあったような気分にも陥りました〉〈著作権者の許諾がなければ、手紙の公開なんかできないんです〉

うーん、佐藤さん、面食らいました。〈とんだタヌキ〉の六文字から立ち昇る、その〈ただごとではない〉不穏な空気には息を呑《の》みました。それにここでは書きにくいのですが、ちょうどそのとき僕は〈著作権者の許諾〉をめぐって、ある方と複雑なメールのやりとりをしていた最中だったので、〈しれっと公開した〉という箇所には、たとえようもなく居た堪れない気持ちにもなりました。

佐藤さんはさらに次のように僕に呼びかけました。

〈作家がどこかで『きらら』のロングインタビューを目にして、自発的に編集部に謎解きのメールを送ってくることのほうが、まだしも期待できます〉

ということで、謎解きになるかどうか大変心許《こころもと》ないけれど、編集部宛てにメールを書くことにします。

佐藤正午『夏の情婦』（集英社文庫）に、僕が解説を寄せたのは一九九三年。今からちょうど四半世紀前のことになります。人間の細胞は日々刻々、死んでは生まれる分裂を繰り返し、七年ですべて入れ替わるというので、その四半世紀のあいだに僕はすでに三回も入れ替わっている。まずは前世の記憶を呼び戻すように、書棚からその懐かしい文庫を取り出し、自分が執筆した解説を読み返してみます。

佐藤さんがすでに解説の一部を引用しましたが、もう少し詳しく中身を見ていくことにします。僕はこの解説で初めに「あとがき」について触れました。


佐藤正午の文庫の多くは「解説」ではなく、作者自身の「あとがき」がついている。一冊の小説を読み終えて現実の世界に戻る前に、あとがきという形でもうひとつの物語を読むことができる。それは長い旅を終えて家に戻る前夜、町外れの気の置けない小さな宿で疲れた身体を休める愉《たの》しみに似ており、そこにこそ佐藤文学の真髄があると言ったら、まあ言いすぎだろうが、単行本を買って読んだ読者も、あとがきを読みたいがために文庫本を買ってしまうのだ。それなのに今回はあとがきがないという。佐藤正午の担当編集者ともあろう人が、このようなファン心理も知らないのかと一瞬訝《いぶか》ったが、僕のような駆け出しの作家に解説を任せようと言い出したのが、編集者ではなく著者本人と知り、長年のファンとして喜んでお引き受けすることにした——。

そのような文章に続いて、次は「作家像」について言及しています。

作家は小説を書くとき、ライター（書き手）とナレーター（語り手）とキャラクター（登場人物）の三者を、自分の中に同時に棲《す》まわせなければならない。三つの生を同時に生きなければならない。通常の神経の持ち主ならすぐに音を上げるだろう。でも、佐藤正午はデビューから一貫して、この難題に挑み続けている。そのような作家の誠実さが、逆に作品の広がりを阻害してしまわないか危惧《きぐ》する声もある。とかく読者は書き手と語り手と登場人物を同一視したがるからだ。

読者が想像する佐藤正午という作家はおそらくこんな人間だ。

幼い頃に父を亡くし、祖母と母と姉という女ばかりの家庭で育った。女の子と遊んでばかりいて、男の子の乱暴な遊びの輪の中に入っていけない少年だった。だが野球には熱中した。高校時代は自分の想いを伝えられず、すべての恋が片恋に終わった。後に新聞記者になった友達がいる。一浪後、故郷の西海市からできる限り遠く離れようと、札幌の大学に入学した。授業にはほとんど出ず、泥で汚れていく雪を眺めながら眠ってばかりいた。大学中退後、西海市に戻り、職探しに奔走した。どこもすぐにクビになった。市役所に勤めたこともある。競輪に明け暮れながら二年がかりで書き上げた「永遠の1／2」がベストセラーになり、莫大な印税が入った。自分の想いを言葉でうまく伝えられない性格は相変わらずだが、酒に酔えば女たちと洒落《しやれ》た会話を交わせるようになった。十七歳の少女には弱いが、年上の女にはもてる。知り合ってから二回のデートか三回の電話で寝るパターンが多い。男らしさと正反対の女々しさ、それゆえのテクニックの巧《うま》さを自覚している。ふられるたびに新しい小説ができる。叔母が経営するバーにたまに顔を出す。

つまり佐藤正午は十年の歳月をかけて（この時点で佐藤さんはちょうどデビュー十年だったんですね）、書き手と語り手と登場人物の三者を「ひとつの作家像」に収斂《しゆうれん》させてしまったのだ。そのために人物描写の省略されたスケッチ風の短編でも、主人公はすべて佐藤正午の分身であるかのように読まれてしまう。

かつての私小説作家は美意識に裏打ちされた生活の退廃と人生の破綻《はたん》を待ち望まれたものだが、佐藤正午の読者が望むのはそういった類のものではない。

そんな記述に続いて、その後、『夏の情婦』の収録短編に触れ、そして佐藤さんから届いた手紙を（無断で）引用しつつ、「あとがき」について再び言及しました。

佐藤正午の読者は『放蕩記』が出版される数年前からこの作品のことを知っている。八七年に出た『恋を数えて』のあとがきには『永遠の1／2』の次に『放蕩記』という小説を書いたのだが不評を買って本にはなっていないと書き、八八年の『女について』のあとがきには、今年中にも刊行される予定だと書き、九〇年の文庫版『恋を数えて』のあとがきには、まだ書いていないので本になっていないと書きしるしている。そして九一年にようやく刊行された『放蕩記』では、あとがきはついに第十五章として小説の中に組み込まれてしまっている。署名は海藤正夫。読者なら思わずニヤリとする名前だ。

手紙が僕に宛てられた『放蕩記』の最後のあとがきのように思え、それがひどく嬉しかったのだ。

以上、長々と引用しましたが、ここまで読んでいただければ、僕の解説の意図するところは明らかでしょう。明らかですよね？　すみません。ここは重要なのでちょっとくどいですが、箇条書きでまとめます。

1　佐藤正午の「あとがき」には本編小説とは別の物語がひそんでいる。

2　佐藤正午はこの十年間で、小説の書き手・語り手・登場人物の三者を「ひとつの作家像」に収斂させた。だから佐藤正午は私小説作家ではないのに、主人公が佐藤正午の分身であるかのように読まれてしまう。

3　『放蕩記』ではついに「あとがき」が小説本編に組み込まれ、あとがきもまた創作であることが明らかになった。僕に届いた手紙も小説のあとがきと同様、もうひとつの別の物語なのだろうと思い、嬉しくなった。

だから佐藤さんが便箋に万年筆の文字でしたためた〈借りのある女友達に頼まれ、避妊手術を受けた猫を病院に引き取りに行った。待合室には灰皿のかわりに女性向けの雑誌が置いてあった。短篇小説が載っていたので退屈しのぎに開いてみたが、それはとても新鮮な一撃で、猫の入ったバスケットを足もとに置いたまま、興奮して読みふけってしまった〉とのくだりを読んだとき、ああ、佐藤正午という作家は、こうして手紙を書くときでさえ、書き手と語り手と登場人物を意識して「ひとつの作家像」

を造形しているんだなと、ひどく感心したんです。

もう四半世紀も昔のことですが、そのときの自分の気持ちは、はっきりと覚えています。

ですから佐藤さんが〈本来あるべき姿の手紙とは異質なもの――創作の匂い――を嗅ぎ取った〉作家は、〈佐藤正午の創作したストーリーを「引用」するつもりで、僕の文庫本の解説をあんなふうに書いてみせたのではないでしょうか〉との指摘は、百パーセント正しいです。別の言い方をすれば、この手紙はどうせ虚構なんだから、解説に引用しても佐藤さんの私生活を公にさらすことにはなるまい、と思ったわけです。

この際、さらに言ってしまいますが、『夏の情婦』の文庫が刊行されてまもなく、佐藤さんから佐世保のお菓子が届いたので、僕はお礼の電話をしました。

そのとき佐藤さん、僕になんて言ったか覚えてます？

この場でこんなことを書くのは反則かもしれないけど、行きがかり上、書いてしまいますね。

佐藤さん、電話でこう言ったんですよ。

「僕はお酒が飲めない、下戸の甘党なので、盛田さんのお口に合うかどうか」

いやはや、なんとまあ……。佐藤さん自身、〈僕はつまり根っからの嘘つきだという話なのかもしれません〉と書いているので、その証明ということで。

さて、これで「謎解きのメール」は一旦《いったん》終わりにしますが、しかしながら佐藤さん、念のためにロングインタビューをさかのぼって読んでみたら、そもそもはこんな出来事に端を発している。

〈二年前の秋、『鳩の撃退法』の山田風太郎賞受賞が決まって、それから何日か経った日の午後、あるひとから突然電話がかかってきた〉〈話した時間はほんの数分だった〉〈その電話を切ったあと、僕は泣きました〉

そんな〈現実における「ただごと」を「ただごとではない」ストーリーに作り替えるとは具体的にどういうことなのか？　実践例をあげて解説を試みる〉と佐藤さんは宣言し、翌月の号で僕の文庫解説に言及したという流れです。

二年前のあの日、確かに僕は数分だけ佐藤さんに電話をしました。このたびは受賞おめでとうございます、と。ある選考委員の選評に対する僕の感想を付け加えて。

もちろん突然電話をした方は他にもいらっしゃったでしょうから、どなたの電話が引き金になって〈六十歳のおじさんがめそめそ泣いた〉のか分かりませんが。

でも〈誰からかかってきたことにしたら、最も効果的に、僕が泣いた（複雑な）理由が、東根さんや読者のみなさんに伝わるだろう〉〈これはこれで独立したストーリーにできる〉〈僕はまだ小説を書くつもりでいる〉という一文を読んだとき、僕自身が佐藤正午の小説の登場人物になって、入れ子構造の作中作を書くシーンを夢想したりもしました。いや、興に乗ってしゃべりすぎるのは禁物ですね。メールはこの辺でおしまいにします。

175
佐藤
2018/01/25
13:03

件名：前略どんぐり先生

どうも、ご無沙汰《ぶさた》しております、盛田さん。

メール拝見しました。

ありがとうございました。

お忙しいなか、ずぼらな呼びかけにきちんと応えていただいてありがとうございました。きちんと、というより、気さくに、でしょうか。どんぐり先生からメール来ました！　と『きらら』の担当者から電話がかかってきたとき、僕は何よりまず、いまから二十年ほど前の、BBSでのやりとりを懐かしく思い出しました。当時、佐藤正午のホームページというものがあって、そこのBBSに（BBSじゃなくて掲示板と呼んでましたかね？　ま、どっちでもいいですけど）盛田さんは「どんぐり」のハンドルネームでちょくちょく書き込んでおられました。やはり気さくに。

ご記憶でしょうか。

盛田さん、どんぐりと名乗って僕のおちゃらけた書き込みにつきあってくれていたんです。どんぐりって何だよ？　どんぐりコロコロのどんぐりか、なんかどんぐりに執着する理由でもあるのか、とか不思議に思いながら、僕は僕でshogoというHN《ハンドルネーム》を使い、掲示板への書き込みに熱心な日々を送っていました。

その頃のことを思い出しました。

じつは『きらら』の担当者も当時のBBSを知る人物で、ですから僕たちのあいだでは盛田隆二という作家はいまでも、どんぐり先生で通っています。盛田さん、と呼びかけるのではなんかぴんときません。どんぐり先生、のほうがしっくりします。

頭からもう一回いきます。

どうも、ご無沙汰でした、どんぐり先生。

どんぐり先生にいただいたメールほんとに嬉しかったです。

正直なところ、メールが来るか来ないか、期待値半分くらいの賭けでした。風の便りによると、どんぐり先生、小説のご執筆のほかに当節流行《はや》りのSNSでも活躍中とのことで、誌上での呼びかけに応じてメール書いてるヨユウなんてないんじゃないか、二十年前とは違ってこんな座興にはつきあって貰えないんじゃないかとも心配しておりました。そのときは仕方がない、たとえ梨のつぶてでも、やらせはなしにしよう、こっちからメールを書いてくださいと働きかけるのはやめておこう、なるべくやめておこうね、と担当者とは話していました。

でも来ましたね。メール、書いていただけましたね。どんぐり先生、あの頃の気さくさや茶目っ気をいまなおお持ちなのだなと嬉しくなりました。嬉しくなって、つい調子に乗って、やっぱり盛田隆二という小説家は信頼できる、な？　言っただろう？　などと担当者に口走ってしまいました。

☞

ここでいう信頼とは、面白い小説を書くとか書かないとか、いいひとだとか悪いひとだとか、ＳＮＳでの発言内容がどうだとかこうだとか、そういうこととはまた別なんです。

これも昔の話なんですけど、あるとき、初対面のご年配のかたから、大江健三郎さんのエピソードを聞かされたことがあります。大江健三郎さんって、知ってるおじさんみたいに言いますけど、もちろん面識ないし、仮に、本が口がきけるとしたら、きみは気安くわたしに触るな、わたしのことなど語るな、引っ込んでろ、と言われてしまいそうな、どうも近寄り難い作家です。勝手に思い描くイメージでは、大江さんは年中難しいことを考えている、難しいものを読んでいる、テレビなんか見ない、ましてスカパーの競輪チャンネルなんか見ない、車券なんか絶対買わない、僕とは縁遠いひとなんです。その大江健三郎さんが、ちょっと内容はここには書きづらいんですが、たぶんまだお若い頃に、ある集まりの席で男女関係の機微にかんするくだけたジョークを披露してまわりを笑わせたんだそうです。よほど強く印象に残ったんでしょうね、その初対面の年配のかたが、大江健三郎さんの口にされた昔のジョークを嬉しそうに僕に語り直してくれたんです。ま、真偽のほどは定かではありませんが、聞かされた僕まで嬉しくなるようなお話でした。

僕がそのジョークから受け取ったもの、そのうち半分は、ずっと遠い所にいると思ってたひとがご近所さんだった、みたいな、あまりに高い所にいてそこまでは登れないと諦めてたらむこうから降りてきてくれた、みたいな、意外性ですね。でも残り半分は、まったくそれとは正反対の感想、ああ、やっぱりそうなんだ、そうじゃなくちゃね、このへんまで降りてきてぶらぶらするヨユウもないとつとまらないよね、小説家は、みたいな得心でした。

そのときの気持ちと、どんぐり先生からメールをいただいた嬉しさとが似通っていると思うんです。つまり僕は大江さんのくだけたジョークからも、今回のどんぐり先生の気さくな応対からも、同じものを受け取ったような気がしています。僕が受け取ったような気がしているものの中身、それが小説家としての、おふたかたへの信頼ということです。

前置きは終わりました。☞

どんぐり先生のメールを拝読して、ここから本文です。

四半世紀まえ、どんぐり先生に書いていただいた文庫解説、それで思い出したことがあるので率直に書いてみます。

なかでも「作家像」に言及されたくだり、

作家は小説を書くとき、ライター（書き手）とナレーター（語り手）とキャラクター（登場人物）の三者を、自分の中に同時に棲まわせなければならない。三つの生を同時に生きなければならない。

これですね、これが当時の僕には理解不能でした。いったい何のことを言ってるんだろう、この盛田隆二というひとは？　と読んで思った記憶があります。僕は小説を書くとき、自分の中にそんなものを棲まわせている気がしなかったからです。それはじつはいまも変わりません。だからいまでも、どんぐり先生が何のことおっしゃってるのかよくわからないんです。

ただし、よくわからないとはいっても、昔といまとでは、わからなさの度合いが違います。このロングインタビューのサブタイトルには「小説のつくり方」と謳《うた》ってあるし、そういった連載仕事を任されている小説家が――つまり編集部からは料理教室の講師っぽい立場で語ることを期待されている小説家が――同業者の書いた小説のレシピを理解不能で済ませちゃまずいだろうという気持ちもあります。僕じしんの見栄《みえ》もあります。だからまったくわからないわけではない。そう言わざるを得ないでしょう。当時はわからなかったけれど、いまは、どちらかといえばわかる側寄りの、よくはわからない、です。完全に理解してはいないが、わかるような気もする、そのくらいのところにはいます。

でもその、わかるような気もすることの内容を、頭の中に、言葉で整理できているわけでもないんです。わかるような気もする、それは理屈ではなく、いわば体感としてです。長年、数はそんなに多くないにしても小説を書き続けてきて、書く現場で身体にしみこんだ感覚がありますね。僕は自分にあると思うんです。その体感が、どんぐり先生のおっしゃっていたことはいまになってみればわかる、わかるような気もする、と告げています。

これは聞いた話ではなく何かで読んだ話なのですが、大江健三郎さんは子供のころ、泳ぎ方を誰からも教わらず自分で習得したのだそうです。どうやって習得したかというと、水泳の本を読んで学んだ、ということらしいです。たぶん小学校の低学年とかそのくらいの時期でしょうね。僕はこの話をずいぶん前に知って感銘をうけました。いや、感銘をうけたというより、共感しました。

じつは僕も、泳ぎ方を自力で習得した子供でした。水泳教室に通ったのでもなく、学校の体育の時間に指導されたのでもなく、ひとりで泳ぎ方をおぼえました。記憶では、小学校三年生の夏まで、水に浮くことすらできなかったのが、ひと夏でクロールの泳法をマスターしました。

これ大江健三郎と佐藤正午と、ふたりの小説家の経歴における唯一の共通点かもしれません。

でも大江健三郎さんと僕は違うんです、決定的に。

同じなのは、泳ぎ方を他人から教わったのではなく、独習で身につけたという点です。どこが決定的に違うかというと、大江少年はそれを本の図解と文章から学び取ったのに対して、僕は同級生の物真似から入りました。

イメージとしてはこうなります。

自宅の勉強部屋で水泳の本に読みふける少年、それがのちの大江健三郎さんです。

プールサイドに体育坐《ずわ》りして同級生の泳ぎを見ている少年、それが僕です。それから僕はひとりプールに残って、見よう見まねでクロールの練習をします。腕のかき方、呼吸時の顔の上げ方、バタ足の回数……さっきまで見ていた同級生の泳ぎ方を思い出して、できるだけその身体の動きを真似てみる。そうやっているうちに、徐々にではなく、ある日僕は劇的に泳げるようになっていました。先生にいくら教えられてもダメだったものが、僕なりのやり方で、できるようになっていました。想像ですが、本を読んだ大江少年もたったひとり水の中で練習を続けたのではないでしょうか、そしてある日劇的に自分の身体が（本の解説どおり）水に浮き、腕をかくことで前に進む瞬間を体験したのではないでしょうか。

何が言いたいか、どんぐり先生はもうお察しかと思います。

僕は小説もそうやって書いてきた気がするんです。子供のころの水泳とおなじように、ひとの物真似から入って、見よう見まねで書き出して、ある日劇的に書けるようになったというわけではないけれども、いつのまにか、書くことを身につけてしまった。

正しい泳法の指導を手取り足取り受けなくても、ひとの物真似から入ってもちゃんと泳げるようになる子供はいます。けれどその子供は、自分の身体がなぜ水に浮くのかは知らないんです。知らないというか、知る必要がないんです。彼の目的はただ泳げるようになること、泳ぐこと、に過ぎないから、浮力とか水の抵抗とかは関心の外にあります。

小説家としての僕も、たとえるなら独習で泳ぎをおぼえて、ずっと泳ぎつづけてきただけ、という気がします。もちろんプールサイドにすわって他人の美しいフォームに見とれていた時期も長くあったし、いまでも、自分の泳ぎに飽きるとプールからあがって、また他人の泳ぎを眺めることもあります。

つまり小説を読みつづけています。でも、小説は読みつづけても、小説の成り立ちについての本は読みません。過去にもほとんど読んだ記憶がありません。

いまさら頭が追いつかないんでしょう、とっくに泳ぎをおぼえてしまった身体に。若いどんぐり先生がお書きになった、ひとの身体はなぜ水に浮き前へと進むのかを解明するかのような文章、例の文庫解説の一節ですね、小説がどんな要素から成り立っているかの理論的な分析にはさほど――どんぐり先生のお書きになった小説を読んだときのようには――心が動かないし、僕の頭では理解するのも難しいんです。だったら頭ではなく体感で、これまでプールに入って泳いできた経験にものを言わせて検証するしかない。ライターとかナレーターとかキャラクターとか、なじみのない用語をその経験に照らして、なるほど、まあ、そう言われてみればそうかな、わかるような気がする、と感じるしかないわけです。

♨

せっかくメールをいただいたのに、どんぐり先生のご期待を裏切る返信になってしまった、いまそんな気持ちです。

電話のことを書くべきなのはわかっているんです。

僕の記憶しているところでも、この二十五年のあいだに、どんぐり先生と電話でお話ししたこと、確かに二度あったと思います。

で、二度の電話でやりとりした会話の記憶を、僕の視点から、掘り起こすことも可能です。でもまずはその一度目の電話で、僕は自分から「お酒が飲めない」なんて言ったおぼえはないし、そのことを正直におぼえがないと書けば、どんぐり先生は、いや佐藤さん言いましたよと言い張るでしょう。すると僕はまた、いいえ言ってません、と返信しなければならなくなる、だって言ったおぼえがないから。いい年した男ふたり、言った言わないの水掛け論になるのは見苦しいのではないだろうか？　そう思って、電話の件にはあえて触れないでおこうと決めました。

ただ僕としては、言ってないものを言ったと言われるのも非常に心外なので、それだけは言ってない、言ったというのはどんぐり先生の記憶違いだとここではっきり言っておきます。僕の記憶では言ってないし言うはずないんです。何年か前の、どんぐり先生が酔っぱらってかけてこられた二度目の電話でなら言ったかもしれないけれど、二十五年まえといえば、僕もいちばん飲み歩いていた時期だからそんなこと言うわけがない。本人が言ってないというのだから言ってないのが正しいと思います。

この話はここまでにしましょう。

あと、今回のメールに書いた大江健三郎さんの水泳独習のエピソードにかんして一言申し添えておきます。

これを僕は確かに何かで読んだ記憶があります。でもその何かが何だったのか具体的に思い出せないし、つまり典拠不確かなまま書いているので、もしかしたら事実誤認、というか、記憶ねつ造みたいな部分がまじっているかもしれません。だとしても、たとえ事実を曲げているのだとしても、ここでは僕は自分の記憶をいちばんに優先します。このメールでどんぐり先生にお伝えしたいのは、ただごととして一般に尊ばれる事実ではなく、なんというか、もっと私的な事実、いくらでも自在にかたちを変えうる書き手の記憶だからです。はい、その昔はじめて盛田隆二という作家に手紙を書いたときのように、です。

176
盛田
2018/02/17
15:51

件名：嘘つきだなあ

前号の『きらら』では〈ゲスト（飛び入り）／盛田隆二〉との位置づけでしたが、小説家・佐藤正午の嘘つきぶりに感じ入るところがあり、再びメールを書くことにしました。

だって佐藤正午さん、〈一度目の電話で、僕は自分から「お酒が飲めない」なんて言ったおぼえはないし（中略）僕もいちばん飲み歩いていた時期だからそんなこと言うわけがない。本人が言ってないと言うのだから言ってないのが正しいと思います〉と延々十二行にもわたって否定していますが、二十五年前に初めて電話をしたときに「僕はお酒が飲めない、下戸の甘党なので（佐世保のお菓子が）盛田さんのお口に合うかどうか」と確かに言ったんですってば。その後に続く佐藤さんの言葉もはっきり覚えています。

「僕には作家の友だちは一人もいないので、こうして盛田さんと友だちのように電話で話をするのも初めてです」

僕は受話器を右手から左手に持ち替えながら、一体なんと返事をすればいいのか、ひどく戸惑った。そのときの自分の心の動きまで克明に覚えています。当時、僕は編集者と作家の二足のわらじを履いていて、会社勤めもすでに十五年目に入っていたので「友だち」という甘酸っぱい言葉を聞くのは本当に久しぶりでした。「作家の友だちは一人もいない」は嘘ではないんだろうから「僕はお酒を飲めない」も本当なんだろうか？

半信半疑ながらそう思い、受話器を置いた後、傍らにいた妻に電話の内容を伝えました。

「やだ、嘘つきねえ。あの『放蕩記』の作者がお酒を飲めないって？」

妻はひとしきり笑った後、感心したように何度もうなずいておりました。で、このメールを書くために確認してみましたが、やはり妻も二十五年前の電話のことははっきり覚えており、二十五年前と同じように目を丸くしました。

「えっ、佐藤さんたら、『きらら』にそんなこと書いてるの？」

盛田夫妻は寄ってたかって佐藤正午を嘘つき呼ばわりするのか、と誤解されてはいけないので付け加えますが、妻は長年にわたって佐藤正午の熱心な読者であり、たとえば『身の上話』を一心不乱に読み終えた後、頬を少し紅潮させて「ああ、面白かった！」と感嘆の声を上げたので、「どこが面白かった？」と訊いたところ、「どこがと訊かれても困るけど……」と一瞬言葉に詰まった後、きっぱりと言ったんです。

「だって面白くない行は一行もなかった」

けだし名言でしょ？　嘘を本当に見せる佐藤正午の小説の愛読者である妻は、佐藤正午が電話でもまことしやかに嘘をつくことに感心して、何度もうなずいていたんです、二十五年前のあの日。

さらにしつこく嘘つきエピソードを続ければ、「佐藤正午のホームページの掲示板」をめぐるくだりには面食らいました。確かに僕はあの掲示板にちょくちょく書き込んでましたが、佐藤さんの次の記述は、事実を完全に歪曲《わいきょく》してますよ。

〈ご記憶でしょうか〉

〈盛田さん、どんぐりと名乗って僕のおちゃらけた書き込みにつきあってくれていたんです。どんぐりって何だよ？　どんぐりコロコロのどんぐりか、なんかどんぐりに執着する理由でもあるのか、とか不思議に思いながら、僕は僕でshogoというHNを使い、掲示板への書き込みに熱心な日々を送っていました〉

あのですね。僕が「どんぐり」と名乗らざるを得なくなったのは、佐藤さんのせいでしょ。ホームページとともに掲示板も閉鎖されましたが、ネット上にはキャッシュが残っています。以下、当時の掲示板からコピペしますね。

◆2002/10/09（水）07:01　shogo

もりた・りゅうじさん、ほんとにおひさしぶりでした。

担当の人から、もりた氏は『おいしい水』の次の小説のために、ドングリの取材に出かけたとか出かけないとか聞きました。どんな作品になるか楽しみにしております。

◆2002/10/09（水）19:55　もりた・りゅうじ

ええ、某作家が石鹼《せっけん》工場を取材したと小耳にはさみ、僕も一念発起、「大草原のドングリ」という従来のイメージを一新しようと、ドングリの生々しい現実を取材してきました。次作のワーキングタイトルは『ドングリ・フラジャイル（仮）』としています。

◆2002/10/10（木）14:32　shogo

そうですか、そう来ますか。そう来るか。この掲示板の常連のみんさんがよくやられるような、そのようなリプライがあるとは予想しなかったので、意表をつかれました。そうか、そう来るのか。

この暗号文のような掲示板の書き込み、『きらら』の読者には理解不能でしょう。野暮を承知で少し解説しますね。

当時、僕は新作長編を書くためにモンゴルへ取材に行き、帰ってきたばかりだったんです。そのことを担当編集者から聞いた佐藤さん、なぜか「モンゴル」を「ドングリ」と言い換えて茶化すので、僕も行きがかり上、ドングリで通すことになった。尚且つ、そのときはまだ新作に『散る。アウト』というタイトルをつけていなかったので、佐藤さんの犯罪小説『取り扱い注意』に引っかけて〈次作のワーキングタイトルは『ドングリ・フラジャイル（仮）』としています〉と返信したんです。実際、僕としては、モンゴルを舞台に「初の犯罪小説」を書こうと意気込んでいましたから。

佐藤正午の読者には深夜放送のハガキ職人のような方が多くて、掲示板は連日連夜賑《にぎ》わっていましたが、佐藤さんの「ドングリ」発言を受けて、常連の皆さん（佐藤さんはなぜか「皆さん」ではなく「みんさん」といつも表記していましたね）が掲示板に「どんぐり先生ようこそ」と書き込むようになり、ハンドルネームを「どんぐり」にした次第で……なんて、還暦を過ぎたおじ（い）さんが何の話をしてるんでしょうかね。

佐藤さんは先日のメールの最後に〈このメールでどんぐり先生にお伝えしたいのは、ただごととして一般に尊ばれる事実ではなく、なんというか、もっと私的な事実、いくらでも自在にかたちを変えうる書き手の記憶だからです〉と書いています。

その趣旨からすれば、掲示板をコピペしてまで佐藤正午の嘘つきぶりを告発する僕の行為は〈ただごととして一般に尊ばれる事実〉を単に列記しただけで〈もっと私的な事実〉を求める佐藤さんとは完全にすれ違っているのかもしれません。

そこで思い出すのは、かつて某書評家に「盛田隆二の地を這《は》うようなリアリズム小説」と評されたとき、その泥臭いネーミングに愕然《がくぜん》としながらも、胸の内で小さくガッツポーズをしたことです。僕はおそらく〈ただごととして一般に尊ばれる事実〉を、もうこれ以上は一行も書けない限界まで書き切ることで、ただごとではない物語を生み出せるのではないか、という思い込みに支えられて、デビュー以来書き続けてきたので。

それにしても佐藤さん、〈もっと私的な事実、いくらでも自在にかたちを変えうる書き手の記憶〉とはいえ、『ダ・ヴィンチ』二月号のロングインタビューを読んだときは、やはり目が点になりました。本誌『きらら』でも書いてらっしゃった「父親の葬式には出席していない」件です。

「通夜から帰って眠ったら、起きたときには葬儀が始まっていた。最初は駆けつけるつもりだったのに、実際に僕が向かったのは競輪場でした。(中略)時々、そういうことをしてしまう。普通の人はしませんよね、きっと」

佐藤さんのこんな発言に対して、「えっ、いくらなんでも嘘でしょ?」とインタビュアーは突っ込まなかったんだろうか、と僕は一読して思いましたが、このインタビュアーは佐藤正午の小説の熱心な読者なので、そんな野暮な突っ込みをしなかったのだろうと思い直しました。佐藤正午にとって〈私的な事実〉とは、いくらでも自在にかたちを変えうるものなのだから。

☞

さて、佐藤さんは大学四年のとき、同郷の作家・野呂邦暢の『諫早菖蒲日記』に感銘を受け、送った手紙の返事が小説を書く原動力になったと『ダ・ヴィンチ』で語っていますが、佐世保で「文学伝習所」を開講した井上光晴について、佐藤さんが書いた文章を読んだ記憶がありません。

僕にとって井上光晴は、中上健次とともに大切な作家です。二人の作品に初めて出合ったのは、小説家になることを夢見ながらも小説のとば口で立ち止まっていた十九歳のころ。中上健次『十九歳の地図』の新聞配達少年に僕は自身の鬱屈を重ね合わせ、荒涼とした時代の底を疾走する井上光晴『心優しき叛逆者たち』の暗い情熱に励まされながら、習作を始めました。この二作に出合わなければ、僕は小説を書かなかったし、作家にならなかったかもしれない。

井上光晴ほど虚構に満ちた人生を作り上げた作家はいません。ドキュメンタリー映画『全身小説家』の中で、埴谷雄高は井上光晴のことを「嘘つきミッチャン」と呼びますが、旧満州旅順で生まれたことも、朝鮮人の血が四分の一入っていることも、朝鮮人の客に占いの嘘を見抜かれて占い師稼業から足を洗ったという話も、すべて彼の虚構、嘘八百だった。

「作家は嘘をつくのが仕事。百年もたてば、それは真実になる」

埴谷雄高はそう言って、カメラに向かってふっと笑った。その言葉は僕の座右の銘になりましたが、〈佐藤正午は父親の葬儀に出席せず、そのとき競輪場にいた〉エピソードは、百年もたたずに真実になりそうです。

ところで、佐藤さんは〈子供のころの水泳とおなじように、ひとの物真似から入って、見よう見まねで書き出して、ある日劇的に書けるようになったというわけではないけれども、いつのまにか、書くことを身につけてしまった〉と書いてらっしゃいますが、僕も同じです。大学も文学部ではなかったし、書店でたまに目にする「小説の書き方」の類の本を読んだこともなかったけれど、井上光晴や中上健次、それから吉行淳之介や安岡章太郎の小説を無我夢中で読んで、見よう見まねで書き始め、気づいたら小説家になっていた。

ただし二十歳から二年間ほど、新日本文学会が母体の日本文学学校に通ったことがあります。

新日本文学会は、戦時中言論の弾圧を受けた旧プロレタリア文学運動に関わっていた作家を中心にして文学運動団体の必要性が議論され、蔵原惟人、中野重治、宮本百合子らの呼びかけを受けて、一九四五年十二月に創立された団体ですが、二十歳の僕はそんな歴史的経緯をほとんど知らず、ただ一回当たりの受講料が三百円ほどと破格の安さにもかかわらず、現役の作家が毎週のように手弁当で講義をしてくれる日本文学学校の存在を知り、東中野駅から至近の二階建てアパートを改築した学校に通い始めたのです。

そこで井上光晴や佐木隆三や池田満寿夫といった作家の講義を聴き、講義の後は近くの居酒屋で作家を囲んで酒を飲む機会を得ましたが、さすがに本人に向かって「僕はいま『心優しき叛逆者たち』の暗い情熱に励まされながら、小説を書いているんです」などとは言えず、ただ酔っぱらって早口でまくし立てる井上光晴の話法が、氏の小説の文体と同じくあちこち複層的に取っ散らかりながらも、最後にはいくつもの伏線をきちんと回収して終える見事さに目を見張ったことや、小説の文体とはつまり作家の生き方なんだな、と漠然と思ったことなど、懐かしく思い出します。

そんな作家の講義と並行して、受講生たちが小説を発表し、互いに講評し合う時間もあり、むしろそちらの方が二十歳の僕にとっては貴重な経験になったかもしれません。受講生には郵便局や国鉄の職員が多く、所定の勤務を終えた後、疲れた足を引きずるようにして文学学校に通ってきます。彼らの書く小説は、郵便番号自動読み取り機導入反対闘争や、組合員への不当労働行為や、未組織労働者差別などを題材にしているので「労働者文学」とか「記録文学」というジャンルで括《くく》られるんでしょうが、それらの作品を読むと、やはり作者の生き方が文体を形作っているんだな、と僕は得心した。

学生の自分が書く小説が、そんな彼らにはたしてどう読まれるのか。それをひどく気にかけながら、ロウ紙と呼ばれる原紙に鉄筆でカリカリと小説を書いたことを思い出します。当時はまだコピー機のない時代だったので、新日文の事務局に備え付けられた謄写版の道具を借りて、受講生の人数分だけガリ版で刷らなければならなかったんです。

僕の小説に対して、受講生たちがどんな感想を述べたのか。なぜかそこだけ記憶が欠落してるんですが、原爆文学に関する著書をお持ちの講師が「盛田くんはまだ若いのに、ずいぶん書いてきた人なんでしょう。こうして時間軸をぐちゃぐちゃにすることによって主人公の混乱ぶりが浮かび上がる。うまいですよ」みたいな言葉で誉《ほ》めてくれた。

そんな日々にあって、大学四年のとき「穴のなかの獣」という百枚の小説を書きました。子どものころに自宅の火災で片腕を切断した十九歳の工場勤務の少年と、障害者解放運動に取り組む女子大生の出会いと別れ。新日文での経験が濃厚に反映した小説でした。それを某新人賞に応募したところ、最終選考の手前まで行った。ある日、編集者から「直してほしい箇所がいくつかあるので、じかに話をしたい」と電話が入ったんです。

まだ最終候補作に選ばれたわけでもないのに、編集者が熱心に電話をかけてくる。それが異例のことなのか、よくあることなのか、当時もいまもよく分かりませんが、僕はいそいそと出版社に出向いた。応接セットで対面したとき、編集者が見せた表情の変化をはっきり覚えています。

「きみは腕があるんだ」と男性編集者がボソッと言った。

「ありがとうございます」と僕は軽く頭を下げながらも、編集者の素っ気ない態度を見て、電話から伝わってきた意気込みがすでに消え失せていることに気づいた。

「注意事項を書いておいたから、二週間以内に改稿して郵送してください。期待していますよ」

編集者はそれだけ言って、ソファから腰を上げました。

僕は帰りの電車の中で、手渡された応募原稿のコピーに目を走らせた。「このあたりは冗長なので大胆にカット」とか「文学臭のする表現は避けて、即物的な文章を心がけて」と赤鉛筆で書いてある。

編集者は僕が実際に片腕の少年なのかどうか、それを確かめたかったんでしょう。きみには小説を書く腕があるね、と誉められたのだと一瞬誤解した自分がものすごく恥ずかしかったけれど、それ以上に、作者が片腕の少年ならデビューさせる価値があると判断したのかもしれない編集者の心根に思いを馳せ、何度もため息をついたことを思い出します。

それまで僕は大学を一年留年して小説を書き続けようと思っていたのだけれど、その一件があってからあわてて就職試験を受けて、会社勤めを始めました。連日深夜にわたる残業に明け暮れながら、作家になる夢をあきらめきれず、再び小説を書き始めるのは、三十歳を目前にしてからです。

ええっと、本当はここまでが前書きで、そもそもは僕が佐藤正午の『夏の情婦』の文庫解説のなかで「作家は小説を書くとき、ライター（書き手）とナレーター（語り手）とキャラクター（登場人物）の三者を、自分の中に同時に棲まわせなければならない」云々《うんぬん》、いささか大仰なことを書いた真意について、少し詳しく説明しようと思ってメールを書き始めたんですが、さらに原稿用紙十枚分ほど必要になりそうなので、今回はこれで切り上げることにしますね。前略後略のまま。どんぐり拝

177
佐藤
2018/02/28
12:53

件名：前略どんぐり先生2

小説を書き出す前の準備段階で『身の上話』にはもとになった実話があります。その内容はこうでした。

佐世保に住む若い女性が、大阪に住むやはり若い男性と恋愛関係にあって、あるとき男性のほうが佐世保まで会いに来ます。ふたりで数日楽しい時間を過ごして、男性が大阪に戻る日に、女性はもっと一緒にいたいとの思いが募り、見送りの駅のホームで、あとさき考えずに自分も電車に乗ってしまいます。そこまではなんてことないんですけど（なんてことないと僕は思うんですけど）問題はそのあと。旅支度もしないで大阪までついていった女性は、もっと長く彼のそばにいたいという理由で、そのまま見知らぬ土地に居着いてしまうんです。で三年か四年か男性と同棲して、そのあいだに働き口も見つけて、大阪弁にもなじんだ頃、恋愛関係が破綻します。

傷心をかかえて彼女は佐世保に舞い戻りました。

僕はこの話を彼女じしんの口から聞きました。話をしてくれたときにはもう、彼女は中年の女性になっていたんですけど。

こんなふうにメールを書き出すと、いきなり何なんだと思われるかもしれません。僕の意図としては、小説を書くうえでの、「ただごととして一般に尊ばれる事実」の扱いについて、その扱い方における盛田隆二と佐藤正午のすれ違いざまをこれから見ていくつもりでいます。なお、すれ違いという表現は、僕の思いつきではなくて、いただいたメールにあった「完全にすれ違っているのかもしれません」の一文からなにげにパクりました。

ほんというと、今回、僕のほうからはとくに書くことはないんです。どんぐり先生のメールのおしまいのところに「さらに原稿用紙十枚分ほど必要になりそう」とあって、どうやらもう一回メールを書いていただけそうな風向きだし、だったら僕としてはそのメールを待ってみたい気持ちがあります。作家は小説を書くとき、ライター（書き手）とナレーター（語り手）とキャラクター（登場人物）の三者を、自分の中に同時に棲まわせなければならない、という名文句について詳しく説明されるはずのそのメールを。

でもただ待っていると、今月このロングインタビューのページにはどんぐり先生のメールのみが掲載されることになり、いったい誰の連載インタビューなのかわからなくなります。原稿料だって僕には振り込まれないでしょう。振り込まれるというならただ待ってもいいですが振り込まれるはずもないと予想がつくので、とくに書くことはないんだけどな、と思いつつ書きます。

小説を書くうえでの、事実の扱い方について、佐藤正午の『身の上話』と盛田隆二の『焼け跡のハイヒール』とを例にあげて見ていきます。

というか、冒頭からもうはじまっています。

冒頭で紹介した実話と、出来あがった小説『身の上話』とを読みくらべれば明らかなこと。佐藤正午は実話に手を加えています。それはもう、大幅な変更を加えています。

第一に、時代設定が違う。

第二に、事実として出来事は佐世保と大阪で起きていますが、小説の舞台のほうは、名前のない地方都市と東京に置き換えられています。第三に、女性が男性についていくときに乗った乗り物も、事実は特急電車と新幹線の乗り継ぎ、小説はバスと飛行機。それから第四に、……きりがありません。

結論から言います。

『身の上話』は実話をもとに書かれた小説です。

でもそれはたんに、実話が、物語の発想のヒントになっている、という意味です。もとをたどれば——時間をずんずん巻き戻していって小説を書き出すずっと以前までさかのぼれば——そこにちょっとした物語の種があった、それくらいの意味で、書いた小説と、そのもとになった実話とは、ほとんど顔が似ていません。この親からこの子が生まれるか？　と血縁を疑うくらい似ていません。

小説を書く準備段階で『身の上話』にはもとになった実話があるというのは、読者にはうかがい知れない、読者にとってみればどうでもいい、楽屋裏のこぼれ話みたいなものです。

実話とは、つまり事実ですね、知り合いの女性が語った事実に興味をひかれ記憶にとどめた。メモをとった。でも厳密にいうと、僕が興味をひかれたのはたぶん、事実それじたいが物語として面白かったから、ではありません。その事実の面白さがむしろ、不完全だったからだと思います。事実の筋書きはこうだけれど、もしこうではなければ、もしこうならずにああなっていれば、と想像のつけこむ余地が（広々と）残されていたからです。

もう一回結論を言い換えます。

佐藤正午の『身の上話』は事実を軽視しています。同じ意味ですが事実を曲げて書かれています。

または事実から遠ざかろうとすることで成立しています。

事実は小説より奇なり、の反対をめざした小説です。


さてここから『焼け跡のハイヒール』に触れていきます。

自分の小説のことを自分でどう言おうと、言った内容を誰にどう思われようと（自業自得だし）かまわないのですが、他人の小説だとやっぱり気兼ねしたり、言い過ぎれば作者に怒られるんじゃないかとか腰がひけたりもします。まして『焼け跡のハイヒール』はどんぐり先生の最新作なので、ここで僕が妙な発言をして誤解を招いて売り上げにひびきでもしたら……ひびくか？　僕の発言で？　ともむろん思いますが、たとえ一冊でも二冊でも売れたはずの本が売れなくなったとしたら、責任取れません。

そこで念のため、但《ただ》し書きをつけておきます。

これから『焼け跡のハイヒール』について語ること、これは書評ではありません。読書感想文でもありません。この小説が面白いとか面白くないとか、僕の好みだとかそうじゃないとか、評価をくだすのでもありません。ただ佐藤正午の『身の上話』とくらべて、どんぐり先生のこの小説が、事実をどのように扱って書かれているのか、あくまでその一点、に目を向けます。僕が関心を持っているのはその点だけです、いまここでは。

ではいきます。

早々と結論を出します。

盛田隆二の『焼け跡のハイヒール』は事実を重視しています。

佐藤正午の『身の上話』とくらべれば、小説のなかで、はるかに丁重に事実をもてなしています。小説における事実の待遇改善をめざしているかのようです。

というより、この小説はそもそも、曲げられない事実をもとに書かれています。

曲げられない事実。

変更のきかない事実ですね。

それはどんな事実かというと、小説の主要な登場人物であるふたり、盛田隆作と稲村美代子が、昭和二十一年、東京で出会ったという事実です。また出会ったのち、たがいに好意を抱き、恋へと発展し、やがて結婚したという事実です。

なぜこの事実が曲げられないかというと、盛田隆作と稲村美代子が出会って結婚しなければ、息子の隆二、すなわちどんぐり先生はこの世に生まれてこないからです。昭和の時代に起きた事実を曲げてしまえば、平成の現実を生きる作者の存在じたいが嘘になり、意味を失ってしまうからです。

つまり『焼け跡のハイヒール』は、昭和から平成まで貫くまっすぐな一本の事実を、まず作家が受け容《い》れる、書き出す以前の構想の段階から、いやおうなく受け容れざるを得ない小説です。

言い方を換えれば作家が、この世界に自分が誕生した理由、今日まで生きてきた意味を探る小説です。自分はどこから来てどこへ行こうとしているのか？　たいていのひとがほったらかしにして生きている疑問、宗教家や哲学者が喜んで引き受けそうな疑問に、作家が、変更不可の事実に足場を置いて立ち向かい、答えを一編の小説として差し出している、それが『焼け跡のハイヒール』です。

ちょっと口が滑らかになって妙な発言の色を帯びてきました。気をつけます。これは書評ではなく、読書感想文でもなく、どんぐり先生あてのメールなんだと自分に再度言い聞かせます。

ですからこの小説の場合、第一に、時代設定を変えるわけにいきません。事実立脚で小説を書くのだから、変えるわけにいかない、というよりむしろ、変える必要がありません。

第二に登場人物の名前も、第三に、第四に……出身地、生い立ち、家族構成、学歴職歴、その他いまでいえば個人情報すべて、いじる必要ありません。盛田家の事実（系譜）にもとづいて小説を書く。

事実を事実のまま書いていく。

それが『焼け跡のハイヒール』という小説の方法なのです。『身の上話』の書き方とくらべると、両者の違いは際立って見えてきます。すれ違いもはなはだしいです。

以上です。

ほかに言うことはありません。

♨

いや実はほかにあります。

ここだけの話、どんぐり先生には言いたいことがあります。

事実を事実のまま書き並べれば小説が出来あがる。

そうか、なるほど。

じゃなくて、

そんなわけありませんよね。

もしそうだとしたら――『身の上話』の作者の立場から最も適切な言葉を探すなら――それは小説の名をかたる詐欺です。

事実にもとづき、事実重視で書かれているといっても『焼け跡のハイヒール』は小説ですから、そこに小説としての工夫がこらされていないわけがありません。時代設定や、登場人物の名前や、経歴やに事実をあてはめるにしても、小説を書くとき、小説を書くひとの目の前にある問題は常に、どう書くか、です。でしょう？

なにをどの順番で書いていけばいいのか。

書かずにすませられることはなにで、ぜひとも書かなければならないことはなにか。

この小説では、最初のうち、主要な登場人物である男女のストーリーはそれぞれ別個になっています。男性側と女性側と二つのストーリーが章ごとに交替しながら語られていきます。見知らぬ男女が出会って結ばれるという事実に向かって進まなければならないので、当然といえば当然の語り方です。

ところが、この点が重要なのですが、二つのストーリーは同じ昭和の時代でありながら出発点に時間差が設けてあります。男性側の、盛田隆作のストーリーは昭和十二年から始まります。一方の女性側、稲村美代子のストーリーは八年後の昭和二十年から始まっています。

この八年の時間差が、章が進むにつれて縮まっていく。

縮まっていって、最終的に、昭和二十一年九月の時点でひとつに重なり合う。そこでふたりが出会うわけです。そういう書き方がされています。そういう書き方とは、小説的な工夫、としか言いようのない書き方のことです。

これ、印象としては、異なるスピードで運動する二つの点があって、前方にある遅いほうのA点がじわじわと直進しているのを、後方から速いほうのB点が、くねくねと軌跡を描きながら追いかけてゆき、やがてあるポイントで偶然A点とB点がぶつかる。ぶつかった瞬間から合体してひとつのC点となる。そんな感じです。そのC点こそがこの小説の、ストーリー上のゴールであり、同時に、この小説が書かれることになる起源ともいえるわけです。

スピードの異なる（無関係の）A点とB点がぶつかる偶然。

偶然というのは、たとえば、ちょっと話が逸れますが、僕は毎朝仕事にかかる前にほんの二三分、窓の外をながめる習慣があるんです。自宅からは二本の坂道と、それが交わって合流する地点が見えます。おおざっぱに表せば、アルファベットのYを窓越しに見おろしているわけです。するとね、Yの右斜め棒にあたる坂道をとろとろ下ってきたクルマと、左斜めの坂道から、より速いスピードで（こっちの道幅のほうが広いので）下ってきたクルマが、合流点で見事に、ほんとにこれ以上ないくらいのどんぴしゃのタイミングで出会うんです。僕は自宅の窓から、スピードの異なる二台のクルマの動きを見守りながら、あ、このままだとぶつかるぞ、と心のなかで声をあげます。狭い坂道のほうのクルマが必ず一時停止するので衝突事故にはならないのですが。

でもそういう絵に描いたようなA点とB点の偶然の衝突は、僕の目の前で毎朝のように起きているんです。別々の道を、思い思いにあきらかに異なる速度で移動しているものが、ある一点で出会ってしまう偶然。これを毎朝目撃していると、もう偶然とあえて呼ぶ必要はなく、これが一年三六五日、世界全体で数知れず起きていることの典型ではないかとさえ思えてきます。日本の、九州の、長崎県の、佐世保市の自宅の窓から、僕は毎朝、縮小された相似形の、世界の設計図を確認しているような気がします。

この世界のどこかで、A点とB点が遭遇すること、無数に存在する道のどこかで、誰かと誰かが出会うこと、それはもうどうやったって避けられないわけですね。それが世界の成り立ちだから。運命とか、大層な言葉を持ちだして来なくても、出会うものはおのずと出会う。だって道は無数にあって、無数の道は、ひとがそれぞれの目的と速度で移動するためのものだから。

偶然はいつか起きる。いや、いつでも起きる、それが現実、つまり、ただごととして一般に尊ばれる事実です。

だから問題は、小説でその事実をどう扱い、どう書くのか、にかかってくるとも言えます。人と人との出会いは、Y字路でぶつかりそうになるクルマどうしのようなもの、ごくありきたりの、ただごとではあるけれど、そのただごとを、わざわざひとに読ませるためにどう書くのか。作家は事実をどう書き直してみせるのか。

結局そこに戻って来るんです。

で、さきほど説明したとおり『焼け跡のハイヒール』のストーリーは構成に工夫がこらされています。事実の再構成、すなわち書き直しです。読んでいるうちに、あ、こう来たか、盛田隆二、と思いました。事実を小説に仕立て直すために、こんな書き方を考えついたのか、深夜の書斎で、孤独に煙草を吸いながら。……深夜の書斎で、から以下は勝手な想像ですが、ともかく、二つのストーリーの出発点に八年もの時間差をつけたこの語りの工夫、実は僕、読んでいて軽く興奮しました。

これね、ちょっとまた話が逸れますが、佐藤正午の別の長編に出てくる（元）作家、津田伸一の小説の書き方と似ています。意外な取り合わせのようだけれど、たぶんよく似ている。『焼け跡のハイヒール』の盛田隆二と同じように、津田伸一も、ある動かしがたい事実を中心にすえて『鳩の撃退法』という小説を書いています。津田伸一は自分の書く小説と、事実との関係をこう述べています。

物語は事実のみから成っているわけではなく、そこにあった事実と、可能性としてあり得た事実とから成っている。

そういうことじゃないかと思うんです。

小説を書くうえでの事実の扱いにおいて、佐藤正午と盛田隆二にはすれ違いが見られる、佐藤正午と津田伸一にも相容れないものがある、けれど津田伸一と盛田隆二の（とくに今回の小説の）方法はよく似ている。

率直に言って僕は、津田伸一のような小説の書き方は自分ではしません。ただ事実重視で津田伸一がやろうとしていることはわかるし、彼が実際に書いてみせた、事実の再構成の工夫については、読んでいてやはり軽く興奮します。

ま、それはいいです。同業者の作品を読んで軽く興奮するのは僕としては別段珍しいことではありません。

それに軽く興奮したページなら『焼け跡のハイヒール』にはまだあるんです。一例をあげると、さっきの話のなかで僕がC点と呼んだ、のちに結ばれることになる男女の出会いの場面。

これがね、どういえばいいのか、これこそ盛田隆二のリアリズムというべきなんでしょうが、この肝心かなめの、運命的だとか、雷にうたれたごとく恋に落ちたとか、逆に初対面では悪印象だったとか、ぜんぜんピンとこなかったとか、作家ならいくらでもはったりをかませられるはずの場面が、もったいなくも（！）、けれんみを排除して、まるで劇的な盛りあがりを薄めるかのように、喫茶と甘味の店「アマンド」で、若い女の子たちのお喋りのなかで、なんと他人の口から語られる。直接出会いの場面に突入するのではなく、まず間接的に、ふたりの出会いを（すでに出会ってしまっていることを）あっさり描いてみせる。この事実の再構成の仕方にも軽く興奮します。

それからまだあります。

まだあるにはあるんですけど、メールの最初に断っておいたように、そういうのはとくにいま書きたいことというわけでは決してないし、読書のもたらす軽い興奮は（他の同業者の作品を読んだときの軽い興奮と同じように）他人に吹聴するより胸のうちにしまっておいてそのうち自分の小説を書くとき生かしたほうが得、ということもあるので、このへんで止《や》めておきます。

件名：「よし、二人称で書くぞ」と決めたときの気持ちなど

178
盛田
2018/03/14
17:07

そもそもは、佐藤さんから届いた手紙を『夏の情婦』の文庫解説で、著作権者の許諾もなしに無断でしれっと公開した盛田隆二は〈とんだタヌキ〉である、という不穏な文面に反応して本誌連載に飛び入り参加したわけですが、わずか二回のメールのやりとりで、『焼け跡のハイヒール』における盛田隆二の小説の書き方と、『鳩の撃退法』における津田伸一の小説の書き方はよく似ている、という分析に到達し、さらに津田伸一の次の言葉を引いて、一気に核心に迫る。

〈物語は事実のみから成っているわけではなく、そこにあった事実と、可能性としてあり得た事実とから成っている〉

そんな佐藤さんの展開の速さにはちょっと目が回るほどで、さて、どこから返信すればいいのか戸惑いますが、やはり順番としては、「作家は小説を書くとき、ライター（書き手）とナレーター（語り手）とキャラクター（登場人物）の三者を、自分の中に同時に棲まわせなければならない。三つの生を同時に生きなければならない。通

常の神経の持ち主ならすぐに音を上げるだろう。でも、佐藤正午はデビューから一貫して、この難題に挑み続けている」云々、文庫解説でいささか大仰なことを書いた真意について少し説明することにしますね。

ついては佐藤さんの手紙を再び引用させていただきます。

〈借りのある女友達に頼まれ、避妊手術を受けた猫を病院に引き取りに行った。待合室には灰皿のかわりに女性向けの雑誌が置いてあった。短篇小説が載っていたので退屈しのぎに開いてみたが、それはとても新鮮な一撃で、猫の入ったバスケットを足もとに置いたまま、興奮して読みふけってしまった〉

そんなふうに誉めていただいた短編小説は「舞い降りて重なる木の葉」（『マリ・クレール』一九九一年三月号掲載）ですが、僕はこの短編を二人称で書きました。

こんな書き出しです。

雨が激しく窓を叩いている。

昼の三時前だというのにあたりは夜のように暗い。

きみは部屋のなかを散々歩きまわったあげく、ベッドにうつぶせた。朝からなにひとつ手につかない。

僕は部屋のなかを……ではなく、彼は部屋のなかを……でもなく、きみは部屋のなかを……と書いた。

いったいなぜそんな書き方をしたのか。この短編を書いたのはもう二十七年も前のことですが、一九九〇年に『ストリート・チルドレン』(講談社)でデビューした直後、初めて出版社から原稿依頼を受けて書いた短編なので、「よし、二人称で書くぞ」と決めたときの気持ちはよく覚えています。

これは北海道大学の四年生が一回り年上の人妻と駆け落ちをする話で、八年後に刊行される長編『夜の果てまで』の原型となった短編です。原稿用紙換算でちょうど六十枚。その長さで「駆け落ち物語」をどう書いたらいいのか、駆け出しの作家は頭を抱えました。

当時の僕は、小説は過去形で書くか、現在進行形で書くか、どちらかしか選択肢はないと思っていた。つまり、かつて学生時代に駆け落ちを経験した主人公が若き日を振り返る形で語るべきか。それとも今まさに人生を踏み外しつつある大学生と人妻の姿を現在進行形で追うべきか。

長編なら迷うことなく後者を選ぶ。でも、短編で話をまとめるためには前者の方が適している気がする。いや、しかし前者を選ぶとすれば、過去に駆け落ちをした主人公の現在の姿を書く必要があり、いささか荷が重すぎる。いや、そうではない。そもそも「その後の人生」を書きたいわけではない。やはり短編であっても、明日のことさえ分からない現在進行形で書くべきなんだろうか。

そんな堂々巡りのなかで、当時、とても気になっていた小説があります。一九八七年刊行の『ノルウェイの森』。

三十七歳の「僕」は、ハンブルク空港に到着したとき、飛行機の天井のスピーカーから流れ出したビートルズの「ノルウェイの森」を聴いて混乱し、激しく動揺する。それはもうすぐ二十歳になろうとする一九六九年の秋のできごとを思い出したから……。

冒頭にそんな場面が置かれ、物語は一九六九年にさかのぼります。つまり三十七歳の僕が若き日々を振り返る形で進む。

このメールの眼目はベストセラーの内容紹介ではないので、村上春樹自身の自作解説より「僕のまわりで死んでいった、あるいは失われていったすくなからざるカジュアルティーズについての話」*が上下二巻にわたって続く、として先に進みます。

さて、この長編のラストはどの時点で終わったのか。

主人公の僕はレイコさんと一晩で四回交わり、療養所から戻った後、緑に電話をかける。君とどうしても話がしたいんだ。話さなくちゃいけないことがいっぱいある。世界中に君以外に求めるものは何もない。何もかもを君と二人で最初から始めたい、と言う。

「あなた、今どこにいるの？」と彼女は静かな声で言った。

僕は今どこにいるのだ？

僕は受話器を持ったまま顔を上げ、電話ボックスのまわりをぐるりと見まわしてみた。僕は今どこにいるのだ？ でもそこがどこなのか僕にはわからなかった。見当もつかなかった。いったいここはどこなんだ？ 僕の目にうつるのはいずこへともなく歩きすぎていく無数の人々の姿だけだった。僕はどこでもない場所のまん中から緑を呼びつづけていた。

これがラストシーンでした。つまり物語は三十七歳の現在に戻ることなく、若き日の電話ボックスの中で終える。

この長編を初めて読んだ一九八七年の冬、僕は混雑する通勤電車の吊り革に手をかけて、ウォークマンでU2のアルバムを聴きながら車窓を流れる景色を眺めた。村上春樹はどうしてこんな書き方をしたのか、うまく理解できなかった。現在に戻らずに物語を終えるなら、なぜ三十七歳になった主人公がハンブルクへ向かうシーンを描いたのか。実際、読者は一九六九年から七〇年にかけての時代を現在進行形で追体験するのだから、過去を回想する冒頭は不要なのではないか。

電車が会社の最寄り駅に着き、ホームを歩きながら僕が出した結論はとても単純なものでした。一九六九年から七〇年にかけて世界中の資本主義圏で同時多発的に起きた「若者の反乱」はすでに遠い過去のものとなり、当時あらゆる権力に異議申し立てをした主人公の世代も、今や海外出張するビジネスマンとしての日常を生きている。そのことを冒頭で示すことで、この長編が単に若き日々の甘悲しい青春小説ではないことを示したかったのだろうと。

いやはや……。で、作家デビューしてから再読して、冒頭のたくらみにすぐに気づきました。三十七歳の僕は飛行機の座席でビートルズの「ノルウェイの森」を聴いて、いつものように混乱し、激しく動揺する。この「いつものように」という一語になぜ初読のときは気づかなかったのか、と。

つまり三十七歳の僕は今でもあの電話ボックスに閉じ込められている。あれから十数年の時が流れたのに「いったいここはどこなんだ？」と自問せずにはいられない「どこでもない場所のまん中」に宙づりになったままだと。

村上春樹はそれをこそ書きたかったのだろうと、『マリ・クレール』から依頼された短編小説を書くために、ひどく後ろめたい気持ちで有給休暇を取った一九九〇年の冬のある日、結局、小説を一行も書かずに『ノルウェイの森』を再読して、そのことに気づき、「舞い降りて重なる木の葉」を二人称で書こうと決めたのです。

いや、この部分、飛躍がありすぎて分かりにくいですね。

『ノルウェイの森』の語り手は三十七歳の社会人になった僕。登場人物は十九歳から二十歳にかけての僕。「僕は……」と語る一人称は「語り手＝登場人物」なので、読者はなんの違和感も覚えません。

これを三人称で「三十七歳の彼は、ハンブルク空港に到着したとき」と書いても、「三十七歳の彼は……」と語る「語り手」は一体誰なんだ？　と読者は思わない。三人称における語り手は（多くの場合）透明人間のような存在であり、読者は語り手の気配などまったく感じない。

ところが、二人称で書くとものすごい違和感を覚える。


きみは部屋のなかを散々歩きまわったあげく、ベッドにうつぶせた。朝からなにひとつ手につかない。

えっ、「きみは……」と語りかける「語り手」って一体誰なんだ？　他人には分かり得ない主人公の心理にまで堂々と踏み込むし、駆け落ちする人妻のことを美恵子さん、とさん付けで呼ぶ語り手。これじゃ「僕は……」と一人称で書いても同じじゃないか、と読者は思うかもしれない。でも、きっと最後までこの短編を読めば、読者の一パーセントほどの人は、この語り手はたとえば十年後の主人公かもしれない。かつて人妻と駆け落ちした若き日の自分に向かって「きみは……」と語りかけているのかもしれないと想像してくれるのではないかとの希望的観測を抱いて、二人称を選んだんです。

「舞い降りて重なる木の葉」は、きみが酔っ払った美恵子を背負って、運河沿いのマンションに向かって歩くシーンで終わります。

冷たい風に顔を打たれ、歩道を一歩一歩踏みしめていると、自分がいっそう困難な局面に向かって突き進んでいるような気がする。息が切れ、膝が震えてきた。きみが背負っているのは美恵子さんではなかった。もちろんきみ自身でもない。それにしてもひどく重たかった。

うーん、どうでしょうか。この語り手は十年後の主人公かもしれない、と想像してくれる読者は一パーセントもいるでしょうか。まあ、いないかもしれません。実際、この原稿を読んだ担当編集者（天才ヤスケンこと、今は亡き安原顯氏）は「盛田くん、この二人称、カッコいいじゃん。すごくいいよ、切なくてひりひりして。タイトルもちゃんと一行詩になってるし」と誉めてくれたけれど、それ以上の言及はなかったので。

でも、この短編を書いた当時、小説を過去形で書くか、現在進行形で書くか。そしてその物語を語るのは誰なのか。語り手は物語の結末を知っているのか。いや、全能の語り手でさえ結末は知り得ないのか……。そんな超基本的なところで足踏みをしていた駆け出しの小説家としては、佐藤正午『夏の情婦』の文庫解説を書くにあたって、「作家は小説を書くとき、ライター（書き手）とナレーター（語り手）とキャラクター（登場人物）の三者を、自分の中に同時に棲まわせなければならない」などと大仰なことを書かざるを得なかったんです。

デビュー作の『永遠の1／2』から『ビコーズ』『童貞物語』『個人教授』など、佐藤さんの長編小説の多くは一人称の「ぼく」によって語られる。『永遠の1／2』の主人公・田村宏が短編「青い傘」に登場したり、『童貞物語』の海藤正夫が『放蕩記』に登場したり、西海市という（当時）架空の街を舞台に、佐藤正午の分身とおぼしき青年がささやかな日常を生きたり、破滅に向かって突き進んだりしている。

書き手（佐藤正午）＝語り手（佐藤正午）＝登場人物（佐藤正午）であるはずもないけれど、この文庫解説に『放蕩記』の感想を葉書に書いて送ったというエピソードを披露したこともあり、佐藤正午の愛読者が、私小説作家のファンのように、佐藤作品に「美意識に裏打ちされた生活の退廃と人生の破滅」を待ち望んでいたら、佐藤さんもさぞ息苦しいだろうなと思い、そんな大仰なことを書いた次第で。

さらに言えば、この文庫解説を書く直前、僕は長編『ラスト・ワルツ』を文芸誌『新潮』に一挙掲載したのだけれど、その冒頭に「この小説は妻を傷つける。そしてぼく自身を打ちのめす。そんなものをなぜ書くのか。しかも雑誌に発表しようなどと考えるのか」などと書きつけたので、自分をモデルにして小説を書くことへの警戒心が過剰に働いたのかもしれません。

ちなみに単行本にしたとき、この原稿用紙六枚分ほどの冒頭部分はすべてカットしました。編集者の要請によるものだったか、それとも、これが実体験に基づく小説だと妻に知られたらまずいと思ったのか、いや、そうではなくて、冒頭はちょっと余計だな、と自分で判断したのか、四半世紀前のことゆえ、記憶も曖昧になっていますが、初期小説における赤面ものの文章はやはり残しておくべきだった、と今では思っています。

☞

いや、ちょっと待った。このメールを書いているうちに『きらら』の読者を妙に意識してしまい、佐藤正午に向かって初心者向けの小説講座を開くような愚を犯したかもしれません。

「語り手」については、佐藤さんは『月の満ち欠け』において、語り手（視点人物）を次々と軽やかに変えていくことで物語の全貌《ぜんぼう》を徐々に明らかにしたり、逆に謎を深めたりしていくし、「人称」に関しては、たとえば『5』において、中志郎がバリ島旅行で謎の女と出会い、妻への狂おしい愛を突如取り戻す場面は三人称で描かれるものの、中志郎は主人公ではなく、語り手は小説家の津田伸一であり、物語は津田の一人称で語られるし、『鳩の撃退法』になると小説の構造はさらに複雑になり、冒頭は一家三人の日常が三人称で描かれるのに、物語の途中で突如として、語り手が一人称の「僕（津田伸一）」に代わり、小説の中で津田伸一が小説を執筆するメタ構造となる。つまり小説では一般的に固定されているはずの「書き手・語り手・登場人物」の三者の境界が曖昧になる。

佐藤さんはそのような小説の「語り口」を巡るあれこれを踏まえて、津田伸一の次の言葉を引いた。

〈物語は事実のみから成っているわけではなく、そこにあった事実と、可能性としてあり得た事実とから成っている〉

そして端的に指摘しました。

〈佐藤正午の『身の上話』は事実を軽視しています。同じ意味ですが事実を曲げて書

かれています。または事実から遠ざかろうとすることで成立しています。事実は小説より奇なり、の反対をめざした小説です〉

〈盛田隆二の『焼け跡のハイヒール』は事実を重視しています。佐藤正午の『身の上話』とくらべれば、小説のなかで、はるかに丁重に事実をもてなしています。小説における事実の待遇改善をめざしているかのようです〉

事実の待遇改善！　ほんとにうまいこと言うなあ、と佐藤さんのHPの掲示板にせっせと書き込んでいた日のことを懐かしく思い出したりもしましたが、『焼け跡のハイヒール』はご指摘のように「曲げられない事実」「変更のきかない事実」を作者が受け入れなければ書けない小説です。盛田隆作と稲村美代子が、昭和二十一年に東京で出会い、互いに好意を抱き、やがて結婚したという事実を否定したら、この小説の書き手＝盛田隆二はこの世に生まれなかったのだから。

でも一方で、実際にこの長編を書き始めるにあたって「曲げられない事実」はどれくらいあったのかといえば、実は両手で数えられるほどしかなかった。たとえば中学生のとき、毎日寝坊して遅刻ばかりしていた僕を、父がたしなめた言葉。

「父さんはな、三百羽のニワトリの糞《ふん》の掃除が終わらないと、小学校に行かせてもらえなかった。だから夜明けとともに起きて泣きながら糞の掃除をした。それに引き換え、おまえは」

そうか、祖父は養鶏業を営んでいたのか、と中学生の僕はそのときぼんやり思った。でも、祖母はたびたび僕に向かって、「あなたのおじいさんは宮内省にお勤めしていたんですよ」と誇らしげに言った。養鶏業と宮内省。あまりにも職種が異なるので、どちらかが嘘をついてるんじゃないかと疑ったほどだが、その年頃の少年にとっては、若かりし日の父のことや、ましてや祖父の来歴などまったく興味がないし、祖父は僕が生まれて間もなく亡くなったので、遺影でしか知らない人だった。

そんなわけで『焼け跡のハイヒール』では、養鶏業と宮内省という二つの点を強引に線で結ぶことが、小説を書く動機のひとつにもなりました。また、父の遺品を整理して見つけた逓信講習所の卒業証書の日付を見ると、父の年齢から逆算してどうしても計算が合わない。なんらかの事情により一年遅れで入学したと考えられるが、それについて知る親族はもはや一人も生きていないので、空白の一年間はやはり想像で補うしかない。

そんなふうに曲げられない事実の「点」が、夜空の小さな星のようにかすかに瞬《またた》いている。その点と点をつなぎ合わせて、架空の星座をつくるように小説を書き進めるうちに、父と母がたどった現実の人生とは似ても似つかない騙し絵を描いているような疚《やま》しさも感じたけれど、それはむしろ心躍る行為でした。

実は、この曲げられない事実の点と点を結んで物語をつくることの楽しさを初めて味わったのは、新宿を舞台に、ある一族の三百年にわたる軌跡を描いたデビュー作『ストリート・チルドレン』であり、『焼け跡のハイヒール』ではその方法を、両親をモデルにしてもう一度試してみたんです。

〈スピードの異なる（無関係の）A点とB点がぶつかる偶然〉を巡る佐藤さんの詳細な分析を読みながら、ああ、そうだった、『ストリート・チルドレン』を書きながら、A点とB点がぶつかる「偶然」をいかに「必然」のように見せられるか、そのことに夢中になったんだ、と当時の自分のことを次々と思い出しましたが、でも、そのことについて書き始めると、さらに原稿用紙十枚ほど必要になりそうです（って、前回のメールでも同じ成り行きでしたね）。それにしても一回のメールでどれだけのことを書けるのか、こうして書いてみないと分からず、いつも話の途中で切り上げなければならなくなる。なんかいつまで経ってもほんとに素人臭くて申し訳ない。前略後略のまま。

＊『村上春樹全作品1979－1989 ⑥ ノルウェイの森』（講談社）別刷〈「自作を語る」100パーセント・リアリズムへの挑戦〉より引用

179
佐藤
2018/03/27
12:53

件名：前略どんぐり先生3

つまりこういうことですね、
冒頭でいったん、三十七歳の僕の現在の場面が描かれて、その後、その語り手の僕が「若き日々を振り返る形で」物語が進み、そして「物語は三十七歳の現在に戻ることなく、若き日の電話ボックスの中で終わる」のが村上春樹さんの長編『ノルウェイの森』で、
冒頭からいきなり、三十二歳（になっているはず）の語り手の十年前、大学四年生時の場面が描かれて、物語はその過去の時点における現在進行形で進み、最後まで現在の場面はいちども描かれないまま終わる、それがどんぐり先生の短編「舞い降りて重なる木の葉」で、
ふたつはぜんぜん違う小説だけれども、
ただ、どっちの小説も、
語り手（ナレーター）＝主人公（キャラクター）の等式が成り立つ点では共通して

いる、
語り手が現在にいて、過去の物語を語るという点でも共通している、語り手の立ち位置はおなじだ、
現在と過去、物語の二層構造はおなじだ、
そういうことですね？
短編「舞い降りて重なる木の葉」では語り手は、読者には見えない存在だけど、どんぐり先生の考えとしては、主人公の「きみ」は語り手そのひとである、語り手そのひとの十年前の姿であると、そういうことなんですね。
……なるほど。
するとこれ、
言い換えれば――ま、極端に言い換えればですが――『ノルウェイの森』を、うんとコンパクトにして、短編に書き直してみたのが「舞い降りて重なる木の葉」ってことになりませんか、物語の構造的には。で、そのために、短編が長編に対抗するために、どうしても必要だったのが二人称という書き方だった、と、
……なるほど、のあとの言い換えが、何のための言い換えか、自分でわからなくなったので考える時間を置きます。

僕が言いたいのはたぶんこういうことです。

ある小説を読んで、面白い、と思う。前回のメールと繋《つな》げていうと、同業者の小説を読んで、軽く興奮する。どっちでもいいのですが（なんなら小説を読んで、じゃなくても、映画を見て、とかでもいいのですが）、そうすると、自分も、おなじようにひとを軽く興奮させるものが書きたいと思う。つまり単純に創作意欲がわく。ちなみにこの単純な創作意欲のことを、僕と東根ユミさんとのあいだでは「種田くん現象」と呼んでいます。呼び名の由来は『書くインタビュー3』に出てきます（✉11）。

小説を書くひとはみんなそうだとは言いません。みんなのことは知りません。これは僕個人の場合ですね。おなじように書きたいというのは、似たような小説を書きたい、の意味もまるっきりないではないですが、できればそうではなくて、おなじなのは、興奮の質がおなじ、でありたいということです。量より質、の質。

その、おなじ質の興奮を、自分の書く小説で読者に味わってもらうために、若い小説家が頭を使う。使ったとする。たまたま短編小説の依頼があったので、原稿用紙六十枚の制限内で、実現させる方法を考える。たとえば村上春樹という信頼できる先輩小説家が、長編小説で味わわせてくれた軽い興奮を、こんどは自分が、短編小説の器に移し替えて、ひとに伝えようと知恵をしぼる。

……わかっています、話がすり替わっていますね。僕個人を離れて、若き日のどんぐり先生のほうへ。これは、小説を書くひとはみんなおなじではないにしても、可能性として、若き日のどんぐり先生にも（村上春樹を読むことで）いわゆる「種田くん現象」が起こり得たかも？　という仮説が頭に浮かんだのです。仮説の誘惑に負けました。このまま続けます。

長編『ノルウェイの森』で、一回だけ、現在の場面を描いてみせるという方法を村上春樹はとった。冒頭で「その後の人生」つまり「三十七歳になった主人公がハンブルクへ向かうシーン」が必要な理由は、この小説を熟読した自分にはよくわかる。そのわかることのなかに軽い興奮は含まれている。

ではおなじ質の軽い興奮を、短編の器に盛るにはどんな方法があるのか。やはり冒頭で一回だけ現在の場面を描いてみせる、そんな二番煎じではだめだ。それではそもそも短編が長編に太刀打ちできるはずもない。ほかの作家なら、佐藤正午とかなら、それをしれっとやっちゃうかもしれないけど、自分はやらない。

では、こういうのはどうだろう。

小説で、現在の場面をいっさい描かずに、過去の場面のみで、主人公の「その後の人生」を読者に想像させる。

現在の主人公は、目に見える姿では登場しない、でも実は、小説の最初から最後まで読者のすぐそばにいる。耳の良い読者には、小説の文章が、現在から主人公の語りかける声として聞こえてくる、そんな書き方。

ありかもしれない。もしそんな書き方が可能なら。

いや、可能か不可能か、そんなことは書いてみなければわからない。二番煎じではない方法を思いついた以上、原稿用紙六十枚でそれをやってみる価値はある。

こうして若い小説家はある日、「きみ」と語りかける二人称にたどりつく。小説のなかで、十年後の主人公がいちども姿を見せないまま、過去の自分を「きみ」と呼びつつ物語を語る方法。

その方法が百人の読者のうち一人にでも理解されることに希望を託して。

♨

隠さずにいうと、今回のどんぐり先生のメールは——これが東根ユミさんの書いてきたものなら何より、長っ！　とひとこと文句をつけたと思いますが——どうも、僕には少々わかりづらいところがありました。

そのわかりづらいところを、数回読み返して、どうにか、どんぐり先生流の言い回しから読み取れた（と思う）ポイントがふたつあって、ひとつはいま書いたようなことです。短編「舞い降りて重なる木の葉」の創作に、長編『ノルウェイの森』がもたらした影響みたいなことです。影響みたいなこと、ではなくモロ影響ですね。

でもこの解釈は間違っているかもしれません。

僕はメールの文章からどんぐり先生の率直な告白を受け取ったのですが、ご本人の狙った的とはズレているかもしれません。そのへん自信がありません。なぜなら、と明確に述べられるほどの理由もなくて、ぱっと見、盛田隆二と村上春樹の名前をふたつ並べてみると、なんか、ちぐはぐな感じが（僕は）します。なんか、ってなんだよ？と訊かれても困るんですが。

いくら若き日のとはいえ、あの盛田隆二が、あの村上春樹の長編小説を有給休暇をとって（！）まで読みふける図は想像がつきにくいです。あの、ってどういう意味のあのだよ？って訊かれてもやっぱり困るんですけど。ちなみに若き日の僕は、村上春樹の（村上春樹さんだってもちろん若かったわけですが）長編『ダンス・ダンス・ダンス』をラブホテルのキングサイズのベッドで孤独に読みふけった経験があるんですけど。

もうひとつのポイントにいきます。

どんぐり先生のメールからどうにか読み取れた（と思う）文意の二点目——こっちはおそらく、あんまり的をハズしていないと思います——は若き日の佐藤正午への、どんぐり先生がいだいていた心配みたいなこと。心配みたいなこと、ではなくて、心配。

なぜ心配かというと、佐藤正午が考えなし、だからです。

自分がどのように小説を書いているか、そのことにあまりにも無自覚に小説を書いているからです。

つまり文庫『夏の情婦』に若き日の盛田隆二が寄せた解説、そこに出てくる名文句、「作家は小説を書くとき、ライター（書き手）とナレーター（語り手）とキャラクター（登場人物）の三者を、自分の中に同時に棲まわせなければならない。三つの生を同時に生きなければならない」

これにこめられた真意は、同世代の小説家佐藤正午への懸念の表明だったわけですね。

佐藤くん、こういうことわかってんのかな。

ていうか、考えたことあんの？

十年も小説書いてきて、何冊も本出して、小説家づらが板についてきたみたいだけどさ、書き手と語り手と登場人物の関係とか、じっくり考えたことあんの？

♨

一九九〇年、冬。

若き日の盛田隆二が『マリ・クレール』から依頼をうけて短編小説に真剣にとりくんでいた頃、そのために有給休暇をとって村上春樹を読み込み、自分の小説の書き方を模索していた頃、若き日の佐藤正午は何をしていたか？

いま『正午派』の年譜で確認すると、どうやら佐藤正午は『放蕩記』を書いていたようです。それからその合間に、のちに『人参倶楽部』としてまとめられる短編小説もぽつりぽつり書いていたようです。まあ順調ですね。デビューから七年、とくに仕事上の悩みもありません。

けど、とくに仕事上の悩みがないというのは、とくに何も考えていないのと似ています。僕には年譜の裏側が見えます。当時、僕がわりかし真剣にとりくんでいたのはまず競輪。それから、悩みがあったとすれば、ぬけぬけと言います、恋愛です。ふたまたかけたとかかけられたとか、そこらへんのお兄ちゃんお姉ちゃんにありがちな恋愛です。あとは競輪と恋愛のための金策……。

いったい何やってんだよ、佐藤正午。

いま思うと、かなりあやういです。綱渡りっぽいです。先行選手が逃げ切るか差されるかのレースに、たった一レースになんじゅうまんえんも賭けたりしながら、え、ほんとにいいの、彼氏にばれない？　急に来たりしない？　とかどっちにしても気の安まらない毎日を送りながら、一方で、いつ机の前にすわって、どんな顔して小説書いてたんでしょう。

若さゆえの綱渡りといえばそうなんでしょうけど、それにしてもです、小説家を名乗るなら、もうすこし考える時間をとるべきだったのじゃないでしょうか。いま自分が書きつつある小説の、というか、そもそも小説につきまとう、もやもやした問題、書き手と語り手と登場人物の関係とかに。たとえすっきりした答えは見つからなくても、考える時間は必要だったのではないでしょうか。

きっとそういうことですよね？

どんぐり先生はなにも、書き手と語り手と登場人物との関係のあり方について、自分は「正解」を持っていると言いたいわけではない。そんなつもりで自信満々に文庫『夏の情婦』の解説を書いたのではない。ただ、小説を書くとき、ひとはそういうことを考えざるを得ない、どう書くのが正しいのか答えはわからないけれども、一作一作自分も考えて書いている、しかるに佐藤正午は？

デビュー以来一貫して、ひとつの書き方で――ということはすなわち、どれもこれも似たり寄ったりの――一人称小説で綱渡りしてきた小説家は、はたしてこのまま(立ち止まって考えずに)前へ進んでいけるのか、とあやぶんでおられたに違いありません。

さきほど、今回のどんぐり先生のメールは僕には少々わかりづらいところがあったと文句をつけました。わかりづらさの原因は、もとをたどれば小説じしんにあると思います。わかりづらいのは、書くにしても読むにしても小説の正体で、その正体について語ること、がわかりやすいはずもない。

東根ユミさんとのメールのやりとりでも、これまで何度か触れてきたことですが、正解のない問題、というものがあります。テレビのクイズ番組の出題、とは対極にあるような問題ですね。答えが見つからない、もしくは、答えは一つではなくていっぱいある。

人生につきまとう問題はたいていそっちで、小説につきまとう問題もそれだと思います。

ではひとはどうやって生きていけばいいのか？

は、いまは置いといて、

ではひとはどうやって小説を書いていけばいいのか？

というと、やっぱりわかりません。万人がこれが正解、と認める答えはないだろうから。どの方法が正しいのか、たとえば一人称で書くべきか二人称で書くべきか三人称で書くべきか、その都度その都度考えて、必要に迫られたら（締め切りとかですね）、自分なりの決定をくだして書き出すしかありません。

で、一九九〇年の盛田隆二は二人称で短編「舞い降りて重なる木の葉」を書いた。

そのことが正しいのかどうか客観的に判定はできない。いまなら別の書き方をとるかもしれない、と小説を書き上げたのちの小説家は考えることがある。考えた証拠に、盛田隆二は、「舞い降りて重なる木の葉」から八年後、この短編をもとに、おなじ題材で、こんどは三人称で、長編小説『夜の果てまで』を書いた。

これをまた――何のための言い換えかわからないまま――言い換えれば、駆け出しの小説家だった頃からずっと、小説をどう書くか考え続けている。小説の正体を延々追い続けている。

その途中経過報告、こうでしかあり得ない、じゃなくて、ひとまずここまで考えたこと、の痕跡が、文庫『夏の情婦』の解説中の名文句としていまも残っている。

そう受け取ってよろしいでしょうか。

最終的に、そういうふうに僕は今回のどんぐり先生の長文メールを読み解きました。よろしければ、これでおしまいにします。よろしくなければ、またいつか、お時間のあるときにでも、ここが違うんだよと抗議のメールでも書いていただければ幸いです。

Ⅳ 胎動

180
東根
2018/04/12
23:53

件名：お休み期間中

四か月ぶりのメールです、東根ユミです。

正午さん、お元気そうですね。というか、盛田隆二さんのメールはエネルギッシュでしたね。前回のやりとりもゲラで早めに読ませていただきましたが、正午さんの返信よりも分量が多かったのではないでしょうか。


どんぐり先生から連絡があった、と担当編集者に聞いたのは二〇一七年暮れでした。

「正午さんも、東根さんにはゆっくりお正月休みを、って言ってた」

「それだとやっぱり私の原稿料は……」

「当然ナシになっちゃうけど、でもいいじゃん、『ダ・ヴィンチ』から原稿料もらえるらしいし、ぜんぶ正午さんが特集されるおかげということで」


新年一月下旬、担当者から「次回も東根さんお休みです」という電話がありました。

そして二月末日、三回目の「お休み」連絡のときに訊きました。

「正午さんは、私のこと何か言ってました？」

「ううん、なんにも。なんだか確定申告で忙しいみたい」

「仮に、仮にですよ、もし盛田さんの後を追いかけて、おれにも佐藤正午に質問させろとか、私も正午さんとメールでお話ししたい、だったら僕も、あたしも、って感じで、作家の方から問い合わせが殺到したらどうするんですか」

「どうすんだろ。ガチだから、ほんとうにこれからどうなるのか見当もつかない」

「もう私からメールを送る機会がやってこない可能性もあるわけですか」

「正午さんから、誰の挑戦でも受ける、みたいな台詞が出たら笑っちゃうけど。それ、東根さんから直接訊いてみるのもいいんじゃない？　この先、機会があれば」

機会は訪れました。訪れたら訪れたで、ベテラン作家からバトンを託されたような形になっていませんか、これは？　そう思われるとすごいプレッシャーです。なにしろ盛田さんのメールは分量もそうですが、内容も充溢《じゅういつ》していました。正午さん、新日本文学会ってご存じでしたか？　私は勉強不足でした。

若き日の正午さんが、ラブホテルのベッドで孤独に長編小説を読みふけるまでの、ただごとでなさそうな経緯もひじょうに気になりますが、そろそろ本題に移ります。

私がお休みをいただいていたあいだ、正午さんの周辺ではにわかにいろいろな動きがありました。

佐藤正午ウォッチャー東根ユミのメモによると、年末から『月の満ち欠け』〝リボーン〟キャンペーンが始まり、新年に入ると『鳩の撃退法』の文庫版が全国の書店に並び、『ダ・ヴィンチ』二月号では三十ページにわたって正午さんの特集が組まれ、さらに「ほぼ日刊イトイ新聞」では糸井重里さんとの対談が公開されました。

正午さんがこの期間、盛田さんへの返信ばかりでなく、精力的に執筆されていたことも私は知っています。元日の長崎新聞に載ったエッセイを皮切りに、「佐世保駅7番ホーム」(西日本新聞)や「小説家の四季」(岩波書店WEBサイト)の連載にも、それぞれ二回原稿を寄せていましたね。ストーカーのようですが、佐藤正午ウォッチャーとしてすべてチェック済みです、拝読しています、エッセイは。

正午さん、小説は書かれないんですか?

二〇一八年も四月に入りました。『月の満ち欠け』が刊行されてから早いもので一年です。糸井さんとの対談では、エッセイを書くときも小説を書くときも「たぶん、やってることは同じ」といったご発言もありましたね。すごく正午さんらしい言葉ですし、書く現場では実際にそうなのでしょうけど、その上で谺《こだま》のようにくり返します。

正午さん、小説は書かれていないんですか?

『月の満ち欠け』刊行後にいただいたメールでは、取材などで「かりそめの小説家の状態に自分がいま現にあることがイヤ」とおっしゃっていましたね。かりそめの小説家とは「いま現に小説を書いていない人の意味」と。それ以降、「無名の人」の感覚、つまり、まっとうな小説家に戻ったのは、短編「ニッキ棒」(『小説 野性時代』二〇一七年十二月号)を執筆されたときだけ？　まさかそんなことはないと思うんです。

正午さん、新作小説をすでに書かれてるんじゃないですか？

先月の盛田さんへの返信には、「種田くん現象」という懐かしい言葉もありましたね。この言葉でぴんと来たんです、私のお休み期間中、同業者の小説を読んでもたらされた「軽い興奮」に正午さんは背中を押されたのではないかと、新作小説はもう構想の段階を通り過ぎて、とっくに書き出されているのではないかと。

正午さん、新作小説をいま書かれていますよね？

181
佐藤
2018/04/24
13:13

件名：しばらくです東根さん

四ヶ月ぶりになりますかね、東根さんからメールが届くのは。

で？

正午さん、新作小説をいま書かれていますよね？

これが四ヶ月ぶりのメールでの最優先の質問なわけですね？

いま書かれていますか？　じゃなくて、いま書かれていますよね？

これ、ひとにものを訊ねるというより、なんでしょう、決めつけというか、占いというか、透視術というか、なんにしても、これが質問ならふたりで勝手にＬＩＮＥやれ（意地悪な読者目線）、みたいな八百長っぽい質問ですね。

八百長より談合ですか。

だって東根さんが受け取る答えは、

はい、もちろん書いてます、

か、

いいえ、あにはからんや書いてません、

か、二つに一つで、

前者なら、

ほらね？　やっぱりね？　それはどんな小説ですか？

後者なら、

ええっ！　意外や意外！　なぜ書いてないんですか！

と東根さんには、答えがどちらであっても、次の段階に進む心の準備ができているでしょうから。また読者にも簡単に二通りの展開予測がつくでしょうから。

談合っぽく見える理由はそこにあります。

東根さんのメールによれば、担当編集者が、このロングインタビューは「ガチだから、ほんとうにこれからどうなるか見当もつかない」と言ったそうですが、ガチはガチでも、これからどうなるかくらいは誰にでも見当がつきます。

その誰にでも見当のつくところをあえて書く、わかってるわかってる、みんな呑み込んでる、呑み込んだうえで書く、東根さんの原稿料のために、というのがつまりは今回の僕の仕事になります。

じゃあまあそんな感じで、いきますね。

質問の答えが二つに一つ、これは迷います。

いざ答えを書くとなると迷います。はいを取るか、いいえを取るかで、運命がわかれるような気がしてきます。運命て、ひとの人生を左右する重大なものじゃなくて、この返信メールの運命、今日書くメールの内容がこれからどうなるかの別れ道に立っている、そのくらいの意味です。

じゃあ答えは決まってないのか。

はい、か、いいえかも決まってないのか？　と思われるかもしれません。だいたい決まっていません。どちらの答えを選択してこのメールを書いていくか、別れ道のポイントにいま立っています。それが文章の書き出しの時点です。書き出しの時点以降にも、別れ道の選択ポイントはいくつもやってきます。それが文章を書いていく過程です。文章を書きあげるまでポイントの見きわめは続きます。なんならいったん書きあげたあとも続きます、果てしなく。

推敲ですね。校正ゲラの直しですね。さらに本になってからの時間を置いた読み直しですね。単行本と文庫本では文章が一部変わったりするわけですね。

そこでひとつ気づいたのですが、東根さんが目をつけた僕の過去の発言、対談の席における言葉のじゅうぶん足りてない発言、

エッセイを書くときも小説を書くときも「たぶん、やってることは同じ」

この「やってることは同じ」の「やってること」とは何かと言えば、いま右に書いたように、文章の運命はあらかじめ決まっていない、今日書く文章の運命を今日選びとっている、今日いまから、実際に書くことで運命が具体的な姿を現す、ということだと思うんです。別れ道のポイントに立って、どっちへ行くか選択を繰り返しながら

文章を書いていく、それはエッセイを書くときも小説を書くときも、メールを書くときも同じ、すなわち、

文章を書くとは今日を生きることであると、

そういうことなんです、たぶん。

はい、か、いいえかの答えはいったん保留して、ちょっとこの四ヶ月を振り返ってみます。去年の十二月二十二日、東根さんにメールを送信してからの四ヶ月を。

十二月三十日、佐世保競輪場で、KEIRINグランプリの場外車券を買いました。つとめて冷静に買いました。そしてハズしました。夜は少人数で静かな忘年会になりました。車券を当てたひとにおごってもらいました。去年もおととしもおなじ時間、おなじ場所で、おなじメンツで静かに過ごしたよな、とか思いながら。

年が明けて一月二日、近所の神社にお参りして、おみくじを引きました。今年は小吉でした。

それからまもなくハトゲキの文庫が出ました。

新年の仕事始めでパソコンの電源を入れたのもその頃だったと思います。西日本新聞「佐世保駅7番ホーム」の原稿を書いて送りました。

長崎のメトロ書店（さん）から、ハトゲキのサイン本を販売したいので何冊かサイ

ンをお願いしたいんだけど、佐藤さん来てくれるかな、近頃は「佐世保を一歩も出ない作家」を売りにしてるから無理かなぁ？といった感じのやや挑発的な打診があったので、担当編集者に同行してもらい大雪のなか、サインペン持参で長崎まで出向きました。

その後、十日ほどかけてどんぐり先生へのメールを書いて、またパソコンの電源を落として一月は終わりました。

二月の出来事は順々には思い出せません。

ハトゲキとは別の出版社のひとが佐世保に来て今後の仕事の話をしたこと、もうひとり、顔なじみのひとが仕事抜きで佐世保に来てナイター競輪で遊んだこと、あと新聞の取材を一本うけたことは憶えています。でもその三件が二月のいついつだったかまでは記憶がはっきりしません。で、また月の後半にパソコン立ち上げて十日ほどかけてどんぐり先生へのメールを書きました。

ちなみにハトゲキとは別の出版社のひとって、東根さんがメールで触れている短編「ニッキ棒」の担当者のことですが、ここで一点、東根さんの勘違いを正しておきたいのは、この「ニッキ棒」という小説は短編ではありません。長編の、第二章にあたる部分です。第一章は一昨年「熟柿」と題しておなじ雑誌に掲載されています。

これはつまり、一般には毎月連載される長編小説を、一年に一回連載のかたちで書いているんです。意図的に、です。実験的に、と言えるかもしれません。試しに間隔をあけて、ゆったり時間をとって、連載小説を書いてるんです。ガチです。いまのペースでいくと、十年くらいのちに一つの長編小説が書きあがることになります。そのとき僕は七十過ぎで、出版社に本を出してもらえるかどうかはわかりません。生きているかどうかすらわかりません。佐藤正午ウォッチャーを自称するならその点、しかと頭に入れて、今後の佐藤正午をウォッチしてください。

あと余談ですが、取材で佐世保を訪れた新聞社のひとは、ハトゲキを読んで初めて佐藤正午という作家を知ったのだそうです。ハトゲキから入って、佐藤正午熱にかかって、他の小説を何冊も続けて読んだと本人おっしゃってました。

それは別段、珍しいことではありませんね。小説を読むひとは誰もが、新たな作家の発見、を経験するはずです。名前も知らなかった作家の小説を一冊、たまたま読んで、気に入って、おなじ作家の他の作品を探して読む。止まらなくなって立て続けに読む。僕も小説の読者として、これまで何度か、新たな作家を発見した経験あります。このたびは立場をかえて作家として、新たに発見されてよかったです。

喫茶店でコーヒー飲みながら取材をうけました。そのときハトゲキの登場人物、倉田健次郎が話題にのぼりました。ハトゲキでは倉田健次郎の年齢は三十代後半の設定ですが、彼のもっと若い頃を描いた小説もあります、元のタイトルが『バニシングポイント』という短編集で……と話しかけて、でもこの先は、きのうきょう佐藤正午の小説を読み始めたひとにはついて来れないかな、あまりにも佐藤正午トリビア過ぎて、と迷っていると、取材のひとがすかさず、

「ええ読みました」

しっかりうなずくので、

「でも、その短編集はね、のちにタイトルを変えて文庫で出てるんです、小学館から。そっちが決定版で」

と僕が補足すると、これにもそのひとは間髪を容れず（間髪を容れずって、この慣用句ひさしぶりに使いました）、

「『事の次第』ですね」

さらりと言うのでビックリしました。

「うん」

とだけ返事をして、ああ、そうか、ガチなんだ、と僕は思いました。このひとにとって佐藤正午は、取材のついで、じゃなくてガチで、新たに発見した作家なんだな？

「すごいね」と僕は言いました。

「何がですか？」

「佐藤正午カルトQに出場したら準優勝くらいいくんじゃない？」

「優勝はムリですか」

「優勝は僕に決まってるからさ。たぶん『正午派』を作った編集者と二位三位争いになると思うよ」

「その『正午派』も買って読みました」

「だろうね」

余談が長くなりました。

三月に入ります。

三月は初旬からパソコンの電源を入れっぱなしで原稿を三本書きました。「佐世保駅7番ホーム」と、「小説家の四季」と、どんぐり先生へのメールの三本です。原稿用紙換算で計二十五枚ほどですが、大忙しだった印象があります。原稿月に二本の原稿〆切《しめきり》、までだと、忙しいとは大きな声では言えないんですね。原稿書きにそれぞれ十日をあてるとして、余りが十日ありますから、気持ちにヨユウが持てます。最近はお忙しいでしょう？　とひとに訊かれても、いやいや、ぜんぜん、相変わらずですよ、とか答えられます。

ところが月に三本だと余りの十日が消えてしまうわけで、俄然《がぜん》忙しくなります。スケジュールがびっしり埋まった気分になって、神経がピリピリして、自分からまわりのひとに、忙しい！　と訴えたりします（訊かれもしないのに）。命がちぢむわ。頼むからそっとしといてくれ。道で会ってもむやみに話しかけないでくれ。たいした用もないのに電話してこないでくれ（もともとそんなひともいないんですけど）。

四月は一転ヒマでした。

〆切のある原稿はいま書いているこのメールだけなので、パソコンの電源は月のかばまで落としたままでした。午前中は、同業者の小説を読んだり、読んで軽く興奮したり、午後は、スカパーの競輪中継を見たり、たまに賭けたり、夕方は、ポケ活がてらニミッツパークまで花見に出かけたりしました。ポケ活もニミッツパークも説明が要るならググってください。夜は、ぼけーっとテレビを見続けたり、たまに映画のDVDを見たり、スマホでポケモンGO位置偽装のチュートリアル動画を見たりしました。位置偽装も意味が知りたければ自分で調べてください。

そして深夜には、決まって、午前二時頃ですが、静まり返ったDKのテーブルで煙草を吸いながら、無為に一日を終えた反省、というか昨日の無為に今日の無為を積み重ねた反省とともに、すべてがふりだしに戻ったような気分を味わいました。

ふりだしに戻ったような気分とは、ひとつには、いつも深夜二時のこの時間ここにいる、ここにいて煙草を吸っている、ここで今日が終わるともいえるし、ここからリセットされた今日がまた始まるともいえる、ことから来る気分、いまから歯みがいて安定剤のんで寝て朝起きてまたここに戻ってくるまで似たような一日を送る、送るだろう、いつまで続くんだよ？　無限ループか？　みたいな、ある程度の年齢まで生きたひとなら（たぶん）誰でも味わうはずの、飽き飽きした気分のことです。

それと同時にもうひとつ、同時に、というのは矛盾している気がしますがそれでもやはり同時に、ここがふりだしでここから始まるんだろう、ここで煙草を吸っているところから始まって、いつまでかわからないが、いつまででもかまわないから似たような一日を繰り返して、もう一回あがりをめざすことになるんだろう、しょうがないな、ま、もいっかいやってみるか？　そんな軽薄な予感、というか、若い頃の自分をホーフツするような既視感ぽい気分も、あるにはあります。

なんかまわりくどいですが、あがりをめざすって、要は、次の小説を書き出して、書きあげるということなんです。さっき保留しておいた答えが（この答えを用意していたわけではなくて）ここで見えてきました。毎日、深夜二時、静まり返ったＤＫのテーブルで煙草を吸いながら、ふりだしに戻ったなと思う。ヒマだな。サイコロ振ってひとマス、か、ふたマス、か進むくらいしか、ほかにやること思いつかないな。

東根さんもご存じのとおり、前作の『月の満ち欠け』は夜中にあまりにヒマなので、手近にあったノートにボールペンで落書きするところから始まりました。落書きは言い過ぎですかね。いついつ書き出そうと計画など立てずに、あるときふと、小説の冒頭部分を手書きで書いてみるところから始まりました。もちろんその「あるときふと」までには、いずれ書き出すはずの小説のための、メモを書き留めたカードが何枚も溜《た》まっていたのですが。

打ち明けると、じつはこの四月、午前二時の喫煙の時間、DKのテーブルには常にメモカードが一枚置いてありました。

ということにしておきます。

いや、ということにしておきます、じゃなくて、ここまで書いてきたこのメールの文章の流れからして、

ということに必然的になりますね。

深夜二時、ボールペンを手にして、くわえ煙草でカードに小説の構想メモを書き込んだこともあります。ただ煙草をふかすだけで何も思いつかないときもありました。

いまもおなじような深夜の時間が繰り返されています。

これで今日のメールの運命、決まりました。

新作小説をいま書かれていますよね?

という東根さんの質問に対して、

前作の出版からちょうど一年、いまふりだしに戻ったところ。

それが答えになります。

件名：喋った現場の書き直し

182
東根
2018/05/16
02:38

――問題です。一九九三年に集英社から出た文庫『夏の情婦』。その解説を……

（ピンポーン）

――おお、早いですね。ライターの東根さん、答えをどうぞ。

「盛田隆二さん！」

（ブブー）

――……書いた作家は、盛田隆二ですが、では二〇一七年に小学館から出た文庫『夏の情婦』の解説を書いた、女優の肩書も持つ作家は？

こういう問題にさえひっかからなければ、控えめに言っても、軽く予選突破くらいの自信があります、「佐藤正午カルトQ」。冠に「佐藤正午」とつくくらいですから、意地悪なひっかけ問題が多そうです。全国の〝正午派〟出場者のみなさん、慌てて解答ボタンを押さないよう、最後まで落ち着いて問題を聞きましょう。

正午さん、四か月ぶりのメールをありがとうございました。「談合っぽく見える」

とか難癖つけられても、正午さんからまた返信をいただけてほっとしました。なによりうれしかったのは、「熟柿」が『小説 野性時代』に掲載されたときの謎が、ようやく解き明かされたことでした。一昨年の十一月、ちょうど『月の満ち欠け』の第一稿が完成した頃のことです。「熟柿」について質問しても、「いまはノーコメントです」と正午さんは口を閉ざしていましたからね。

それにしても、年一回の長編連載とは、前代未聞、かはわかりませんが、異例の形態ではないでしょうか。今年の秋もまた一年前のつづきが読める、つまり毎年恒例一年一度のお楽しみですから、読む前に前年までの復習しておくこと、いいえ、まずこの長編を最終章まで読むため私はずっと元気でいること、そして正午さんにも元気に長生きしていただくこと——そんな素敵な連載形態かもしれません。

正午さん、これも「佐藤正午カルトQ」で出題されそうなネタですね。

——問題です。二〇一六年に第一章が発表され、それから毎年連載のかたちで書き進め、ついに二〇二×年に上梓《じょうし》した長編小説のタイトルは？

いま、おそらく誰も早押しできないこの問題に、第一シード優勝候補筆頭の正午さんはもう答えられるんでしょうか？

今回はもうひとつお訊きしたいことがあります。

深夜二時のダイニングテーブルで、正午さんが書きこんでいるらしい新作小説の構想メモのことではありません。本音を言えば、気になっていますが、おそらく「いまはノーコメントです」みたいな一言で片づけられるのが関の山でしょう。

それとは別に、この連載のインタビューアーとしてばかりでなく、一人のライターの立場からも、前回いただいたメールのなかでぜひ確認したいことがあるんです。

エッセイを書くときも小説を書くときも「たぶん、やってることは同じ」。

「ほぼ日刊イトイ新聞」で糸井重里さんと対談されたときのこの発言を、正午さんご自身が「言葉のじゅうぶん足りてない発言」とおっしゃったことに、私は驚きました。

正午さん、対談記事は事前に確認されたんじゃないんですか？　媒体によるのかもしれません、報道機関では事前確認をしないという話も聞いたことがあります。でも私の実感としては、こうした対談やインタビューが文字になり、読みものとして構成された場合、当事者に確認することのほうが多いです。私のまとめたインタビュー原稿が、こんなに赤入れされて戻ってきた、なんていうトホホな経験も多々あります。

正午さんに限らず、取材された側にもし「言葉のじゅうぶん足りてない発言」などがあれば、事前にそれを補ったり修正することはできるわけです。自分の意図とは違う内容を、自分の言葉として書かれてしまったら困る、といった気持ちも私にはすごく理解できますし、ましてや正午さんの場合、それこそ自分の原稿を推敲するような目で、ライターや記者の書いたインタビューや対談での発言を書き直すことだって、できるかできないかで言えば、できると思うんです。

誤解しないでください。

私は正午さんと糸井さんの対談連載を、毎日ほんとうに面白く読んでいたんですよ。対談の前半は私の想像する、喋る現場での正午さんそのまんまの姿、以前教えていただいた佐世保の言葉でいえば「ずんだれ」の雰囲気で、くすくす笑ってしまった場面もありましたし、初対面のお二人の対談現場に同席しているような緊張感が伝わってくる場面もありました。その雰囲気が回を追うごとにほぐれていくというか、正午さんの言葉数が少しずつ増えていくようすに、正午さんらしさ、のようなものまで感じられましたし、「ほぼ日手帳」を愛用している私としては、糸井さんの「いっしょに」というお話なども、なるほど！　と、とても興味深く読みました。

ただ、先に引用した正午さんのご発言のなかにある「やってること」を、「今日書く文章の運命を今日選びとっている」とまでは深読みできませんでした。正午さんは、エッセイを書くときも小説を書くときも、「ただごと」を「ただごとではない」ものにつくり替えている、つまり「事実をまげて」書いている——私は「やってること」をそんなふうに理解して読んでいました。

「今日書く文章の運命を今日選びとっている」なんて気障《きざ》な台詞、喋る現場で考えられっこない、仮に思い浮かんだとしても恥ずかしくて口にできっこない。正午さんはそうおっしゃるにちがいありません。でも、だからといってご自身の「言葉のじゅうぶん足りてない発言」を、インタビューや対談などの記事のなかでそのまま見過ごして、正午さんは平気なんでしょうか？ そうだとしたら、私のような不器用なライターからすると、ひじょうに稀有《けう》な存在です、ある意味いいひとです。
喋る現場ばかりでなく、喋った現場の書き直しに関しても、正午さんは「ずんだれ」ということなんでしょうか？

183
佐藤
2018/05/25
13:33

件名：ひとの仕事

ずんだれって、ずぼらで、いいかげんで、ちゃらんぽらんに生きている人物にあびせる非難の言葉、また、そういう生き方をしている人物、そのひとを表す言葉です。あとほかに、意気地なしとか、甲斐性《かいしょう》なしとか、根性なしとかの含みも持たせて使える言葉だと思います。

昔ね、大昔です、地元の小さな出版社と組んで仕事したことがあって、そのとき、もうよくは憶えてないのですが、確か、原稿を書いて送ったのに担当者から何の連絡も来ない、いくら待っても校正刷りが手もとに届かない、で、しびれきらしてこちらから電話をかけて(自分で言うのもなんですけども、このものぐさな、それこそ、ずんだれの僕が自分から電話をかけて)、この遅延状況には何か理由があるのでしょうか、それともただ担当者がずんだれなだけですか？　と、たまたま電話に出た上司だったか同僚だったかに言ってみたところ、

「いや、彼はずんだれではありませんよ、それはないですよ！」

と、それまでいちおう作家をたててくれて低姿勢で喋っていた相手が、ずんだれ、という言葉を聞いたとたんに語調を強めて、なんなら争いも辞さない、みたいな応対に変わった、おれの仲間をずんだれ呼ばわりしやがって、承知しねえぞ、こら佐藤正午、みたいな感じですね、その相手の急変ぶりが印象に残っています。

つまり、ずんだれって言葉は、受け取るひとによっては、それほど(仲間がそう呼ばれただけでも喧嘩腰になってしまうほど)侮辱的なわけです。

東根さんはメールで無邪気に、

正午さんは「ずんだれ」ということなんでしょうか？

と訊ねていますが、これ、気をつけたほうがいいです。ずんだれ、を使うさいにはもう少し慎重になったほうがいいと思う。僕はずんだれだと自覚があるので、はあ、そのようで、で済むけど、なかには、自覚のないずんだれがいますから。そういうひとは、ずんだれと呼ばれると過敏に（たぶん）自己防衛反応して怒るんですね。だって自分から仕事を依頼しておいて、依頼された側が原稿を送ったのにほったらかしって、ずんだれ以外のなにものでもないでしょう。ザずんだれオブずんだれズでしょう。そのザずんだれを、いや、彼はずんだれではありませんよ、とかばうひともずんだれズの一味です。よくそんなずんだれズで出版の仕事が成り立つと思います。あきれてものも言えないわ。

まあ昔の話はいいです。

これはずんだれをめぐるあくまで僕の一方的な記憶ですから、先方には先方の記憶による言い分があるかもしれません——思い起こせばあの節は、ずんだれな作家の仕事にペースをあわせて当社もずんだれな編集態勢でのぞんでおりました、とかね。あるか、そんなの？　ねーわ。

とにかく、そんな話がしたいんじゃないんです。

……自身の「言葉のじゅうぶん足りてない発言」を、インタビューや対談などの記事のなかでそのまま見過ごして、正午さんは平気なんでしょうか？

これですね。

東根さんの質問メールのこの箇所について、少し話をしようと思い、冒頭、ずんだれって、と言葉の意味から書き出したんです。

さきに率直に回答しておきます。

Q．正午さんは平気なんでしょうか？

A．平気ではありません。

平気なわけない。

けど、そのまま見過ごすことはあります。よくあります。よくあるというか、よほどのことがないかぎり、いつも見過ごします。

それはなぜか？

平気ではないのになぜ見過ごすのか。

という話にこれから入っていくわけです。

☞

理由は二つ。

一つはやはり、この僕が、ずんだれだから、

もう一つは、インタビューや対談などの記事は、僕が書いたものではない、書いたのは他人、つまり、ひとの仕事だから、というものです。

どっちの理由にも補足説明が要ります。

まず、ずんだれだから、のほうからいくと、簡単に言えば、インタビュー記事の校正ゲラが送られてきたとして、本気出して手を加えるのは面倒くさいし、もう、これでいいんじゃね？　くらいの気持ちになりがちだ、ということです。

もちろん、自分をよく見られたい、という気持ちはあります。言葉のじゅうぶん足りてない発言に、あとから言葉を足して、なるほどなあ、佐藤正午さん、いいこと言うなあと読者に思われたい、そういう気持ちはあります。でも、そういう気持ちよりも、ずんだれのほうが勝るんです。いくら頭使って言葉足しても原稿料もらえるわけじゃないし、もういいわ、こんなもんで、どうせ誰も読まねーんだろ？　読むのか？　記事読んでも小説読まねーだろ、単行本は値段が高いとか、文庫待ちとか言って読まねーだろ、どうでもいいわ、そういうひとらになんと思われようと、そんな感じです。

ずんだれ、恐るべし。

あのね、ちょっと話が遠回りになるかもしれませんが、前回、小学館文庫の『事の

次第』に触れましたよね？　この本は以前、別の出版社から出たときにはタイトルが違っていたという件。

これ、ひっかかりませんか？

なぜ本のタイトルを変えたのか気になりませんか。

僕が東根さんの立場なら（佐藤正午カルトQの予選突破を狙う立場なら）理由をぜひ知りたいと思うはずだし、さっそくメールで質問を投げかけるに違いないのですが、東根さんはどうやら無関心らしいので、自分から話します。このタイトル変更までの経緯が、今回のこの、ずんだれ、とも繋がっていると思うからです。

なるべく短くいきます。

いま『事の次第』として出ている本は、もとは『バニシングポイント』のタイトルで出版されました。でもそのタイトルは僕の発案で決まったのではなく、僕のセンスと合致するものでもありませんでした。正直、いやでいやで仕方ありませんでした。昔、同タイトルのアメリカ映画があって、僕も若いころ見たおぼえがあったのですが、いくら評判がよくても僕には退屈な映画だったので、それと同じ、というか、それから採ったと思われるのも心外でした。

だったら他のタイトルにしろって話ですが、それができない状況だったんです。もしくはできないと決め込んでいたんです。もし自分の意見を（とことん）通せば、出版社との関係が壊れてしまい(おそらく)本は出してもらえない、だから僕は妥協しました。いやなタイトルを我慢して、とりあえず本を出してもらい、印税を生活費にあてる(安易な)道を選びました。

いま丸括弧《まるがっこ》でくくった言葉が、ずんだれを物語っています。

とことん自分の意見を通せない、ほんとうは自分でこれにしたいと考えるタイトルがあるのに、途中で引っ込めてしまう、引っ込めなければ出版社から見離されるかもしれない、おそらくは漢字で書けば恐らくですから、まだそうはなっていないしそうはならないかもしれない事態を恐《こわ》がって、現状で妥協して、いちばん安易な道を行く。

それが作家として度し難い、ずんだれ、ということです。

単行本『バニシングポイント』の出版、その出版社での同タイトルでの文庫化——実はこの文庫化のときも、タイトルをどうにかしたいと申し出て、やんわり拒絶されると、しゅんとなって退きさがるという、ずんだれぶりを発揮しました——からずいぶんと時が流れて、新たに小学館文庫で出してもらうことになりました。そのとき僕は、悲しいことに、ほんとうはこれにしたいと昔の僕が願っていたタイトルをもう忘れていました。

いや正確には、そのタイトルは忘れてはいないのですが、そのタイトルに執着する気持ちを忘れていました。ただ『バニシングポイント』はいやだという気持ちだけ依然残っていたので、担当者に事情を話し、相談のうえ、収録された短編のタイトルの一つを表題にする、ところに落ち着きました。

タイトル変更までの経緯は以上です。

事なかれ主義、という言葉がありますね。手近にあった岩波国語辞典（第六版）をひいてみると、こう説明されています——何事もなく平穏無事にいくことを望み、万事に消極的なやり方。

ここまで書いてきて気づいたのですが、ずんだれ、には確かにその意味も含まれていると思います。

なんか幅広い用途のある言葉ですね。

ずんだれ、まさに恐るべし。

で、そんなこんなで、つまり幅広い意味を持つ恐るべきずんだれが、ひとに自分をよく見られたい、作家らしい発言をして読者に感心されたい、という（本音の）気持ちに打ち勝って、たとえばインタビュー原稿のゲラが送られてきても、言葉を足したり、言葉を書き換えたりする意欲をおさえ込むわけです。いいんじゃね？　時間もないし、このままで、とか即決して、ＯＫです、とかＬＩＮＥでちゃちゃっと返信を済ませて、ポケモンＧＯのＥＸレイドに出かけたりするわけです。ＥＸレイドって、聞いたことなければYAHOO!で検索してください。

さてここまでが、インタビューや対談などの記事のなかで、自身の「言葉のじゅうぶん足りてない発言」を見過ごす理由の一、の補足説明、ここから理由の二の補足説明になります。

理由の二は、繰り返しますが、それらの記事が、他人の書いた文章だから、というものです。つまり、ひとの仕事だから、です。

ここでいうひとの仕事って、僕もその一員である物書きにたずさわるひとの仕事、同業者の仕事ってことですね。新聞記者、雑誌の編集スタッフ、東根さんのようにライターと呼ばれるひと、書評家や評論家や小説家、みんなひとくくりです。

東根さんは憶えてるかどうか、物を書く仕事については、何年か前のメールでも語ったことがあります(✉115)。そのとき語ったことの要点を、一行のみ引用するとしたら、これです。

　　そもそも、楽できる書き仕事、そんなものはありません。

これに尽きます。

楽に書き飛ばした原稿なんてものはあり得ない。

インタビュー原稿のなかに僕の発言として出てくる言葉、それは確かに僕がインタビューの場で喋った言葉でしょう。でもその喋った言葉を自分の耳で聞き取って、文字で表現したのは僕ではありません。インタビューの現場から、物を書く現場に移動して、自分の頭と手をフルに使って「インタビュー原稿」という文章を書きあげたのは他人です。

その他人は、同業者ですから当然、誰もがやっているように物を書く現場では手を抜かず、できるかぎりのこれがベストというものを目指して書いている、はずです。

僕もね、ずんだれだけど、いちんち二十四時間のうち仕事机に向かう二時間半、ぎり三時間くらいは、ずんだれじゃない人間に変身できます。変身できないと物書きはつとまらないです。そのあいだは妥協なしです。ごくたまにあるかもしれないけれど原則、なしです。事なかれ主義も返上です。顔つきだって変わってるんじゃないでしょうか、自分で見たことないけど。ただ三時間くらいが変身の限界で、若いときからこれはそうだったと思うのですが、仕事場を出たとたんグズグズに崩れてしまいます。だからふだんは、ずんだれです。

何が言いたいかというと、インタビュー原稿の書き手、僕と同業者であるそのひとが、いっしょうけんめい書いたものに、気安く手を加えていいものか？ と疑問が生じるんです。おまえに手を加える資格があるのか？ ずんだれのくせして。この原稿のままでは言葉が足りなくて、ちょっとおばかな作家に見えちゃうかも、だとしても、じっさいそうなんだろうし、現にそう喋ってるんだから、自分で蒔《ま》いた種なんだから、仕方なくね？

伝わってますかね、言いたいこと。

ひとが書きあげたインタビュー原稿を前にして、僕はこう思うんです。もし僕が書く側だったら、自分が、時間かけて苦労して仕上げた原稿を、作家にいじられるのは気分悪いだろう。ぐじゃぐじゃにいじられたりしたら腹の底からムカつくだろう。藁《わら》人形《にんぎょう》つくって五寸釘打つだろう。なんだよ、こいつ、あんときそんなこと喋ってなかったじゃねーかよ、作家の体面か？　たいしたもん書いてないくせに喋ることだけ一人前でどうすんだよ、え？　ひとの原稿いじってるヒマに自分の小説推敲しろ、あとから言葉足すんならテメーのすかすかの小説に足せ。

もちろん例外はあります。

ゲームの世界にレアポケモンがいるごとく現実世界にはレアケースが存在します。たとえば何らかの理由でスケジュールがきつきつで、インタビューなり対談なりの原稿を書く時間がじゅうぶんに取れない、引き受けるライターもいない、でも雑誌は発行しなければならない、そういうときに編集者が急いでまとめた原稿に、作家が手を加えるケースはあると思います。その場合、明らかに時間が足りてないのがうかがえる原稿だし、そうなる事情も承知しているので、送られてきたゲラには（ひとが書いたものではあっても）さほど遠慮なく直しを入れることができます。ある種、編集者と共同の書き仕事、に近くなるので、ずんだれてはいても、そのくらいはします。……そのくらいはします、というほど数をこなした経験はないけど、去年の夏一回だけそれに近いことをしたおぼえがあるので、そのくらいはするだろうと類推できます。

あともうひとつ、東根さんが前回から話題にしている糸井重里さんとの対談、その対談をまとめた「ほぼ日刊イトイ新聞」サイトの連載記事ですね、最後にこれに触れておきます。

これもレアケースです。

去年の十二月だったか、この連載記事の原稿（のゲラ）が小学館の担当者を中継して送られてきました。読んだのは例の、一日の終わりの自由時間、夜中の二時頃、DKのテーブルで煙草を吸いながら何度か読み返しました。で、この原稿はいじらないことに決めました。ほぼ、とか、ほとんど、とかそういうんじゃなくて、まったく、一文字もいじらないとその場で決めました。だから書いたひとの原稿がそのままのかたちで掲載されたはずです。

他人の原稿をいじらないのは、ここまで説明してきたように珍しいことではありません。では何が珍しいかというと、その原稿をいじらないと決めた理由が、僕がずんだれだからではなく、ひとの書いたものを直すのに遠慮があったからでもなく、ただ、送られてきた原稿を面白いと思ったからなんです。つまり一読者として、軽く興奮して、連載記事の原稿を読みふけってしまったんです、夜中の二時に。これはレアケースです。

ひとの書いたものに手を加えない、なるべく手を加えたくないという理由の中には、読むひとの目にそれがどう映るのか判断がむずかしい、手を加えた場合と加えない場合と――書いたひとがこれだと選び取った表現と、これじゃなくてこっちだと僕が選び直す表現と――どっちがより良いものとして読者に受け取られるのか、確固たる自信が僕にない、そこから来る迷い、も含まれている、ような気がします。

自分が書くものについての自信は、年齢とともに、というか書く経験とともに深まっていく、そんなふうに一般には見なされているかと思うのですが、実際そうだとしても、僕個人の話にかぎれば、一般論はあてはまりません。むしろ若いとき満々にみなぎっていた自信が、近ごろとみに目減りして、こう考えたりします。インタビューでの僕の発言を、若い書き手が、若いひとの感覚で、良かれと思ってこんなふうにまとめている、だったらそれでよくないか？　それをあえて直す意味があるのか？　直したり言葉を足したりすると、かえって、もう若くない作家の、若くないひととしての感覚が際立つ、言葉が加齢臭を放つ、みたいな結果を招かないか。

ただでさえ長いメールの収拾がつかなくなってきました。

この話は、続けると面倒な方向に枝葉を伸ばしそうなので（確固たる自信がないって、自分で書く小説にも言えるんですか？　とかね、東根さんの質問しだいでは、ということですが）、ひとまずここで〆ます。

今回は「インタビューや対談などの記事のなかで」の話です。

要するに「ほぼ日刊イトイ新聞」の対談記事の場合は、原稿を読み終えて、これでいい、このままがいいんだと、迷いなく思えたということです。もう若くはない作家として、ではなく、年齢不定の一読者として、これは良いものだとめずらしく確信が持てたんです。レアケース中のレアケースです。

184
東根
2018/06/15
18:49

件名：アンチエイジング

五月の連休中に、高校時代の同窓会がありました。都内の店に十人ほど集まってランチをするこぢんまりした会で、私も気軽に参加しました。

結論から書きますと、参加するんじゃなかったという後悔の気持ちと、それと矛盾するようですが、同窓会に参加したおかげで、先月の正午さんのメールを読んでいて考えたことがいくつかありました。

だいぶ前にお伝えしたとおり私が中高時代に通っていたのは女子校で、店内の長テーブルには、かつて同学年だった女子、もちろんいまも私と同い年のアラフォー女子がずらりと並びました。卒業以来ほぼ二十年ぶりに会う友人も何人かいました。

二十代で結婚して二人の子どもを出産、上の子はもう小学校高学年、なんていう専業主婦もいましたし、離婚してからというもの保育園と職場の行き来が余計につらい、ともらすシングルマザーもいました。来週からサンフランシスコに出張すると話す旧友は、大学を出てからずっと同じ金融機関に勤めています。そうかと思えば、転職をくり返した末にITベンチャーの役員に落ち着いている旧友もいました。

そんな近況を耳にしながら、不思議とそれを、羨《うらや》んだり妬《ねた》んだりするような感情はわきませんでした。強がっているわけでもなく、いまの自分に自信があるというわけでもありません。なんというか、二十年前は同じ教室にいたはずなのに、みんな別々の道を進んで、別々の世界で生きているんだなあ、という、ありきたりな、当たり前といえば当たり前な、思いを抱いたにすぎませんでした。

ただひとつだけ。大きく心を揺さぶられたものがありました。

ある一人の旧友の美しさに私はやられました。もうじき一歳になる赤ちゃんを抱いて彼女は出席していたんですが、所帯じみた雰囲気がほとんどありませんでした。時折ぐずる子どもには、女の私から見ても、うっとりしてしまうようなやさしい声とまなざしを投げかけ、ナプキンで口もとを拭《ぬぐ》うときとか、ちょっとした仕種にも品があります。なにより私を釘づけにしたのは、彼女の肌の若さでした。メイクは控えめなのに目尻の皺《しわ》やほうれい線とは無縁なのがひと目でわかります。肌の色やつやも、大げさではなく輝いて見えるほどなんです。こんなにもみずみずしい若さを保っている同級生がこの世に存在する——その事実に打ちのめされました。

正午さん、同窓会なんて参加するもんじゃありませんね。

あの日のことを思い返すと、私はまた軒先に吊るされた柿のような気分になります。私が干し柿ならば、彼女は桐の箱に入ってつやつや光るさくらんぼです。どんな化粧水やクリームを使っているのか教えてもらいましたけど、とても私の手の届く代物《しろもの》ではありませんでした。エステにも通っているらしいです。普段からろくなスキンケアもせず、ほとんどすっぴんのまま（いまもそうですが）パソコンを前に頭をかかえてばかりいる私の肌は、軒先で干からびるのを待つだけの運命なのかもしれません。こう書いているうちに、それも上等！　くらいの投げやりな気持ちになってきました。

一行空けて息を整えました。もう少しだけ同窓会の話です。

私たちアラフォー女子のテーブルには、男性も一人だけまじっていました。身長は私よりも低く、白く染まった顎髭《あごひげ》をたくわえた、かつての担任教師です。すっかり頭頂部が薄くなっていましたが、一人で漫才をしているような早口の話術は健在でした。先生の姿を目にとめながら、私は正午さんのことを考えはじめました。話を聞くうち、この先生と正午さんが一九五五年生まれの同い年であることに気づいたからです。そして気づいてしまったからには、目の前で喋りまくる先生と、新聞や雑誌で見た正午さんの外見とをくらべずにはいられませんでした。お世辞抜きに書きます。

正午さん、若く見られませんか？

写真で見る限り、髪の毛はふさふさで白髪も目立ちません。取材時の服装のせいか、(失礼を承知で書きますが) カジュアルな学生風のイメージさえあります。もし正午さんが同窓会に出席したら、かなり浮くんじゃないか、そんなことまで考えました。

いいえ、本当はこんなことを、正午さんへのメールに書くつもりなんてなかったんです。直木賞作家相手に、若く見られる秘訣《ひけつ》を質問するような真似を (それはそれで面白いかもしれませんが) ここでするつもりもないんです。それでも同窓会のいきさつをお伝えしたのは、先月のメールに意外な言葉が書かれていたからです。「若い」と思っていた正午さんから、こんな言葉を聞くなんて思ってもいませんでした。

（僕が）直したり言葉を足したりすると、かえって、もう若くない作家の、若くないひととしての感覚が際立つ、言葉が加齢臭を放つ、みたいな結果を招かないか。

正午さん、これは「もう若くない作家」としての本音なんでしょうか？　それとも冗談や皮肉、ある種の謙遜《けんそん》を含んだ一文なんでしょうか？

同窓会で私が「若い」と思ったのは、正午さんの外見の話でしたけど、これまで正午さんが書かれたものを読んで、「加齢臭を放つ」ような言葉や文章に出くわしたことなんてあったでしょうか。ちょっと思い当たりません。私には、むしろ正午さんの「若い」感覚が深く印象に残っていて、（これもまた失礼を承知で書きますが）ちょっぴり年上の近所のお兄さんから、面白い話を聞いているような親近感があります。それでいて変に若づくりしている感じもなく、自然です。昭和生まれの、一アラフォー読者の個人的な見解ですが、小説でもエッセイでも、それは変わりません。そういえば、昨年七月の直木賞選考会後、選考委員の北方謙三さんが、正午さんの受賞作に「私と変わらないほどキャリアがある人だが、文章がみずみずしさを失っていない」といった講評をされていましたね。「文章がみずみずしさを失っていない」って、加齢臭からはほど遠い状態を指しているようにも思えます。

そもそも「言葉が加齢臭を放つ」って、具体的にどんな言葉や文章のことなんでしょう？　私なりに考えてみました。たとえば、「そんなバナナ」とか「ナウい」とか、いわゆる死語を用いると「若くないひととしての感覚が際立つ」かもしれません。それからたとえば、「年長の作家相手に『ずんだれ』とは、どういう料簡かね。失礼とは思わんか！」といった、いかにも年配の方が口にしそうな、上から目線の文章（語尾など）も「若くないひととしての感覚が際立つ」んじゃないでしょうか。

上から目線、といえば、ちょうど一年前に私が佐藤正午なりすましメールをお送りしたときのことを思い出します。「こういうこと、佐藤正午なら書かないと思います」とご指摘していただいた上で、正午さんは「時間をかけて佐藤正午の底に層をなしたチクセキの中に、上から目線とか、自信満々とかは含まれていません」とおっしゃっていましたね。私の考えからすると、こういう身構えも、正午さんの「若い」感覚のベースになっているのかもしれません。

正午さんご自身としては、どうなのでしょうか？　実際に書く現場では、「若くないひととしての感覚」がにじみ出ている言葉や文章を、知らず知らずのうちにキーボードで叩いてしまっている、なんてことが、年齢とともに増えているんでしょうか？「いったん書き上がった原稿」を読み直しているときに、やべ、この言葉づかい加齢臭ぷんぷんする、と慌てて書き直すようなこともあるんでしょうか？

もしそうだとすると、私も近い将来「東根さん、この言い回し加齢臭すごいんで、書き直してもらえません?」みたいなことを、若い編集者から言われる日が来るのかもしれません。ぞっとします。自分の肌は干からびるのを待つだけ、と見て見ぬふりしますが、せめて自分が書いた文章だけはいつまでもみずみずしくありたいです。

正午さん、自分が書く文章のアンチエイジングに効果的なこと、なにか日ごろから心がけていることでもなんでもいいので、アドバイスをいただけないでしょうか?

185
佐藤
2018/06/26
12:13

件名:回避

はじめに一つ気になった点をあげておくと、東根さんは、肌年齢の若い同級生を「桐の箱に入ってつやつや光るさくらんぼ」に、対してろくなスキンケアもしない自分を「干し柿」にたとえていますが、これどうなんでしょう? これ読んだら干し柿、気分害しませんか。干し柿を生産して出荷している農業協同組合のかたたちも悲しみませんか。あと干し柿好きのひとを敵にまわしませんか。スキンケアをしないで東根さんの肌が老化しているとすれば、それは自分のせいでしょう。でも干し柿って、ケアをしないで軒先にほったらかしてればそうなってしまうってものでもないと思うんですよ。たぶん違いますよね。干し柿は、干し柿にするために、皮をむいた渋柿の実を、干し柿作りにふさわしい場所を選んで干すわけです。干す日数も決まっているわけです。干し柿にする、という目的があるのだから、そこにひと手間もふた手間もかけないわけがないでしょう。その手間をかけられた柿の実がみずから、干し柿になることを、老化だとか「軒先で干からびる」とかのマイナスイメージでとらえるわけがないし、東根さんがそのような比喩を用いることをだまって見過ごすとも思えません。柿の実はきっと、甘い干し柿になることを望んでいるはずです。

まあそんなことはどうでもいいです。

……いや、どうでもよくないのかもしれない。

どうでもいいのかどうでもよくないのか正直わかりません。

文章を書くとき、そこまでのゆきとどいた配慮が——極端にいえば、この場合は干し柿が感じるだろう気持ちへの配慮ですね、つまり書かれたものを読みもしないひとたちまで網羅した、全方位的な配慮です——必要なのかどうかわかりません。この話題を掘りさげるつもりもありません。確信のないまま、ただ、はずみをつける意味で書いてみました。書き出しではずみをつけて、その勢いでさきへ進むという意味です。

じつはね、東根さんに「本音なんでしょうか?」と疑われている一文、僕が前回のメールに書いた、

「直したり言葉を足したりすると、かえって、もう若くない作家の、若くないひととしての感覚が際立つ、言葉が加齢臭を放つ、みたいな結果を招かないか」

これについても考えがぐらついています。

本音か? とあらためて訊かれてみると、そうだよな、本音でそんなこと考えてたら六十過ぎて文章なんて書いてられないよな、という気がします。

これどうなんでしょうかね。

いちおう文末は、

「結果を招かないか」

と気持ち疑問形にはなっていて、確か先月メールを送るまえの推敲の段階でも「結果を招かないか?」と疑問符を付けたり、はずしたり、読み直してまた付けたり、またはずしたり繰り返した記憶はあるのですが、も一回ここで「?」を付け足して、それでちょっと様子を見てみましょうか。「?」があると見た目あきらかな疑問文になるので、疑問文を書いたひとの責任として、自然と答えを追求する姿勢が生まれるかもしれません。

もう若くない作家の、若くないひととしての感覚が際立つ、言葉が加齢臭を放つ、みたいな結果を招かないか？

この疑問文における「もう若くない作家の」とは、年齢がもう若くない作家の、という意味ですね。僕は今年の夏で六十三になるのでもう若い作家とはいえません。つまりここはどこからどう見ても正しい表現になっています。

正しいかどうかビミョーなのは、そのあとの「若くないひととしての感覚が際立つ」というところ、この「若くないひと」は、年齢が若くないひと、の意味とぴったり重なるのか、重ねてしまって読み過ごして（書き過ごして、でしょうか）いいものかどうか、という点です。「若くないひととしての感覚」という表現は、常に、単純に「年齢の若くないひととしての感覚」だけを意味するのか、ときと場合によっては、年齢に関係なく「若くないひと」の感覚、の意味で用いられるんじゃないか？

年齢は若いけど、感覚が老けているひと。そんなひといませんかね？　あるいは、年齢は老けているけど、感覚が若々しいひと、いませんかね？

いるでしょうね。

世間は広いし、いつだったかのメールに書いたように現実にはなんだってあり得るはずだから（✉101等）、作家のなかにもきっといろんなひとがいるでしょう。そうするとこれ、もう若くない作家の、若くないひととしての感覚が際立つ、とは必ずしも決まってはいない、ことになります。

整理すると、

Q．もう若くない作家の、若くないひととしての感覚が際立つ、言葉が加齢臭を放つ、みたいな結果を招かないか？

A．招く場合もある。招かない場合もあるだろう。

となります。

で？

で、ですね、そこまでなんです、それ以上のことは僕には答えられません。東根さんの質問に相乗りして、先月書いた一文をいまあらためて疑問文として考えはじめたわけですけど、もうね、その、考える入口のところで立ち往生してるんです。

東根さんがメールに書いているように、

「そもそも『加齢臭を放つ』って、具体的にどんな言葉や文章のことなんでしょう？」

僕も疑問に思います。

ね？　どんな言葉や文章のことなんでしょうね。

（ところで立ち往生って、数行前に書いてみて、この言葉ひさしぶりに使ったなと思って、辞書引いたら「弁慶の立ち往生」とか用例ありました。ひょっとして加齢臭放ってますかね？）

あと、これも自分で書いといて何ですけれども、「若くないひととしての感覚が際立つ」って、そもそも、その「感覚」って具体的に何でしょう？　何なのかうまく説明できません。

それやこれやで立ち往生です。辞書の用例としては、「大雪で列車が立ち往生」の意味の立ち往生。

こないだね、つい一週間ほどまえです、夏目漱石の長編小説『こころ』を読みました。

夏目漱石が『こころ』を書いたのは四十代後半で、いまでいえばじゅうぶんに若いのでしょうが、もし二〇一八年現在まで生きているとすれば、彼は百五十歳を超えている作家です。どこからどう見ても絶対に若いとはいえないひとなんです。

その百五十歳超えのひとが大昔に書いた『こころ』を僕は読みました。それで読後感として、夏目漱石の言葉遣いに加齢臭を嗅ぎ取ったか、文章に「若くないひととしての感覚」を感じ取ったかといえば、じつはそれもよくわかりません。『こころ』はいまから百年以上前に書かれた小説ですね。執筆・発表は大正時代に入ってからのようですが、小説に描かれている時代は明治末年、ここで感覚という言葉を使えば、明治時代の終わりがけの、人々の、ものの感じ方が書かれた小説です。

そういう時代の小説として最初から読んでいるので、ことさら古くさいとか文句のつけようがないのかもしれません。読んでいる最中に、この言葉遣いはどうなんだ、とか、この文章はもっといまふうにどうにかならないか、とか、二〇一八年の現実に立ち戻って困ったりすることはありませんでした。

読書中、現実に立ち戻って困ることは、同じ時代、いま現役で書いている作家の小説を前にしたとき、たまにあります。ストーリーは興味津々だけど——まあ、それを言うなら、どんなストーリーでも読みはじめたら先が気になるのはおなじなので読み続けるのは仕方なく読み続けるけど——それにしても、この単語、この熟語、この言い回し、ちょっと無理してないか、辞書を引けば意味はわかるけど、辞書に載ってるからってここで使うか？　いやオレも立ち往生とか辞書引いて使ってるし、ひとのことは言えないか、とか、気が散ることはあります。

でも先週読んだ『こころ』は、とくに気が散ることもなく、作中世界に入り込む読み方で読み通せました。僕の倍以上の年齢の、超後期高齢者による小説を、僕は夢中になって読んだわけです。ソファに寝転がってスマホゲームをやるときのように、Y ouTubeの動画を見るときのように、時間を忘れて。

どうもよくわかりません。

作家の年齢や、作家の生きた時代と、作家によって書かれた文章の感覚の若い若くないは関係ないような気がするだけで、そのさきはわかりません。じゃあ感覚の若い若くないは、作家の年齢でなければ、その作家のいったい何に由来するのか、わかりません。

仮に、東根さんが言うように「自分が書く文章のアンチエイジング」が可能だとして、それに成功している作家がいるのでしょうか、あるいは成功した作家の代表が夏目漱石ということなのでしょうか、それとも、ものを書くひとたちのなかで、アンチエイジングに成功したひとだけが生き残って作家と呼ばれるのでしょうか。

このさきへ進むには、大いなる自信と、それから強い心臓も必要でしょう。たとえば、ほんとにたとえばです、これが加齢臭を放つ言葉だとか、これが若くないひとの感覚で書かれた文章だとか、僕に判断が下せたとして、その言葉や文章を、他人の小説からまさか引っぱってくるわけにはいかないし――反発必至、炎上必至、おそらく裁判沙汰です――じゃあ自分の小説からなら引っぱってこれるかといえば、それも怖いです。

ずんだれは認めます。でも自分で自分の書いた言葉の放つ加齢臭を認めて、それがどうした、オレはそういう作家なんだ、と平気でいられる図太さは僕にはありません。ほら、あのひとだよ、もう若くないひとの感覚でずっと小説書いてるひと、噂の正午さん、とか世間から後ろ指さされてまで作家をつづける自信ありません。

やわで申し訳ないです。

というわけで、この問題、君子危うきに近寄らず（これ、死語ですかね？）僕は回避しますが、東根さんのほうでもう少し掘り下げてみて、もし突破口になりそうな、自信のない正午さんにもこれなら回答できそうだ、みたいな質問、アプローチを変えた質問を思いついたなら、次回またぶつけてください。

僕はこれからYouTubeの「やまだちゃんねる」で「デトロイト・ビカム・ヒューマン」の動画を見ます。

ではまた。

♨

おまけ。

メール末尾の「アドバイスをいただけないでしょうか？」で思い出したことがあります。

昔々、高校の文化祭（だったか、文芸フェス、だったか）にかかわっている生徒（さん）か先生（さん）から書面でアンケートが送られてきて、本校出身の作家のかたに在校生へのアドバイスをお願いしています、何かお言葉をいただいて展示したい、ということだったので、かなり本気出して、時間かけて文案練って、こんなふうに回答しました。

「アドバイスしてもどうせきみたちは聞かないだろうし、真面目に聞けば聞いたでそういう生徒は見込みがないと思うので、何を言っても無駄だと思う」

そしてそのアンケート用紙、何日か迷ったあげく、やっぱりアドバイスなんてガラじゃないな、と思い直して、返送はしませんでした。

186
東根
2018/07/11
20:58

件名：比喩について

干し柿って、風通しのいいところに干しておくだけでできるものと思っていました。

正午さん、ちがうんですね。干す前にカビ対策をしたり、干してからは一つ一つ丁寧に実をもんだりする工程もあるらしく（親戚に聞きました）、中には一個千円以上す

る高級品もあるとのことでした（ネットで調べました）。鏡を見るたび反省していま
す。こんな肌を、寒空の下で丹精込めてつくられている干し柿にたとえるなんて言語
道断、私の肌は明らかに干し柿以下、以下というか、月とすっぽん……とか書くと、
今度はすっぽんにも失礼なのかもしれません。
これ、書けば書くほどみじめな気持ちになるので、とっとと本題に移りますね。
先月のメールを書いているとき、どうして私はあのくだりで、あんな比喩を使おう
と考えたのか、それをはっきりとは思い出せません。
旧友の肌と自分の肌のちがいを、視覚的にわかりやすく伝えたいと考えたはずなん
ですが、ではなぜそこで、さくらんぼやら干し柿を持ち出したのか、明確な理由はわ
かりません。近所のスーパーで、見るからに美味しそうなさくらんぼを目にし、その
つやつやとした表面が旧友の肌のイメージと重なって……と、あとからもっともらし
く書くことはできるかもしれませんけど、それは事実に反します。
それでも、はっきりと憶えていることが二つあります。
一つは、なにかもっと面白いたとえはないかと考えたことです。書いているときも、
読み直しているときも、できれば正午さんにも面白がってもらえるような、そんな表
現はほかにないかと――結果、代案は浮かびませんでした。

もう一つは、私自身の違和感です。書いているときも、読み直しているときにも、あの部分にはひっかかっていました。どこか肩に力が入っているような、ちょっと背伸びして何かにたとえようとしているような違和感が、メールを送信する前からありました。比喩表現にもいろいろな形がありますが、あのような直截的《ちょくせってき》なたとえを使うことに私は慣れていませんし、もはや「どや文」と呼べる言い回しになっているんじゃないか、といった心配もありました。

「どや文」てなんだよ？　と正午さんに訊かれそうなんで、説明しておきます。私の造語ではありません。何年も前に、どなたかのエッセイだったか座談会の記事だったかで初めて見た言葉です。曖昧な記憶なんですが、「どや文」の「どや」は、関西地方で「どうだ」の意で、「どや顔」の「どや」と同義です。つまり「どや文」とは、「どや（＝どうだ）！」とこれ見よがしに書かれた文章、を原義とし、さらに解釈をひろげて、書き手の気合いが空回りして、その力みが読んでいるほうにも透けて見えてしまうような文章、までの意味だったはずです。曖昧な記憶で自信はありませんが、ここではそう定義しておきます。「どや文」の具体例としては、私が先月書いた干し柿のくだりを参照してください（そういう「どや文」は、削ったほうがいい、といった意見がエッセイだったか座談会だったかで語られていたような気もします）。

おそらく正午さんにも、簡単に見透かされたんでしょう、私の身の丈に合わない表現を。ほかにも文章のアラとかつながりの悪さとか、ふだんから正午さんの目に余る部分があるとは思いますが、ともかく今回は比喩についてうかがいたいです。

正午さんにとって、比喩を使うことって難しいことではないのでしょうか？　私は自分で使ってみるとなにか違和感があって、読み返しているうち「どや文」になっているかもしれない気恥ずかしさまで感じます。でも作家が書いた比喩を読むと、そう感じません。自然に読み進められます。ここで頼りになりそうな文豪の具体例です。

私は毎日海へ這入《はい》りに出掛けた。古い燻《くす》ぶり返った藁葺《わらぶき》の間を通り抜けて磯《いそ》へ下りると、この辺にこれほどの都会人種が住んでいるかと思うほど、避暑に来た男や女で砂の上が動いていた。ある時は海の中が銭湯のように黒い頭でごちゃごちゃしている事もあった。

正午さんが最近読んだ夏目漱石の『こころ』からの引用です。私も冒頭から読み直し、少し進んだところにさっそく「銭湯のように」という比喩（直喩）がありました。明治時代の終わりのことが描かれている長編ですから、当時の銭湯がどれほど「黒い頭でごちゃごちゃして」いたか、私には想像するしかありませんが、「銭湯のように」という比喩は、さりげなくて違和感なく読み進められます。むしろ私が注視したのは、その前文の「避暑に来た男や女で砂の上が動いていた」です。

正午さん、この部分ちょっとひっかかりませんか？

文豪は「男や女が砂の上で動いていた」ではなく、「男や女で砂の上が動いていた」と書いています。「動いていた」のは、「男や女」ではなく、「砂の上」と読めます。「砂の上が動く」ってどういう状況なんでしょう？　なんとなく擬人法っぽくも見えます。どうでしょう、微妙です。それよりも私は、前後の文脈からここは隠喩ではないかと考えました。直喩ならば「まるで砂の上が動いているようだった」と書くところを、隠喩で、つまり「まるで〜ようだ」といった語句を使わずに、たくさんの人でごった返す「砂の上」のようすを描いているのではないかと解釈しました。

素人考えです、まちがっているかもしれません。でもこの解釈からすると、砂浜を隠喩（砂の上が動いていた）で、海面を直喩（銭湯のように）で、比喩の連続技が披露されていることになります。しかもあっさり決めている印象です。比喩ひとつであっぷあっぷの私からすれば目がくらむほどです、さすが漱石先生！　……と、大正時代に書かれた比喩を分析するメールではありませんので、一気に平成に飛びましょう。

ちょうど一年前の平成二十九年七月、第一五七回直木賞受賞が決定した作品からの引用です。

それまでが小さな波すらかぶったことのないべた凪の人生だったので、船に喩えれば、彼は二度の嵐によって難破したも同然だった。先輩の自殺まではどうにか持ち堪えたが、妻の横死がとどめになり航行不能なまでダメージを受けた。人の世のはかなさ、無常ということを初めて痛切に感じた。


正午さん、連続技にもほどがあります。

「船に喩えれば」とことわりを入れているあたりに、正午さんらしさを感じますが、その前に何気なくおかれた「小さな波すらかぶったことのないべた凪の」もすでに船と関連した「喩え」の表現で、そこから「二度の嵐によって難破したも同然」「航行不能なまで」と「喩え」をたたみかけるなんて、もう私にとっては離れ業に思えます。さすが正午さん！……ということをここに書きたいんじゃないんです。

うかがいたいのは、比喩を書くときの作家の、正午さんの、頭のなかのことです。

正午さん、何を考えているとこんな自然な感じで比喩を書けるんでしょうか？　たとえば『月の満ち欠け』のこの場面を書いているとき、どういう経緯で「船」にたどり着いたのでしょうか？　ほかにもいろいろなたとえを考え、考え抜いた末に「船」を採用したのでしょうか？　それとも、正午さんほどの人になると、おのずとこのような比喩を使って書いている、「船に喩えれば」とキーボードを叩いている、なんてこともあるのでしょうか？　実際に書いているときだけではなく、もしかして日頃から、アレをコレになぞらえて書くのも面白いかもしれないとか、考えたりメモをとったりしているのでしょうか？

いったん書き上がった原稿の推敲作業中に、ここは比喩を使って書き直そうとか、比喩を使って書いてあったけれど、やっぱりやめた、なんてこともあるのでしょうか？　そのとき比喩を使った／使わなかった経緯を具体的に教えていただけませんか？

187
佐藤
2018/07/19
13:13

件名：回避２

前回につづきまして回避です。

質問に答える気、ございません。

東根さんの質問にまともに本気出して答えると僕が損するので答えません。

仮に、答えたとします。また仮に、何も知らないひとがたまたま今月号の『きらら』を初めて手にして、ロングインタビューの頁《ページ》を読んだとします。

そうするとどうなりますか。東根さんに「正午さんほどの人になると」と持ち上げられた作家が（ほえ！　どれほどの人なの？）、お調子に乗って、文章を書くとき自分が比喩をどのように考えて使っているか、自信ありげに（その自信はどこから来るの？）得々と語ってみせるという、なんというかもう、ひたすらミットモナイ展開を目にすることになります。

なりますね？

なるのがわかってて答えを求めてるのか？

と疑いたくなります。

東根さん、あんた、ときどきこの手使うよね。

この手って、作家佐藤正午をほめちぎる、歯の浮くような、子供騙しの、ほめ殺し的な？　お世辞をメールにまぜてくるってことだけど、ね？　やるよね。

はっきりいって、やられるほうはつらい。

パワハラにも感じるのでやめてほしい。パワハラってつまり、非力を装ったパワハラ、とでもいうのかな、わたしは一介の名もないライターです、とか一応へりくだって、その立場を悪用して、作家をじょうずにおだてて罠《わな》にはめて、結果、世間の笑い者にしたてる手口、やめてほしい。東根さんだけじゃなくて、「わたしは一介の名もないライターです」のみなさんにやめてほしい。不注意に罠にはまって、は？　いったいどんな傑作書いたんだよ？　くらいにその気になってる作家を見ると、あすは我身の恐怖というか、哀れというか、ま、どっちも感じる。

斜陽の出版界に身を置く者どうし、おたがいのためにもならないので、その手のハラスメントはやめたほうがいい。

ね、この連載、のべ六年も続けてきていまさらのような気もするけれど、初心に返って、基本をおさえておきましょうか？

（実はいま思いついた基本だけど）

一、作家に質問を投げかけるときは、ほめるのはやめて、ただ疑問を呈するほうがいい。

二、も三も四もなくて、むしろ、ほめるくらいなら逆に、難癖をつけるほうがまだましかもしれない。

ほめられるのではなくて、非難のこめられた疑問であれば、作家は本気出して回答を考えると思う。だって、弁解しなきゃいけなくなるから。他人がいまこれはどうなのかと疑問に思う箇所を、自分がなぜこれがいいと考えて書いたのか、書いた人間の立場から正当化する必要が生じるから。

でしょ?

でも、ほめられたら、そこで終わりです。

あ、そう、そんなによく書けてるの。

そんならそれでいいじゃん?

正午さんほどの人がそう書いてるんだから、だまって読んで感心してろよ。


さて。

♨

ここからは余談です。

雑誌の余白を埋める記事、の意で用いられる、埋め草、という言葉がありますね。確かあったと思います。それに近いものです。

話の行きがかり上、東根さん言うところの「自然な感じの」比喩の一例をあげることになると思いますが、あくまで余談として聞いてください。

これはものを書く現場における作家佐藤正午の、じゃなくて、もっとずんだれた日常生活における、六十過ぎの、意気地なしのおじさんの体験談です。

いまから一年半ほど前。

正確には、去年の二月、iPhone に残っているメモによれば二月十八日の深夜、血尿が出ました。

そのとき僕は自宅のトイレの便座に腰をおろしていました。

小用を足すとき便座に腰をおろすのは、僕の習慣です。若い頃、十五年ほど引っ越しもせずひとつのマンションに住み続けたことがありました。当時は頭が固かったので、男は立っておしっこするものと決め込んでいて、しかも、これはいまも変わらないのですが面倒臭がり屋で（ずんだれと言ったほうが早いですか）、大の掃除嫌いなので、必然、便器は汚れ放題でした。

どんなふうに、かは、描写するのはやめておきます。ありがちな話なので想像つくでしょう。ずんだれの独り暮らし。便器が汚れてるだけじゃなくて部屋じゅう散らかってます。たまに、うちに遊びにきた人が、ボランティアで掃除してくれて、一時的にきれいになる。けどまたすぐ汚れる。掃除してくれた人には女の人も男の人もいました。驚くべきことに、いるんですね、男女問わず、掃除好きな人って。……まあそれを言うなら、男女問わず、ずんだれで掃除嫌いな人もいるでしょうが。

ま、いいです、そういう話は。でね、あるときから――その十五年住み続けたマンションを引っ越したあくる日から、だったと思います――頭を切り替えて、今後、引っ越し先の新居のトイレの便器をなるだけきれいな状態のまま保つために、できるだけ掃除の手間も省けるように、便座に腰をおろす方法を採用したんです。そのほうが断然、理にかなっていると思いました。だって、東根さんにも想像はつくと思いますが、立ったまんまおしっこするなんてわざわざ便器のへりやトイレの床にふりまくためにやってるようなものですからね。掃除マニアの人ならその状況を（もしかしたら）歓迎するかもしれません。でも僕みたいな人間にとっては合理的な方法ではありません。

ま、それもいいです。でね、そのとき、つまり去年の二月十八日深夜の時点で、僕はもう長年便座に腰をおろしておしっこする習慣に馴染《なじ》んでいました。だから血尿が出たといっても、それが出た瞬間を見てはいないんです。出ている最中も見ていません。そんなの最初から最後までじっと見てなくてもできますからね。

排尿時の感覚も、なんかいつもと違うな、と感じたかどうかも憶えていません。用が終わって、立ち上がりかけて、気づいたら、便器内に赤い水溜まりができていました。

うわっ！　と大声で叫びはしませんが、心の中はそういう状態です。叫んだも同然です。なんだこれ！　この赤い水溜まり！

これ、もしかして血尿じゃないか？

いやもしかしなくても血尿だろう、いま僕は寝るまえに小便をしたんだから、それが流すまえの便器に赤い色をして溜まってるんだから。

というような理解に至るまでに要した時間は、ほんの一秒か二秒だったと思います。で、その一秒か二秒をさらに細かく刻んだ一とコマ、コンマ何秒くらいの短時間に、僕はこんなことを考えていました——あ、血尿ってこんな色なんだ?

まるで赤ワインみたいなおしっこじゃん

これね、この比喩、あとからそのときの色を思い出して考えたんじゃないんです。ほんとにそのとき、深夜二時過ぎでした、狭いトイレの中でとっさに考えました。そのとき考えたことを、いまでも憶えているんです。

ただし、とっさに比喩を考えたのは、東根さんには申し訳ないけれど(申し訳なく思う必要もないかな)、僕が作家だから、というわけではありません。そんなわけない。夜中に血尿出てアワくってる人間が、小説やエッセイで使う比喩のことなんて考えるわけがないです。

文章を書くとき、必要なのは冷静な頭でしょう。「どや文」でも何でもかまいませんが、自分がこれが良いと思う文章を書くのに必要なのは、これが良いと確信するための(推敲の)時間でしょう。それらを完全に欠いていたわけですから。僕は自宅トイレで便器を見おろして立ち尽くしていただけですから。ちょっと待て、もっとほかに「どや顔」できる比喩はないか？　などと頭を使ってる余裕もなかったわけですから。ゆえにこの赤ワインの比喩は、文芸目的で生み出されたものではあり得ません。

ちょっと補足しておくと、のちに、知り合いの男性とたがいの血尿体験について情報交換する機会があったのですが、僕の血尿の色はまるで赤ワインみたいだったよ、と当時の驚きを語ってみたところ、彼は真面目な顔でうなずいて、

「うん、それ僕も同じこと思った」

と断言しました。

彼は文章を書く仕事をしている人ではありません。

また彼は僕の場合と違い、男性用の便器、昔なら「朝顔」と呼ばれたものに向かって立った姿勢で、ふだんどおりのことをやろうとしたらいきなり赤い尿が出てギョッとしたらしいです。ギョッとしますよね、それは。でもギョッとしながらも彼は、尿の色が「まるで赤ワインみたいだ」と比喩を頭に思い浮かべていたわけです。

このことからわかるのは、まず、人が比喩を思いつくのはその人の職業と別段関係がないということですね。

それから、人はどんな（危機的な？）状況下にあっても比喩を思いつくことをやめられない、とも言えるかもしれません。

なぜなんでしょう。

なぜ人は比喩を思いつくんでしょう。

自分が見たものを、見ていない他人に、いつか伝えるためでしょうか。たとえば、赤ワインみたいな尿が出ましたと、医者に症状を伝えて、診断をあおぐためでしょうか。

初めて自分が見たものと、よく似たものの記憶を無意識に探るからでしょうか。過去に見知っているものの記憶を、初めて目にする得体の知れないものに引き寄せて、あれとこれは似ていると、初見の衝撃を緩和する傾向が人にはあるのでしょうか。

東根さんはどう思いますか？

くれぐれも強調しておきますが、これは、ものを書く現場で起こりうる話、の、たとえ話をしているのではありません。僕ほどの作家になると、仕事場でパソコンに向かえば比喩はおのずとわいて出てくる、血尿出てもアドリブで赤ワインを思いつくみたいに、とか言いたいのではぜんぜんありません。

そこんとこ注意してください。

以上、余談終わります。

♨

ここからは蛇足です。

俗に、あくまで俗にです、それが出たら命取り、ともいわれる血尿が去年出た、と書くだけ書いて、あとほっといたら読まされた側は宙ぶらりんの気持ちを味わうだろうし、僕が読者なら赤ワインの比喩なんかどうでもよくて、事後の経過のほうが気になって仕方ないと思うので、蛇に短い足をつけておきます。

もちろん、僕じしん、事後の経過が気にならないわけではありません。自分の体内で何かが進行しているのか、あるいは何も（老化以外）進行などしていないのか、いまでも、たまに気になったりはします。

……このまるで他人事のような、ええ加減な、ずんだれた物の言い様から想像つくと思いますが、事後、僕は何の処置もとりませんでした。医者にもかかりませんでした。去年の二月十八日深夜、赤ワインをどぼどぼ注いだような有様の便器の中を見たときにはそりゃ動揺したし、眠れずにスマホで「血尿」を検索しまくって、疲れ果てて寝る前にもう一回行ったトイレでもやっぱり赤いおしっこが出たときには絶望もしました。ちょうど『月の満ち欠け』を書き上げた頃だったので、あーあ、これが遺作になるのかあ、なんてことまで考えたりもしました、ほんと、冗談じゃなくて。

ところが翌日、ぴたりと止まったんです。ふだんの色に戻りました。それで僕はしばらく様子を見てみようと決めました。あわてて病院に駆け込んで検査の結果、重大な宣告を受けるのが怖かったということもあります。何もしないでほっとくのも不安だけど、医者に診てもらうのも不安、そんなら、どっちかといえばストレスの少ない楽な道を選ぼう、というわけで、様子見です。

その様子見が、一年と半年近くつづいて、いまなんです。

ずんだれにもほどがあるでしょう？

ただですね、さっき紹介した、僕と同じ体験をした知り合いの話によると――正確には、知り合いが受診した医者の話によると、ですが――血尿が出たからといって、必ずしも重い病気に罹《かか》っているとは限らない、そうです。スポーツ選手が過度なトレーニングをしたり、ふだん穏やかな生活を送っている人が急に激しい運動をしたりすると、一時的に（なぜそうなるのか理由は僕には説明できませんが）血尿が出ることもある、らしいのです。

実は去年の二月なかば、僕は自宅近所の坂道をダッシュで何度か駆け上ったことがあります。ポケモンGOの「サーチアプリ」と呼ばれるものがその頃はまだ機能していて（いまは使用できなくなっています）、レアポケモンの出現を教えてくれてたんですね。カビゴンが出たとか、カイリューが出たとか、通知が来るたびに、コートを着て表に飛び出して、坂道を走りました。スマホの通知に気づくのが遅れたりすると（だいたい遅れるんですけど）、あと五分でポケモンが消滅、みたいな時間との戦いになって、ポケモンがいる坂の上まで全力ダッシュしないと間に合いません。で、本気で走って、ぜいぜい喘《あえ》いで、走るって、こんなに大変なことだったっけ？　と年齢を思い知らされました。佐藤正午、六十一歳の冬の出来事です。

なんのこっちゃ？　て感じですよね。バカまるだしですね。まともな人の目にどう映るかはだいたいわかります。でもその、バカまるだしの全力疾走が、この一年半ほどの様子見のあいだ、いわば頼みの綱、になっているわけです。だってあの一夜の赤ワインをもたらした原因が、年甲斐もなく激しい運動をしたせい、であれば、僕の身体はたぶん病におかされてはいない、という理屈が通り、いったん救われますからね。ま、一寸先は闇という意味の、万人にあてはまる未来の話は別として、いったんね。

蛇足は以上です。

188
東根
2018/08/12
23:37

件名：きわめて主観的ですが

どうしてなんでしょう。

正午さんの書いたものを読んでいると、やっぱり私は「加齢臭」を感じません。

いいえ、正午さんを持ち上げるつもりでこう書き出しているんじゃありませんよ、誤解しないでください。素朴な実感として、とても不思議に思うのです。正午さん。ちょっと客観的に考えてみてください、たとえば六十歳をすぎた人が、おたがいの体調や健康状態について情報交換しているシチュエーションを。これ、いかにも「加齢臭」を放ちそうな場面じゃないですか？　私が以前通っていたジムのロッカールームでも、毎回出くわしました。近ごろ膝の調子が悪くてとか、冷房のせいで夏風邪ひいたとか。そんな話をしているのは、もれなく私の母親世代、見た感じおそらく六十代以上の方々でした。

（読者のみなさまに念のためお断りしておきますと、そんな話をしているおばさまたち個々から特有の体臭がする、という意味で私は書いているんじゃありません。こういった場面に「（年齢が）若くないひと」寄りのイメージを持っている、という意味で、今回も「加齢臭」という言葉を使っています）

ましてや正午さんの場合、血尿ですからね。もし私がその現場に、実際に正午さんがお知り合いの方と血尿について情報交換をしている現場に居合わせたら、「加齢臭」を感じてしまうのかもしれません。でも、少なくとも、先月のメールにあった血尿体験談、正午さんが書かれた言葉や文章に「加齢臭」は感じませんでした。

ここまで、正午さんを持ち上げるつもりで書いていません。素朴な実感なんです。では、ここまで読んでいただいた正午さんとしてはどうなのでしょう。一介のライターから持ち上げられているように読めましたか？　ご自身の書かれた言葉や文章に「加齢臭」を感じないと言われると、ほめられているように感じますか？

六月にお送りしたメールで、私は「自分が書いた文章は、いつまでもみずみずしくありたい」といったことを書きました。それはそれで私の本心でした。でも、頭のなかではこんな疑問も少し浮かんでいたんです。そもそも、の疑問です。

自分の書いた言葉が年相応に「加齢臭」を放って、なにがいけないんだろう？

あのときのメールでは、旧友の肌年齢の若さとか正午さんの外見の若さを引き合いに使っていたこともあって触れませんでしたけど、この疑問はいまも頭の片隅に居座っています。あれからいろいろと考えているうち、私の場合「加齢臭」を放っているなにかに魅了されることも多いように思いました。

たとえば、ロバート・デ・ニーロという俳優です。きわめて主観的な見解ですが、『ゴッドファーザーＰＡＲＴⅡ』（一九七四年）のデ・ニーロも危険な匂いがして素敵だったけれど、アン・ハサウェイの部下を演じた『マイ・インターン』（二〇一五年）のデ・ニーロも包容力あるおじさまで魅力的でした。またたとえば、ローリング・ストーンズの一九七〇年代のライブ映像よりもここ数年の映像のほうが、私の目にはミック・ジャガーがセクシーに映ります。もちろん、デ・ニーロやミックはしっかり体調管理しているでしょうし、重ねてきたキャリアのぶん演技やパフォーマンスにますます磨きをかけているのでしょう。ただ「もう若くない」年齢であることは一目瞭然です。どちらかといえば「加齢臭」寄り、むしろ「もう若くない」事実そのものが見る人をさらに引きつける要素になっているようにも思えます。

書き仕事だとデ・ニーロやミックのようにはいかないものなのでしょうか？

ここ数か月、正午さんから「若いとき満々にみなぎっていた自信が、近ごろとみに目減りして」とか、「自分で自分の書いた言葉の放つ加齢臭を認めて、それがどうした、オレはそういう作家なんだ、と平気でいられる図太さは僕にはありません」といった弱気なお言葉をうかがっています。正午さんにとって、自分で書いた言葉や文章のなかでの「加齢臭」は、あるよりもないほうがいいもの、のように思えます。

正午さん、そもそもそれはどうしてなんでしょう？　自分で書いた言葉に「加齢臭」が出てしまうと、なにか不都合でもあるのでしょうか？　若い読者に敬遠されるかもしれない、そういった配慮ですか？

「自信のない正午さんにもこれなら回答できそうだ、みたいな質問、アプローチを変えた質問」になっていればいい、と思って今回は書きました。正午さん、この質問も「回避」ですか？

189
佐藤
2018/08/22
12:33

件名：日記ふう（かな？）

暑いですね。
これを書き出したいま、
八月十三日、
正午を十一分まわったところです。
けさ九時に目がさめたとき仕事部屋の気温は33・8度まであがっていました。窓を閉め切った室内での冷房を効かせた生活、にはどうしてもなじめないので、この夏は朝も昼も夜も深夜も明け方も窓という窓、玄関以外の間仕切りのドアを開けっぱなしで風を通しながら暮らしています。それでも朝はこの気温です。日が昇り外は早くもかんかん照り、蟬《せみ》がうるさく鳴き、窓を通るはずの風はぴたりと止んでいます。
もともと寝室を兼ねた仕事部屋にはエアコンがありません。
夜は、寝る前に隣のリビングの壁に取り付けてあるエアコンを「ドライ」に設定して働かせて、だいたい32度付近で安定している気温を30度台まで持っていったところでエアコンを切り、ベッドに入って休みます。ときには団扇《うちわ》を使いながら寝ます。YouTubeの動画を見ているうちに寝落ちすることもあります。

朝はTシャツが濡れるほど汗かいて目覚めます。

今日はこのメールを書き出す日なので、一時間ほど前から、仕事部屋の窓だけは閉めて、リビングのエアコンを「冷房・27度」に設定して動かしています。隣から流れてきた冷気がだんだんに溜まって、いま見たら寒暖計は30・8度を示しています。

いま、というのは八月十三日、午後一時一分前のことです。時刻はiMac画面上の時計で確認しました。つまり、暑いですね、と書き出してからここまで、およそ四十八分かかって書いた計算になります。

今日は初日なのでここまでにして、明日、四十八分ぶんの文章を推敲するところから再開します。

八月十四日。

いま午前十一時四十三分、きのう書いたところを読み直して、書き直して、推敲ですね、それから続きを書こうとして、寒暖計を見ると、室内の気温は30・8度です。きのうと同じです。30・8度ならとくに不都合感じません。快適な気温です。30度を超える気温が快適、と言うともしかして異論のあるかたが（とくに暑がりのかたが）おられるかもしれませんが、これはあくまでわが家の寒暖計が指し示す30・8度を、Tシャツに短パンで仕事机に向かっているこの僕が体感する快適さです。一般推奨ではなく、個人のこだわりの快適温度です。寒暖計はアマゾンで買った日本のメーカー品です。

実はもうすこし室温高くてもいけるかな、とも感じますが、僕はいけたとしても、iMacのほうがいけるかどうか心配なんです。ただでさえ使用中のパソコンは発熱しますからね。ほんとは夏場に窓を閉め切って仕事するのは気持ち悪くてストレスになります。けど大事なパソコンをいたわるため、仕方なく、しぶしぶ冷房効かせていまず。窓を開けるとたちまち室温は33度を超えてしまうでしょう。その環境で仕事するとパソコンは発火寸前の高熱を発するでしょう、やがて白煙すら立ち昇るでしょう、イメージとして。それを怖れるんです。ものを書く人間にとって命の次に大事なのはパソコンですからね。命、パソコンと来て、次がお金、かスマホで、その次が、家族とか、友人とか、あと編集者とかですからね。もちろんこの順番に異論のあるかたは（たくさん）おられると思いますが。

さて、そろそろ質問に答えていきましょうか。

と書いたのが、午後一時ちょうどです。

つまりここまで書くのに一時間と十七分かかったわけです。

なんか窓を閉め切った仕事部屋にこもっていると、煙草一本吸うごとに空気が濁り、どんよりした気分になります。

集中力きれました。

この続きは明日、今日のぶんを推敲したあとに。


八月十五日。

十三日と十四日に書いたぶんの読み直し、書き直しが終わりました。いま十一時三十七分です。これで十三日のぶんは二回推敲したことになりますが、そういう場合もあります。推敲は前日書いたぶんのみとは限りません。書きたまった原稿の量によって融通をきかせます。気分にもよります。

いま仕事場の気温は30・7度です。

おとといきのうとほぼ同じですね。

でも今朝起きたときは31・8度でした。台風15号の影響で（だろうと思うのですが）外は雨でした。いまもしとしと降り続いています。台風がもたらす雨、とはとても思えないほど静かな降り方の雨です。とくに強い風も吹いていません。

ゆうべ見たニュースでは、台風15号が宮崎県にと書きかけたところで、窓の外、町内放送用の拡声器からサイレンの音が聞こえてきました。音はしだいに高まり、一定の高さで長く続きました。鳴りはじめたときは近所で火事かとどきっとしたのですが、途中で、そうだきょうは「終戦の日」なんだと気づきました。時刻は正午でした。町内の住民に「黙禱《もくとう》」をうながす意味でのサイレンなんでしょう。そういえば毎年、八月十五日のこの時刻、机にむかって仕事しながら鳴り響くサイレンを聞いているような気がします。

ゆうべ見たニュースでは、台風15号が宮崎県に上陸して九州を北上すると予測されていたので、用心のため、ふだん全開の窓を半開で妥協して、雨風が強くなったら飛び起きて閉めてまわるつもりでいたのですが、その必要はありませんでした。きのうより2度も気温が低く寝苦しさがやわらいだせいか朝は三十分も遅く目がさめて、いつものルーティーンをこなしてから――朝刊のドラえもんクイズを解くとか、カフェオレを作るとか、窓から道行く人や車を眺めるとかです――エアコンを冷房ではなく「ドライ」運転で室温を30度台に保つよう調整して、仕事にとりかかりました。台風15号がその後どのような進路で現在どこを進んでいるのかは、朝からテレビつけたりスマホいじったりする習慣がないので、まだ知りません。

ではそろそろ、質問に答えていきましょうか。

と書いてみて、いま、時刻は午後一時二分前、サイレンを聞いてから五十八分後、アメスピ一本吸いながら、はて質問ていったいどんな質問だったっけ？　と東根さんのメール内容をすっかり忘れていることに気づきました。

忘れるといえばね、八月十三日にこの返信を書き出すまで、三週間ほど、必要がないので iMac の電源を落としていました。もう一台 MacBook もありますが、そっちも「システム終了」にしたまま手を触れませんでした。どこに置いたかも忘れていました。ま、体裁よくいえば夏休みですね、三週間の。実情は、急ぎの仕事がなくて毎日ブラブラしてたんですけど。

いや、ブラブラしてたとか言うと、次に書く予定の長編小説の担当者が気を悪くするかもしれません。ブラブラって、傍目《はため》には、いったいあのひと毎日なにやってんの？　いい年して、夕方になるとヒゲヅラでそのへん散歩してるけど、スマホ持って、みたいな、無為徒食の、爺《じじ》むさいグータラにしか見えないだろうから、一応その点は認めて、卑下してそう言ってみただけで、本音は、ブラブラしとっても爺むさくてもな、頭はちゃーんと小説のほう向いとるわ、ただ、その小説はまだキーボード使うて（身い削って）書く段階ではねーからよ——書くとすりゃ、手書きのメモ増やすくりゃーでよ——パソコンの電源入れとく必要ありゃせんのじゃ（どこの方言だよ？）、と言い訳しておきます。メールじゃいうてもほんなもん迷惑メールしか来んしの。で八月十二日の夜中に『きらら』の担当者から、東根さんの質問メールが届いてるはずです、迷惑メールと一緒に削除しないでくださいねとスマホに連絡があり、十三日の朝、ひさびさにiMacをコンセントにつなぎました。キーボードとマウスに被《かぶ》せてあった埃《ほこり》よけのカバーを取り払って、電源を入れて、二百も三百も溜まっていた迷惑メールを一気に削除して、一通だけ、佐藤正午あてに届いていた東根さんの質問メールを読みました。

それから返信を書き出そうとして、キーボードのホームポジションに指を揃えながらふと頭をよぎったのは、いまの自分にタイピングができるのか？　という心配です。なにしろ三週間の空白がありますから。無為徒食の爺むさい三週間て——過ごしてみないとわからないかもしれませんが——ものを書くひとにとってはけっこう長いブランクなんです。どの指で、どのキーを押して、何の文字を入力していたのか、三週間まえにはふつうにできたことがいまや信じ難いし、頭の中がスカスカで、文字入力に必要な記憶がぜんぶ飛んでいる、そんな気がして途方に暮れる、もう指の運びも忘れてしまってるかもしれない、ということは一文字も書けないかもしれない！　とパニックに襲われかけるくらいの長いブランクです。

でもキーボードに指を置いてみると不安は消えました。

頭の中がスカスカって、まあ三週間の夏休みぼけを考慮に入れても入れなくても、それは言えてるかもしれません。でもキーボードのタイピングの記憶は、そもそも、頭に詰めこんだ知識とは別物ですね。たとえばズイズイズッコロバシとか、セッセッセーノヨイヨイとか、どっちも何のことかわからなければいっそじゃんけんでチヨキを出すとか、そういう、どういえばいいんでしょう、記憶の発動というより、手を使った遊びの、遊び慣れた感覚の、感覚まかせ、みたいなものですかね。ひさしぶりだからじゃんけんの仕方忘れてしまったよというひとはあまりいないでしょう。それと同じで、「あ」と入力するためにAのキーを左手小指で押す、とかいちいち思い出さなくても「あ」と書きたいときはその指が動いてそのキーを押す、というわけです。

キーボードの打ち方、三週間のブランクにもかかわらず、ぜんぜん忘れてはいませんでした。東根さんの質問メールの内容はいちんちかふつかで忘れてしまったのに。

暑いですね、とこのメールを書き出したときから、指の運びにまかせて書くことができました。セッセッセーノヨイヨイ、っと。

八月十七日。

午前九時半に起きたときの室温31・9度。

いま、これを書いている午後〇時二十八分、エアコンは「ドライ」運転で30・5度。あいだの「八月十六日」が抜けているのは、仕事をさぼったわけではなくて、おといもきのうも、そして今朝も、ずっと「八月十五日」のぶんを書き続けていたからです。八月十五日は午後二時まで精を出してみたのですが、どうしても切りのよいところまで書き進められなかったので翌日に持ち越し、それでもけりがつかず今朝まで加筆──書き直したり、書き足したり、削ったり、推敲と同じ意味です──してたわけです。仕事を始める時間と、仕事に費やす時間は毎日だいたい同じでも、毎日そう都合良く切りのよいまとまった文章を書けるはずがありません。日記つけてるんじゃないんだから。東根さんも経験からわかるでしょう。というわけで、はじめは「日記ふう」としていたこのメールのタイトル、やっぱり無理があるようなので、さっき「日記」に変更しました。

午後一時です。

きょうはこのあと外出の予定があるのでここまでにします。

八月十八日。

午前十時十分まえ起床、室温31・6度。

十一時仕事開始。エアコンの設定「ドライ」、前日と前々日に加筆した部分にさらに加筆。

現在午後〇時三十四分、室温29・9度。Tシャツに短パンのいつもの恰好《かっこう》に加え、長袖の綿のトレーナーをエプロンぽく着用しています（ミゴロの部分を前に垂らして、両袖を腰のうしろで結び合わせて）、おなかを冷やさないように。

東根さんの質問、思い出しました。加齢臭の件でしたね。

と書いて、我慢できなくなったので隣のリビングに行ってエアコン切ってきました。それと仕事部屋の窓も開けました。室温が30度より下がるとさすがに寒さを感じます、僕の体感では。

トレーナーのエプロンはまだ掛けています。

加齢臭って、そりゃあるよりないほうがいいに決まってるでしょう。臭ですからね、くさい、と書くときに使う漢字の臭、臭い飯を食う、の臭。くさいのは誰だって避けたいでしょう。

避けたいのに、におってしまう。それが加齢臭の宿命なんでしょうが、じつは僕、自分の身体が加齢臭を放っているのかどうか知りません。加齢臭がどのような種類のにおいなのかも知りません。ふだん若いひとや子供と会う機会がないので加齢臭を指摘された経験もないし、自分の鼻で自分の加齢臭を感じたこともありません。でも一般に、ある年齢に達するとひとはみな加齢臭を放ちはじめるのだとすれば、僕も例外ではないと思います。例外だと思う理由がどこにもないので、おそらく、におってるんでしょう、自分では気づかないだけで。

ここまではいわゆる加齢臭、ひとの生理に関する話ですが、これを比喩的な加齢臭、ひとが書く文章の話にあてはめると、ポイントが見えてきます。

自分では気づかないということ。

言葉が加齢臭を放つと何か不都合でもあるのか？　と東根さんは訊ねているわけですが、不都合でも好都合でも、加齢臭が年をとった人間にとって避けられないものなら、仕方ありませんね、受け容れるしかありません。

ただ、自分で気づかないのは、不都合です。

自分の書いたものが加齢臭のせいで若い読者に敬遠される、仮にそういう状況があったとして、それも確かに不都合、というか不幸ですが、もっと不幸だと思うのは、自分の書いたものが加齢臭のせいで若い読者に敬遠されていることを自分が知らない、という状況でしょう。

自覚があれば、救いもあります。敬遠上等だ、わかってて書いてるんだ、わかってるけどこうしか書けないんだ、こうなったらもう匂いフェチの読者だけ喜んでくれればいいと、虚勢を張ることもできます。できるような気がします。ただの世を拗ねた作家になるような気もしますが。

でも自覚がなければ、どうなりますか。

……どうなるんでしょう、ちょっと、何がどうなるのか、具体的に思いつきません。何がどうなるかより、ひょっとして、僕の現状がそうなのか？　そうなのか⁉　と疑惑がわいて、うろたえたりもします。

いったん落ち着きましょう。アメスピ一本吸います。

ここは比喩としての加齢臭について語っているわけです。で、もともと加齢臭って、当人の自覚を欠いているもの、ですからね。自分の鼻では嗅ぎ取れないものが加齢臭だ、と定義すれば、「自覚があれば、救いもあります」とか、比喩的に言ってみることじたい無意味なのかもしれません。ひとはみな自覚のないまま読者に敬遠される臭い文章を書いてしまうのかもしれません。……いや、でも、やっぱり加齢臭を放つ文章にしても「どや文」にしても、ひとが、自覚のないままそれを書いてしまうなんてことがあり得るんでしょうか。自分じしんを含めてものごとを客観的に、多面的に見ているはずの、もの書きと呼ばれるひとが。

ね？

自分では気づかないということ、そこ（らへん）に文章における（比喩的な）加齢臭問題のポイントがありそうなのはうすうすわかるのですが、東根さんの質問への回答としてうまくまとめることができません。じつはいま、八月二十二日です。抜けている三日間は仕事をさぼったのではなく、ここまで書いた文章にずっと加筆作業を続けていました。単語を別の単語（ほぼほぼ同義語）に置き換えたり、語尾を変えたり、文を書き足したり、書いた文を消去してみたり。ここに来て、もはや「日記ふう」の体裁もくずれてしまったので、タイトルは最終的に「日記ふう（かな？）」に変更し、もうこれ以上加筆できない（と判断した）このメールいまから送信します。

190
東根
2018/09/13
17:55

件名：こっそりじゃ済まなくなりました

自分にはきっとできるはず、なんとか乗り越えられるだろう、と思っていたことが、不意に諦めざるをえなくなる——そういうことって、正午さんにもありますか？

二〇〇九年の夏から、途中『鳩の撃退法』の連載で三年間のお休みもありましたけど、私は正午さんにメールを送りつづけてきました。ああもう書けない！　と真っ白なパソコンの画面の前で途方に暮れたこともたくさんありました。それでも、どうにかこうにか、時には正午さんの「血が通わない人間になる」というかの体験談も参考にして、気づけばメールの文面を自分なりに仕上げて送信してきました。

そんな調子で、このインタビューの仕事はつづけていけると思っていたんです。きっとできるはず、たとえこんな状況になっても、なんとか乗り越えられるだろう、と。ですから、ここから書くことは、ほんとうはこっそり済ませておきたかったことなんです。甘かったです、こっそりじゃ済まなくなりました。ほかの仕事でそうしたように、担当編集者に相談しようかとも思いましたけど、やめました。この連載の聞き手としては、まず正午さんにお伝えするべきではないかと考えたからです、私の独断です（編集を担当するOさん、勝手なことをしてすみません）。

正午さんは、産院て行ったことありますか？

唐突ですが、私、先週まで入院していました。大事をとって二か月ちかく産院でじっとしていました。前回のメールを書いたのも、前回とその前の月に編集者からメールで届いたゲラのPDFファイルを確認したのも、産院のベッドの上でした。入浴はできません。シャワーを浴びたのが、だいたい週一のペースだったので、もしかしたら前回のメールはいつも以上に〝東根臭〟がしたかもしれませんね。

六月末くらいから、つわりがひどくなって、その後おなかが張るような痛みと出血がありました。しばらく我慢していたんですけど、何度もトイレに駆け込みながら夏目漱石の『こころ』を読んでいた頃にはもう限界で、正午さんにメールを送った翌朝(七月十二日)、かかりつけの産院に行きました。そして先生に叱られました。ベテランの先生です。たとえとして適切かわかりませんが、ミック・ジャガーみたいな顔をした女医です。そのジャガー先生が口にした言葉で、私は血の気が引きました。だって正午さん、切迫流産、なんて、この文字面だけ見てもびびりませんか?

絶対安静、を宣告された私は、その日から入院することになりました。退院がいつになるかは未定、先生からは「歩くのもトイレに行くときぐらいにしなさい」ときつく言われました。そのときの私には、取材などの仕事もまだいくつか残っていて、病室からそれぞれの担当者にスマホでお詫びの連絡を入れました。かかりつけの産院はWi-Fi 環境がばつぐんなんです。パソコンさえあればまた質問メールも書いて送れます。だからそのときも、私の妊娠や入院の事実を正午さんにはずっと内緒にしたまま、この連載だけはいままでどおりつづけられると思っていました。

入院してしばらくは退屈でした。絶対安静ですし、左腕からは点滴の管がのびていて、なんとなく気も滅入ります。私の人生これからどうなっちゃうんだろうとか、普段はあまり考えないことまで考えてしまいます。でも退屈しながらも、朝夕に体温や血圧を測りにくる若い看護師さんと世間話をしたり、入院を機にジャガー先生からバトンタッチで担当していただいている院長先生の内診を一日おきに受けているうち、ゆったりとした入院生活に自分が馴染んでいくような感覚もありました。ちなみに院長先生はロバート・デ・ニーロのようなやさしい笑顔の男性です。

入院から一週間後、二人部屋の病室に移ってからは同室になった患者の方々とも少し話しました。お産で入院してくる人はもちろん、私と同じ症状の患者もいました。そういえば、私がベッドの上でノートパソコンのキーボードをせっせと叩いていたら、隣のベッドの方に本気で呆れられたこともありましたっけ。絶対安静が解かれてからは、新生児室を廊下から覗かせてもらったり、4Dエコーと呼ばれる検査でおなかのなかにいる胎児のようすを動画で確認したりもしました。正午さん、DVDに録画してもらっているので、よろしければご覧になりますか？　すごいですよ、これ。

そんな入院生活を送るうちに、私はもっとしっかり出産に向き合っていかなければいけないな、という強い気持ちも芽生えてきました。「どや文」ぽく書けば、いまこの小さな命を守れるのは私だけ――みたいな感じでしょうか（恥ずかしい……）。

先週退院して、自宅安静ながら今月もこうして、私（現在二十二週目、標準計算の予定日は一月半ば）はメールを少しずつ書き継いでいます。けれども、デ・ニーロ院長は「この先も予断を許さない」と言います。正午さん、もうここまで書いてしまっているので、詳細かつ簡潔にいきますね。デ・ニーロ院長が「予断を許さない」と言う理由（あくまで私の場合）です。一、アラフォーである私は、高齢出産の部類に入ること。二、安定期に入ってから私の血圧がかなり上がっていること。三、初産であること。四、おなかのなかで育つ命が二つであること。

私の体調しだいでは今後「管理入院」になる可能性もあるらしく、さらに、ふたごの出産の場合、早産になるリスクも高いようで、いつこの状況が——正午さんへのメールを書いたり、正午さんからの返信を読んでくすくす笑ったりできるこの状況が——急変するか「予断を許さない」とのことなのです。

それから、これは入院しているあいだ冷静になって考えたことですが、仮にぶじ出産を終えたところで、そのあとの私には育児という未知の業務が待っています。パートナーの職種を考えると、私一人で育児をこなす、いわゆるワンオペ育児になることは間違いありません。しかも赤ちゃん一人ならまだしも、相手は二人です。実家の母親に泣きつく手も思い浮かびましたけど、つきっきりで孫の面倒を見てもらえるほど母の体調はいま芳しくありません。父は最初からあてになりません。そんな状況下で、不器用な私が書き仕事をコンスタントにつづけられるのか、母子手帳を二冊携えたまま今後も「血が通わない人間になる」ことができるのか、いまの私はその信頼に値しません。正午さん、「おめでた」って明るい気持ちにばかりなれないものなんですね。

身勝手なメールになっているのは、わかっています。こんなことなら、こっそり済ませちゃおう、なんていう悪だくみしないで、『きらら』の担当者にも最初から相談すべきだったと猛省しています。ご迷惑をおかけして申し訳ございません。

正午さん、自分としてもたいへん残念な思いもあるのですが、私に産休と育休をいただけないでしょうか？　このメールを送信したあと、『きらら』の担当者にも連絡します。私の責任で連載が中断する、なんてことになったら〝正午派〟の読者のみなさまに一生うらまれますからね。担当者と相談して、すぐに新しいインタビューアーが見つからないようでしたら、編集部の判断と私の状況にもよりますが、来月も私がメールを書かせていただきたいと考えています。

最後に、正午さんに個人的なお願いが三つあります。

一つめは私から言うまでもないことかもしれませんが、正午さん、今回の返信もいつもの調子で容赦なくお願いします。長いおつきあいですから、どんなことを言われてもおなかに影響はないはずです。間違っても「元気な赤ちゃんを産んでください」みたいな言葉はやめてください。そっちのほうがむしろ怖いです。

二つめは、正午さんにちょっと考えていただきたいことがあります。もし正午さんがこの先書かれる作品のなかに、ふたごの女の子が登場するとしたら、それぞれ名前は何てつけますか？　どうしてその名前なのかも教えてください。参考までです。
　三つめのお願いは、正午さんの趣味（？）とも関係しています。入院期間中あまりに時間を持て余し、ポケモンGOをスマホにインストールしました。いまレベル17です。正午さんのように散歩しながらポケモンを探すことはできませんが、つかまえたポケモンの数は221になりました。ただ、私には「フレンド」が一人もいません。正午さん、もしよろしければ私と「フレンド」になってもらえませんか？　私のトレーナーコードは「8878××××××××」です。今回の返信メールとともに、正午さんからフレンド申請が届くのも楽しみにお待ちしています。

191
佐藤
2018/09/21
12:13

件名：続けることの難しさについて

産休と育休？
なんですかこれは？
こんなメール読まされて僕はどうすればいいんですか。
どうすればいいんですかって、今後どうすればいいんですかって意味じゃないですよ、今後のことはどうにでもなります、代わりのインタビューアーなら東根さんじゃなくてもいくらでもいるでしょうから。……ま、そんなこと言えば代わりのインタビューイーだって佐藤正午じゃなくてもいくらでもいるでしょうが、インタビューイーって一回言ってみたかったので言えてよかったですが、とにかく今後のことはいまは置いといて、今月です、今月のこのメールを僕はどう書けばいいんですか。

そもそもこのロングインタビューは、質問と回答のメールのやりとりで成り立っているわけです。

東根さんの今回のメールからあえて質問として読み取れる文を拾うと、ここですね、――もし正午さんがこの先書かれる作品のなかに、ふたごの女の子が登場するとしたら、それぞれ名前は何てつけますか？

この愚問に僕が答えるんですか。

じゃ答えたとしましょう。

とりあえず、あくまでとりあえずで、いま思いついただけの答えですけど、

「いしこ」

と、

「まちこ」

そう答えたとします。あるいは、もう一例、

「みゆき」

と、

「ゆきみ」

と答えたとします。


で？


それからどうします。

ふたごの名前に続けて僕はなにを書けばいいですか。

……書くとすれば、その名前を思いついた経緯ですかね？

なるほど、その手はあるかもしれません。

最初に思いついた「いしこ」と「まちこ」というのは、こないだ読んだ夏目漱石の新潮文庫『文鳥・夢十夜』のなかの「思い出す事など」からの連想で、あとのほうの「みゆき」と「ゆきみ」は僕の父方の従姉妹《いとこ》の名前を拝借しました。

となると、前者の答えを採用して「いしこ」「まちこ」推しでいけばとうぜん、夏目漱石の入院日記ふう随筆「思い出す事など」を取り上げて、ああだこうだ読後感想を書くことになり、後者の「みゆき」「ゆきみ」推しならこれもまたおのずと、大昔の、子供のころに年上の従姉妹たちに遊んでもらった思い出などを書くことになります。それで枚数をかせいで、今月の返信はなんとか恰好がつくことになります。

じゃそれでいきますか。

夏目漱石の胃病の話と、従姉妹にジェームズ・コバーンの映画に連れていってもらった話とどっちがいいでしょうか。

どっちもどっちか。

なら考え直して、もう一例、ふたごの名前を、

「いな」

と、

「だく」

とする案はどうでしょう？

漢字で書けば「否」と「諾」です。

諾否という言葉があって、諾否を問う、と用例が辞書には載っているので、「否」は「ひ」と読むべきなのかもしれませんが、ここは人名ですから、平仮名二文字のほうが一文字よりも名前っぽいような気がします。いなとだく。ぐりとぐら、みたいでそのほうが良くないですか。

これは先日、あるところから原稿依頼の郵便が届いて、封筒の中に見本の雑誌と、

原稿執筆に応じる／応じないを知らせるための返信用葉書が入っていたんですね。その葉書に「諾」と「否」の文字が印刷してあって、どっちか好きなほうに○をしてポストに入れてください、というわけです。

これね、送ってきた側は、どういうつもりなのかわかりませんが——原稿を依頼されたひとの心の負担を少しでも軽くする意図があって、つまり「否」と口では言えない、気の弱いひともペンで○をつけるくらいならできるでしょう？　みたいな配慮から、そういう葉書を同封しているのかもしれませんが——受け取った側は、ストレスを感じます。ほかのひとはどう感じるか知りませんが、僕は見たとたんにストレスを感じました。

例えるならこうです。まったく知らないひと、縁もゆかりもないひとから、どうやって住所を調べたのかいきなり郵便が届いたとして、その文面にある指示どおり、諾か否かに○をつけて、同封の葉書を返送するひとがいるでしょうか。気持ち悪いでしょう。いるはずないですよね？　ではそれと同じでなぜ、僕がそのまったく知らない雑誌の編集部に、同封の葉書を返信しなければならないのでしょう？　郵便を送ってきた見知らぬ相手の、勝手な指図に、なぜ従わなければならないのでしょう？

これと関連して思い出したのですが、先日あるところから、故人を「しのぶ会」への出席／欠席を問う郵便が届きました。故人というのは、作家です。やはり返信用の

葉書が同封されていて、この場合は、

「ご出席」

と、

「ご欠席」

が並記されていました。どちらかに○印をつけるか、それとも仮に出席の意志があるなら「ご出席」の「ご」と「ご欠席」を二本の縦線で見せ消ちにして返送しろというのでしょう、結婚披露宴の招待状でおなじみのやつですね。

この葉書を見たときも僕はストレスを感じました。

なぜなら第一に、その「しのぶ会」でしのばれるべき故人と、僕は一面識もなかったからです。生前お会いしたこともなければ、道ですれ違ったことすらない、あと、そのひとの本を手にしたことすらないんです。どうやって、しのぶの？

故人だっておまえにしのばれたくはないと思うでしょう。

ところがなぜか、ある日郵便が届いて、「しのぶ会」への出席／欠席を問われる。しかも同封の葉書で返事をしろと迫られる。これはほとんど嫌がらせにも思えました。さきほどの原稿依頼よりもさらに大きなストレスを抱えることになりました。

でもまあ、これは単なるまちがいかもしれませんね。何らかの手違いで、故人とは無関係である僕の住所氏名が「しのぶ会」案内状の送付先リストに紛れ込んだのかもしれません。そう考えることにしましょう。

でもこうも考えられます。返信用葉書を見たときストレスを感じる理由の第二に、それを僕に送ってきたひとの顔が見えない、ということがある。差出人が、たとえば「事務局」とか「委員会」とかではなく、僕が知っている一個人であれば、そもそも、単なるまちがいや、何らかの手違いなど起きない道理でしょう。団体なんですね、団体として僕みたいな個人に手紙を送りつけてくるから、個人対個人では起き得ないまちがいが起きるんだと思います。そして僕は集団の圧、っぽいストレスを感じることになります。

集団の圧と関連してまた思い出したのですが、今年の春先、佐世保の居酒屋で、ある編集者とふたりで食事しました。相手は三月いっぱいで出版社を辞めることが決まっているひとだったので、お互いに若かった頃、最初の出会いの思い出などをぽつりぽつり語り合っていました。すると隣の座敷で団体客が騒ぎはじめました。隣といっても廊下を隔てた隣で、こっちもあっちも目隠しの暖簾《のれん》で部屋が仕切られているので姿は見えません。声はよく通ります。喧嘩でも始まったのかと思うくらいの大声です。でも喧嘩じゃないのはしばしば笑い声が爆発するのでわかります。男性も女性も、豪快、といえばいえる、高笑いです。悲鳴、に近い、キーの高い声で笑う女性もいます。いつのまにか団体客に店ごと乗っ取られたような感じで、編集者は僕の話し声を、僕は編集者の話し声を聞き取れない状態にまでなったので、だまって食べたり飲んだりするしかありませんでした。

知性のかけらも感じられない大声ですね、とふと思いついて編集者の同意を求めたのですが、向かい合った相手は聞き取れなかったらしく、はあ？　という顔になったので、僕は二度は繰り返しませんでした。知性のかけらも感じられないとか、おうおうにしてそういう批評は自分に跳ね返ってくるものなので、伝わらなくてよかったと思います。

一時間ほどじっと我慢していると、団体客は引き揚げました。

そのあと店の大将が様子を見にやってきてこう言いました。

「すいませんね、やかましかったでしょう？」

「どこのひとたち？」と僕は訊きました。「抗争に勝った暴力団の宴会みたいだったけど」

大将は苦笑いして、ごくありふれた、まっとうな職種を口にしました。

「そうなんだ？」

「はい。でも、みんなあんなもんですよ、職業は関係ないです、一人二人のときはふつうに飲んでるひとでも、大勢で集まるとみんなああなります」

「そういうもの？」

「そういうものですよ。ひとが集まると、部屋も広くなるしテーブルも長くなるし、端から端に話しかけようとしたら大声じゃないと届かないでしょう、酒が入ると自然にああなるんですよ、みんな」

「僕でも？」

「え？」

「僕も大勢にまじるとああなる？」

「正午さんでもなると思いますよ」

「……ああそう、そういうもの」

「そういうものです」

そのときはそれで終わって、編集者との懇談に戻りました。

でもいまは、そういうものではないかも、と疑っています。

これは僕にかぎった話ではなく、そういうものではない、ひとが世の中にはいるだろう、と考えています。

それがどういうひとかというと、まず、そういうひとは大勢が集まる場所には近寄らないし呼ばれもしないと思いますが、何かの間違いでそこにいたとして、酒にも雰囲気にも酔えないひとです。さめているひとです。酔ったひとたちに気後れするひとです。演説よりも、対話を好むひとです。ちいさな声で喋り、よく聞き返されるひとです。馬みたいに大口あけて笑わないひとです。そのせいでユーモアを解さないと見なされるひとです。自分がまじっている集団の言動を、目隠しの暖簾のむこうのひとが、どう感じているか臆病に気にするひとです。大勢でいることの、居心地の悪さを感じるひとです。イライラするひとです。早く抜けて帰りたいなと思うひとです。なんでおまえはしらふなんだよ？　と突然なじられるひとです。……別にこれは僕自身の体験ではなくて、世の中にはそういうひとも少なからずいるだろう、そしてそういうひとは、居酒屋の大将の意見は意見として、やっぱり、そういうもの、とばかりも言い切れない、例外はある、自分はちがう気がする、そう思うのではないだろうか、という推測です。

この流れにのって僕自身、どういうひとかという話をすれば、前にもいちど触れたことがあるのですが（✉099）、そこで書いているとおり、基本、しらけたひとです。僕には、基本しらけたひとである自分が、大声あげて、唾をとばして喋っている場面をどうしても想像できません。仮に大勢で集まったとしても、酒が入ったとしても、周りが全員喉をからして喋っていたとしても、僕は同調しない気がします。したふりはするかもしれません。でもたぶん隠れてスマホでもいじっていると思います。ポケストップを回すとか、お香をたいてポケモンを捕まえるとか。お、ポッポかと思ったらメタモンじゃん、「驚異的で芸術的」なやつじゃん、とかね。

で？

この先はありません。

予定していた原稿枚数がだいたい埋まったので、ここで唐突におしまいです。

今回東根さんのメールに書かれていることがすべて事実なら——ミック・ジャガー似の女医さんのくだりなどが、ＴＭＩ（参照『鳩の撃退法・下』）というか、僕には嘘っぽく読めたのですが——東根さんとのメールのやりとりはこれが最後で、これっきりのご縁になるのかもしれません。

そうなったとしても、特別の感慨はわかないと思います。また仮に、インタビュアーの代わりが見つからず、この機会にロングインタビューの連載終了を編集部から提案されても、僕はさほど動揺もしないと思います。ひとと出会ったり別れたりは長い人生につきものですしね、作家人生においても同様に、さまざまの始まりと終わりを繰り返し経験しながらこれまでやってきました。いまさら誰が来て誰が去ろうと心が乱れることもありません。

では、そんなこんなで、東根さんとはお別れです。

おからだ大切に。

なおポケモンGOのフレンド申請については、僕はこのゲームをわいわいみんなでやりたいんじゃなくてできるだけ独りでやりたいんで、拒否します。それとあと、このメールのタイトルは内容とまったくそぐわないものになっていますが、直さずにおきます。最初タイトルに沿って書き出してみたところ、年寄りの人生訓みたいな文章になりかけたので、途中でしらけてしまって方向転換したという痕跡です。

192
オオキ
2018/10/12
19:05

件名：編集部オオキです

まず業務連絡から。

佐世保競輪開設68周年記念のポスターの件です。広告代理店の方が、正午さんのお返事を喜ばれていました。「バンクリニューアル一発目の素晴らしい記念ポスターになりそうです！」とのことです。

オオキからは、引用元として記されていた『side B』のあとに、小学館文庫、のクレジットを入れてほしいとお願いしました。全国の競輪場でポスターを目に留めて、ほお、おもろそうな本やな、佐藤正午なんて名前は知らんけど、ああ文庫ね、ごひゃくえんくらいやろ文庫本って、帰りに駅前の本屋でものぞいてみよか最終レース当たったら……なーんて思ってくださる競輪ファンもどこかに、もしかして、あわよくば、いるかもしれません。どうか最終レースが的中しますように、そして駅前の書店に『side B』が置いてありますように、とオオキは編集部の机で手を合わせて祈ります。

正午さんには、先週ポスター案をご確認いただきましたが、このあと「最終確認」もあるそうです。ご覧になりますか？　ポスターが刷りあがるまでのおたのしみにしときますか？　こっちで確認の返事して進めてもらっちゃってもいいスか？

こんな調子で書き出してますけど、正午さん、大丈夫ですかねコレ、編集長にまた睨まれませんかね。まあ、オオキが睨まれるのは別にどうだっていいスね。

このたびは、東根さんの産休でお騒がせしました。

本当のパパはオレ、みたいな、津田伸一が喜びそうなオチもこの話にはありません。オオキがここに駆り出されるまでの経緯は、先々週でんわでお伝えしたとおりです。

そういえば、あのでんわの後、やさしい編集長は「佐藤さんには、また小説も連載してほしい」と言っていました。こういうとき、何て答えるのが正解なんでしょう？　でんわでは、「今週から野性時代の仕事にかかる」といったお話もうかがいました。つらそうな声に聞こえましたけど、順調に進んでいますか？　編集部に届いた『小説野性時代』11月号の〈次号予告〉にも、正午さんの名前がばっちり載ってましたよ。ああこれ以上執筆の邪魔しちゃいけない、小説の話題はこのくらいにしときます。版元がどこかとか抜きで、ぶじ脱稿されるよう、オオキはまた机で手を合わせます。

編集長の目が気になりますが、この話題で編集者登場初回は結びます。

先日の寛仁親王牌決勝はご覧になっていましたか？　ネット投票してたんでしょうか？　強かったっスねぇ、脇本。ＧＩの決勝であんな銀行レースですからね。年末のグランプリも近畿から４人乗りそうですし、もう毎年恒例の大勝負は、脇本を中心にレースのシナリオを組み立てるしかないんじゃないでしょうか？

193
佐藤
2018/10/24
13:33

件名：続・続けることの難しさについて

小説は書きあがりました。

年に一回のペースで連載している長編の三回目、オオキくんに電話でつらそうな声を聞かせたあと、先月末から二十日間、いちんちも休まず働いて、字数約２０００字で仕上がりました。これで三年かかって第三章まで進んだ、ということになる。

二十日間いちんちも休まず働いてって、さも大変そうに聞こえるかもしれないけど、聞こえるように書いてるんだけど、じっさい大変なんだよね。久しぶりにやってみてわかった。一般の会社に勤めているひとは、ていうか、たとえばオオキくんは、月火水木金と働いて土日休みを取るわけでしょう。金曜の仕事終わりには、明日は土曜だって解放感があるでしょう。ところが、いちんちも休まずの場合は、土日が消えて、月火水木金と働いたあくる日からまた平日の月曜が始まるわけだからね。たとえるならそういうことだから。

二十日間休まず働くってことは、その月火水木金が四度繰り返されるんだね。四度繰り返さないと、土日は来ない。繰り返してる途中で、もう今日が何曜日とか区別がつかなくなるし、もし昨日より字数の増えている原稿がなければ、昨日と今日との区別もつかなくなると思う。毎日一行でも、一段落でも書き進めないと明日が苦痛になる。前に戻って原稿の書き直しとかやってると、同じ日を何回もリプレイして、月火水木金が月月月火火火みたいなことになって土日がますます遠のいて、気持ちが挫《くじ》けかけたりもする。

ね、大変だよね、一年中、毎日まいにち小説書いているひとたちは。そういうひとがいるのかどうか知らないけど、いたら大変だと思うよ。挫けない強い気持ちと、休まず働く体力と、それから、自分がいま書いているのはいいものだという確信も、思い込みに過ぎないとしても、ないとやってけないだろうし。

ひとごとみたいに言うけどさ、オオキくんに教えられて『野性時代』十一月号の次号予告を見て、あ、ほんとだ、佐藤正午ってちゃんと名前が載ってるって、ちょっと晴れがましい気持ちになるくらいだから、ま、ひとごとと言えばひとごとだよね、年がら年中小説書いてるひとたちのことは。

自分のペンネームがほかの作家の名前と一緒に並んでる、それだけで晴れがましい気持ちになるとか、言ってもオオキくんは信じないだろうけど、それは嘘じゃなくて、なぜそういう気持ちになるのか、なぜ自分がそこまでうぶなのか、または、初々しさを保っていられるのか、どっちにしてもいい年こいて、と考えてみると、たぶん「作家」という肩書きに対する憧れがいまも僕にあるせいだと思う。いくつになっても、いまだに若いときの、作家志望だった時期の、憧れ気分が抜けていない。

いまだに若いときの作家志望だった時期の憧れ気分が抜けていないというのは、つまり自分が、現在もなお「志望」の域にとどまっていて、まだ「作家」側にたどり着けていない、てことだね。つきつめればそういうことになると思うんだ。自分が、自分の目に作家とは映っていない、ともいえる。

身近なひとに作家扱いされない、のには慣れてるし、もう少し範囲を広げて、佐世保市民に作家として認められていない、のにもこの三十数年、慣れっこになっている。

オオキくんも知ってるでしょう、ハトゲキの単行本出たとき、ふたりで佐世保の書店さん回ったよね？　あのときの、冷え冷えとしたおもてなし、書店員さんたちの、佐藤正午ってだーれ？　みたいな応対、おぼえてるよね？　いまさらだけどさ、ずっと佐世保で仕事してきた僕がこんなこと言うのもなんだけど、作家って、東京を本拠地にしているひと、で、しばしばメディアに取り上げられるひと、地方には講演会でたまに来るひと、みたいな根強いイメージがあるんだよね、地方住まいのひとにとっては。僕も地方住まいのひとの一人だからそのへんはよくわかる。というか、それが作家志望だった時期の僕の憧れ気分の正体だと思う。

だからそれでいくと、僕はいまだに作家にはなりきれていないことになるんだよ。ずっと佐世保に住んでるんだから、ずっと地方住まいの作家志望の域にとどまっている。

なんかさ、前から自分の気持ちを測りかねてたとこがあって、身近な人、親にとっては歯がゆい息子で、妻にとっては甲斐性なしの夫で、子供にとっては自慢できないお父さんで、あと市役所にとっては税金滞納者で、競輪場にとってはいいカモで、とかよくある話だし、その手の人間が、肉親や地域住民から作家扱いされない、何冊本を出してもろくに読んでもらえない、のはまあ、しょうがないかと納得できても、でもね、自分で自分を作家扱いしていない、僕が、僕じしんをどうしても作家として見られない、ということの理由がいまいち合点がいかなかった。

でもこういうことかもしれないね。

作家は常に東京にいて、地方にはたまに講演に来る有名人、そういう固定されたイメージに地方のひとが、じゃなくて僕じしんがいちばんとらわれていたのかもしれない。いまもしっかりとらわれているのかもしれない。そのせいで、東京で発行される雑誌の次号予告に佐藤正午の名前が載ったりすると、自分もにわかに有名人の仲間入りした気分になって晴れがましく感じるのかもしれない。

きっとそういうことだと思うよ。

つまり、僕はふだん佐世保で、作家というより、作家志望の青年みたいに自分を見なして暮らしているんだろうね。万年青年ていうかさ、いつの日か、東京で押しも押されもせぬ作家になって故郷に錦《にしき》を飾ってやるぞ、とかね。おれのこと舐《な》めてた家族や知人を見返してやるぞ、とか。ま、何でもいいけど。あと、いったい自分の年いくつだと思ってんだよ？　て話だけど。

いったい自分の年いくつだと思ってんだよ？　で思い出したことがあって、久しぶりの小説を書き出すまえ、夏だったかに担当の編集者が佐世保に来てくれて、いろいろと相談に乗ってもらったんだけど、そのとき小学校の入学式が話題になって、いまどきの入学式には新入生の父兄だけじゃなくて、お祖父ちゃんお祖母ちゃんまで出席するのがあたりまえで、式場には父方母方の祖父母のための専用席まで設置されるという話を聞いてびっくりした。しかもそのお祖父ちゃんお祖母ちゃんたちが、前もって孫のためにランドセルを買い与えるのが慣例になってて、なかにはブランドものの十万円もするランドセルを手に入れるために行列に並ぶお祖父ちゃんお祖母ちゃんもいるらしい。

「ほえ」と津田伸一みたいに呆れてその話聞いてたんだけどね、先月の末にいよいよ小説書きに取りかかって、小学校の入学式のシーンを書こうとしたときに、新入生のお祖父ちゃんお祖母ちゃんたちって、そもそも年齢はいくつくらいなんだろう？ と当然の疑問が出てきて、原稿書きの手をとめて、新入生を六歳として、その六歳の子を持つ親の、そのまた親だから……とだいたいで計算してみると、なんとまたびっくりなんだよね。オオキくんも計算してみるといいよ。新入生の祖父母は、若ければ五十代から、彼らの子供たちがどんなに晩婚でも七十代までがぎりの年齢層になるんだよ。てことはさ、六十代の僕はドンピシャじゃん？ 僕ら小学校の入学式に出る祖父母の中核を担う世代じゃん！

なんだよおい、小学校の入学式に出しゃばってるお祖父ちゃんお祖母ちゃんって、要するに僕の同級生たちなのか？ ブランドもののランドセル買うため行列つくってるのもそうなのか？　なにやってんだよ、みんな。

と僕は見たくないものを見たように思ったんだけど、これは、じゃあ訊くけど、そういうおまえはなにやってんだよ？　ポケモンＧＯか？　とかむこうはむこうで思うかもしれない。

だからそれよりも、僕が気になったのは、小学校の入学式の話を編集者としていた夏に、その話に出てくるお祖父ちゃんお祖母ちゃんに呆れていた僕は、いったい彼らをどのくらいの年齢層だと見なしていたのだろう？　それが疑問の1、そして疑問の2は、そのとき、いったい自分はいくつのつもりで話を聞いていたんだろう？　ということだった。

疑問1の答えはね、どうも僕は、お祖父ちゃんお祖母ちゃんという言葉から連想して、自分の親の世代をぼんやり思い浮かべていたような気がする。

で疑問2の答えはというと、わからない。

よくわからないんだよね。

一九五五年生まれで、今年が二〇一八年だから、どう計算しても僕の年齢は六十三歳で、それはもちろんわかってるんだけど、ふだん日常生活ではどうかといえば、朝起きたときから夜寝るまでいちんちじゅう、自分は六十三歳だ、六十三歳と何ヶ月何日目だとか年齢を意識してはいない。たぶんそんなひとはいないよね。日常生活のなかでふとしたはずみに、自分がいまいくつなのか忘れて行動してしまうときがある、のじゃなくてさ、逆に、あるときふとしたはずみに、自分はもう六十三歳なんだ、とあらためて意識する時間が訪れる。そっちのほうが自然でしょう。

じゃあその、あらためて意識する時間以外の、僕の年齢はどうなってるのか。ふだんの僕は自分がいくつだと思って生きてるんだろう?

昔読んだ本の中でヘミングウェイが、……たぶんヘミングウェイだったと思うんだけど、調べずに記憶で書いてるから、まあ、ある作家が、のほうがいいかもしれない、

ベッドの上ではひとはいつも同い年だ

と書いてて、それは男女のセックスについての意見で、男の視点からの言い分で、なるほどね、と若いときの僕は読んで思ったおぼえがある。ベッドの上では年齢なんて意識されない、そんなもの頭にはない、やることやってるときひとは、というか、男は、ある一定の年齢で止まったまま存在している、実際の年齢なんか関係ないよ、みたいな意味なのかな。

そういう意味だとしたら、作家が書いてることは嘘で、ベッドの上でもひとはいつか年齢を意識する、ときを迎える、と僕は経験からとっくの昔に知ってるんだけど、

まあその話は別として、ある作家が書いている一文は――彼だってきっと若いときにそれを書いたんだろうけど――あえてベッドの上に限定しないで、日常生活全般にひろげたほうが、いまの僕には受け入れやすい。

ふだん生活する上でひとはいつも同い年だ

そんな感じなんだよね、実際のところ。

実年齢とは別の、ある一定の年齢で止まったまま、僕はふだん暮らしている。そう言い切っていいと思う。ある一定の年齢っていくつなのかは謎なんだけど、とにかく小学校の新入生たちよりはずっと上で（あたりまえだ）、でもその新入生のお祖父ちゃんお祖母ちゃんたちよりはかなり下、くらいで止まってるんじゃないか。

止まっている。

止まっている年齢が、ある日、ゆっくりまた動きだす、のじゃなくて、一と飛びに、現在時点に連れて来られて、実年齢と、止まっていた年齢とのあいだのはるかに遠い距離が意識される。

こないだガルシア゠マルケスの小説読んでたらね、これはいま手元に本（新潮社『コレラの時代の愛』木村榮一訳）があるから、ガルシア゠マルケスで間違いないん

だけど、ともに七十過ぎの男女が唇をあわせてキスをする場面があって、その直後に、

フロレンティーノ・アリーサは身震いした。彼女が言っていたとおり、たしかに老いの酸化したような匂いがした。

と書かれていて、僕は何よりもまず、東根さんとのメールのやりとりで何度か話題にのぼっていた加齢臭を連想した。

この「老いの酸化したような」、なんだか酸っぱそうな感じの伝わる匂いと、加齢臭は同じなのか、別物なのか。引用文の「彼女が言っていたとおり」というのは、何ページか前でフロレンティーノ・アリーサが彼女の頰にキスしようとしたとき、自分は「お婆さんの臭いがする」からと彼女が顔をそむける場面があってそこを踏まえているんだけど、でもこのキスのあと部屋に戻りながらフロレンティーノ・アリーサは、彼女より「四歳年上なのだから自分も同じ匂いがしたにちがいない」と思うんだね。

漢字に注目すれば、彼女はお婆さんの「臭い」と言い、フロレンティーノ・アリーサは老いの酸化したような「匂い」が彼女からしたと言い、自分も同じ「匂い」がするにちがいないと思う、細かいことだけど使い分けが気になったので英語版（*Love in the Time of Cholera*, translated from the Spanish by Edith Grossman : Penguin Books）で

該当箇所を見比べてみると、二箇所は smell で、前者が I smell like an old woman、後者が she had the sour smell of old age、三つ目のところが the same odor となっている。本家のスペイン語版ではどうなってるのかわからないけど、英語訳でも日本語訳でも（漢字表記上）使い分けられているこの単語、においを表す言葉は、加齢臭と考えていいのだろうか。中年の加齢臭がさらに進行したもの、それが老人特有のもっと濃密なにおいなのか。

いちおうそういう疑問も――東根さんは『きらら』の今月号を読んでいるに違いないから、彼女を意識して――書いておいて、そのあとから僕が思うのは、ベッドの上ではひとはいつも同い年、と書く作家よりかは、そしてそう書かれていたのを読んで、なるほどそうかと納得した若い僕よりかは、ガルシア＝マルケスの小説に出てくる登場人物に近しさをおぼえるし、あとこの小説とはまったく関係のないことなんだけど、僕の立っている現在時点から、彼ら「老いの酸化したような匂い」を発する老人たちの年齢までもう、たったの十年、十年なんて、過去を振り返ればまたたくまじゃん！みたいな戦慄《せんりつ》の！　現実なんだ。さっき書いた、あるときふとしたはずみに、自分はもう六十三歳だ、とあらためて意識する時間が訪れるとはたぶんこういうときだね。

でもま、これはいささか虚構と現実を混同してるっぽいし、ふだんの僕は、ある一定の、謎の年齢でちゃらんぽらんに暮らしているわけだから――冒頭の話題に結びつければ、いまだに作家になりきれていない作家志望の、万年青年だから——そうしょっちゅう戦慄の！　現実のことなど考えない。考えてたらポケモンＧＯなんかできない。競輪だってね、「強かったっスねぇ、脇本」とかオオキくんに振られて、強かったねぇ、ほんと誰よりも強いね、東京オリンピックで金メダル取れるんじゃない？　とか付き合ってる場合じゃない。

インタビューアーの引き受け手がいなくて、オオキくんが毎月メール書くなら書くでいいけどさ、あんまり競輪推しでいくと、ふたりとも編集長に睨まれるどころか、このひとたち揃ってバカなんじゃない？　とか思われるよ。たとえ実質バカであっても、他人にバカと思われるのは癪じゃん、隠したいじゃん、おたがいに？　だからそのへんちょっと気をつけてよ。じゃ、今回はこのへんで。

194
オオキ
2018/11/11
23:59

件名：なにかにおいますね

手短に業務連絡を。くだんのポスターですが、添付ファイルのかたちで「最終確認」の返事をしておきました。おなじようなデザインでＱＵＯカードもつくるそうです。よくスピードチャンネルで視聴者プレゼントしてるアレですね。

　ところで正午さん、どうしちゃったんスか？　マルケスの英語版なんて！　いや、マルケスはいいんスけど、漢字の「使い分けが気になった」というのも正午さんの性格からしてよーくわかるんスけど、だからって英訳を確認しますかね？　だいたい、外国語で書かれている本を正午さんが持ってるっていうのも、ひっかかります。とことん日本語が専門の、自他ともに認める国語辞書ヲタクじゃありませんでしたっけ？　ヘミングウェイは原書でも読んだとか、やっぱトルストイはロシア語で読まないと話になんないよ、といった話を、これまで正午さんから聞いた覚えもありません。なにかにおいますね。『コレラの時代の愛』はけっこうなボリュームです。英語版で引用箇所を探すのに手こずりました。アレきっちり読んだんですか？　正午さんが英和辞典片手に？　英語版が手もとにあるのには、日本語訳での漢字の使い分け、とは別の理由があるんじゃないですか？　まさか内緒で翻訳の仕事をはじめるとか勘弁してくださいよ。

ポスター.pdf

今年八月、ポケモン交換しに（自腹で）佐世保を訪れたときのことです。憶えてますか？　体育文化館のとこの公園で赤いジムを攻めてたときのことを。いい年した男ふたりがスマホの画面を連打していたら、近くのベンチでお弁当食べてた女性から声をかけられましたよね。「あの……、小説家の佐藤正午さんですよね？」

あのときの正午さんのきまりが悪そうな表情と仕草といったら！

「佐世保市民に作家として認められていない」とか「身近なひとに作家扱いされない」とか、そういう事実もある一方で、正午さん自身にも、あんまり作家扱いされたくないなぁ、という思いが常々あるんじゃないですかね？

195
佐藤
2018/11/21
12:33

件名：胎動

そうだね、日本語訳の漢字の使い分けが気になったからって、英語の本わざわざ取り寄せて単語の確認したりはしないよね。オオキくんの言うとおりだと思うよ。じつは僕も、先月のメール書くとき迷った。英語版の『コレラの時代の愛』をあそこで持ち出すのはどうなのか、ＴＭＩ、書き過ぎにならないか。

なってるよね、あきらかに。不自然だ。あえて書く必要のないことを書き過ぎてる。なんかいかにも物欲しげでさ、ここツッコンでくれよとオオキくんに取引持ちかけてる感じするね。

で今月のメールでオオキくんが以心伝心、意を汲んで、ツーカーで、阿吽《あうん》の呼吸で、何でもいいけどまあ期待どおり、

「ところで正午さん、どうしちゃったんスか？　マルケスの英語版なんて！」

とツッコミ入れてる。取引成立。

これに対して僕は、

「いやどうもしないよ、翻訳小説の訳文が気になって、英語版と引き合わせることはよくやるんだよ」

から始まる返信を書く予定でいたんだけど、もうやめる。

書く予定でいたことを、じっさいまんま書こうとして、自分でしらけてしまったし、その予定していた文章を書こうとしている自分が、また次回書く予定を頭においてTMIだとわかっていながら書き過ぎの文章を書いてしまうんじゃないかと思うと、ますますしらける。

今月書くべきことを書いているときになぜ来月書く予定にまで頭が向いてしまうのか？

理由は急いでるからなんだよね。

いまさ、このロングインタビューのほかに、岩波のホームページで「小説家の四季」の連載やってるでしょ、それは三ヶ月に一回の更新だから余裕もってのぞめる仕事のはずなんだ、でもね、九月に原稿送ったあと、はやばやと、もう十二月に書く予定の内容をメモしたポストイットが iMac に貼り付けてある。じっさいその予定どおり書けるかどうかは別として、はやばやの度が過ぎる。

とにかく先々の予定を急いでいま片づけたいんだよ。

身辺整理とかそういうんじゃないよ。ただ気分的に急いでるってだけ。いま、ほかに集中すべきことがあるのに、来月や三ヶ月後の予定がちらちら気になるようでは困るから。そっちに気が行けば行くほど、いま目の前にある大事なものから気持ちが離れてしまうから。

あのね、どう言えばいいのかな、このロングインタビューも「小説家の四季」もだいたい十日勝負の書き仕事なんだけどさ、急いで片づけたいというのはそれを短縮したいって意味じゃない。そうじゃなくて、書くのにかかる日数はたぶん動かせないとしても、それ以上余計に時間を費やして頭を使う必要のないよう準備を整えておきたい、だから次回何を書くか予定だけでも立てておく、そうすれば、予定どおり書ける書けないは別として、いまは、とりあえず気分的に、安心が得られる。さきの予定はひとまず忘れて、いま集中すべきことに集中できる。

なんか、わかりづらいね。

はっきりこう言えばいいんだよね。

僕はいま、できるならほかのことは忘れて、もっと長丁場の書き仕事に取りかかりたいんだ。つまり次の長編小説をいまにも書き出そうとしているところなんだ。

もうまもなくだってことはわかってる、経験から。このメールを書いてオオキくんに送信するでしょ、そしたらヒマになるよね、来月の連載仕事まで。するとほかにやることないから長編小説のことをまた考えるんだよ。ここんとこずっと考えてるから。ポケモンＧＯやってるときも、ＹｏｕＴｕｂｅの動画見てるときも、お風呂入ってるときも、なんなら読書中も本読みかけのまま考えて、もうだいぶ煮詰まってきてるから。そろそろだなって経験からわかる。結局、陣痛が始まったみたいな感じでその小説の一行目を書き出すんだよ。陣痛って言葉、こんなとこで軽々しく使うと臨月の東根さんに怒られそうだけど、でもまあ意味は通じるでしょ。来るものは来るんだよ。

去年の終わりごろだったか、今年の初めごろだったか、よく憶えてないけど、長編のストーリーの種みたいなもの、ボールペンで最初の一枚のカードにメモして、それから時がたって、メモを取る頻度もカードの枚数もだんだんと増えていって、読み返すのにも時間がかかるくらいに溜まっている。

　もうこれ以上要らない。これくらいメモがあれば、この小説は書けそうな気がする。ストーリーの背骨にあたる事件の顚末《てんまつ》も、おおよそだけど、頭の中で組み立てが済んでる。おもな登場人物たちの喋る言葉も、ときおり見せる表情も、やっぱりおおよそだけど、イメージできる。だったらこの小説、書くしかないよね。

　話が横滑りしちゃうけど、前にさ、東根さんとのメールのやりとりで「種田くん現象」って言葉使ったでしょ？（✉11）。注意してほしいのは、あれとこれとはちょっと違うってこと。あの「種田くん現象」は、映画『ソラニン』の主人公種田くんが「あぁ、もう、ギター弾きたい！」って叫ぶように、何でもいいからとにかくキーボード叩いて小説書きたい！　みたいな、創作意欲のたかまりを指して命名した現象だったよね、たしか？　でも、いま僕が言ってるのはただやみくもに小説が書きたいって衝動じゃなくて、もっと自己制御的に、計画的に、かつ具体的に、この小説を僕は書きたいってことなんだよ。だってさ、何でもいいから小説書きたいのなら、先月『野性時代』に小説書いてるからね、それでいいはずでしょ？　でもそうじゃない、これは、若いひとにありがちな「種田くん現象」とは違う。

　でさ、だったらその、書きたい長編とやらをさっさと書きゃいいじゃん？　自己制御的に、計画的に、かつ具体的にって話なんだけど、それがそうすんなりとは行かないんだよね。オオキくんはわかってると思うけど。ま、オオキくんじゃなくても誰にだって想像はつくと思うけど、物事はそうすんなりとは運ばないもんだよ。

おおよそのストーリーの流れも、ストーリーの流れと登場人物たちの関わりかたも頭に入っている。極論、何を書くかはだいたいわかっている。心細くなったらメモを読んで再確認すればいい。そこまではいいよ。小説を書く準備はできている。はい、じゃあ書きましょう。


で、どう書き出すの？

ストーリーをどんなふうに語るの？

すんなりと行かないのはそこなんだよね。ここ最近ずっと考えていたのは、この小説、どう書けばいいのかという問題だった。

ていうか、そもそも、小説を書くって仕事、その問題につきないか。

実はこの小説、すでに一回書き出してみたんだ。文字数は原稿用紙五六枚くらいなんだけど、冒頭のとこね、ちょうど担当の編集者と佐世保で会う予定があったから、前の晩、夜中の二時頃、MacBook でざっと書いてみた。本気出して小説書くときはiMac で書くことになるから、それだと徹夜になっちゃうから、いわば小手調べってとこかな。推敲もしない、書きとばした文章だね。

翌日喫茶店で会って、それを読んでもらった。オオキくんとも何度も行ったことのあるクニマツの奥のテーブルでコーヒー飲みながら、こんな感じで物語が始まるのはどうでしょう？　って。

たぶん喜んでくれるだろうと思って見せたんだよ。相手は過去に『ジャンプ』と『身の上話』と『ダンスホール』書いたとき組んだ編集者だし、どれのときも佐藤さんの書きたいものの自由に書いてくださいって、難しい注文なんかつけなかったひとだからね、ひょっとして、その場でＯＫが出て、翌日から iMac で続きを書くことになるんじゃないかとも思ってた。

ところがダメだって言うんだ、オオクボさんは。オオクボさんてオオキくんも知ってるひとだしもう名前出しちゃうけどさ、これは書き直してください、この書き出しでは先を読みたいとは思わないって言うの、だいいち複雑すぎるって。

複雑っていうのはさ、僕は小説の書き出しを一人称で作家の語りにしてたんだよ、作家の「私」がおもむろに物語を語りはじめるわけね。といっても『カップルズ』や『ダンスホール』の語り手の作家じゃなくて、『5』やハトゲキの津田伸一でもなくて、この作家は実在の「佐藤正午」というペンネームの作家、つまり僕じしんが小説の登場人物のひとり、「私」になって、ある事件の、知り得た情報を語り始めるという一人称の冒頭、それに三人称で書かれた第二章が続いて、あとは一人称と三人称がテレコになって物語は進む、簡単に言えば。簡単じゃない、複雑すぎるってオオクボさんは言うんだけど。

まあ多少ね、複雑は複雑かもね。それでさ、OKが出ると思い込んでたのにダメ出しされて俄然、やる気のスイッチが入ってしまって、クニマツで会ったのが夕方五時だったんだけど、それから途中でキラクヤに場所を移して夜十一時まで、六時間もぶっつづけでオオクボさんとふたりでこの小説をどう書くかについて話し合うことになった。キラクヤではほとんど料理に箸《はし》をつけなかった。うちわ海老の刺身とか松茸《まつたけ》の土瓶蒸しとか話に夢中でもったいないことをした。オオクボさんは美食家だからきれいにたいらげて日本酒を三合か四合か飲んだ。いつもはその倍は飲むんだよ。

話し合いの詳細は、なにしろまだ書いてもいない小説に関することだし、あんまりここで言っても意味ないと思う。ただ僕が冒頭を作家の語りにしていたのは、事件の当事者たちの視点と、それを遠巻きに見守る世間の視点と、二つの視点を取りまとめる役割を持たせたつもりだった。対してオオクボさんは、二つの視点がこの小説に必要なのはわかるが、取りまとめ役の作家は要らないという意見で、なぜ小説中に作家を登場させないほうがいいのかについて持論を述べた。

夜十一時過ぎ、僕たちはキラクヤの前で握手して別れた。いや実際には握手なんかしないけど、気分的にね、そんな雰囲気で話し合いにけりがついた。僕はタクシーで自宅へ、オオクボさんは徒歩で四ヶ町アーケードを通って湊町のホテルへ。東京から来たひとはみんな佐世保の街を歩きたがる。

それからまた日にちがたって、頭を切り替えてロングインタビューのメールをいまオオキくんに書いてる。

これを送信したらこんどはまた長編小説に頭を切り替えて書き出しの一行目を考える。

この小説をどう書くかについては、すでに考えが決まっているんだ。MacBook で書いた数枚の草稿は破棄する。この小説には作家は登場しない。

そう決めた以上、一枚のメモから始まった構想はいよいよ最終段階をむかえ、こんどは、迷うだけ迷って、これだなと納得できる書き出しの一文を見つけること、それが小説家の仕事になる。いま僕はそこにいる。

ね？

もうまもなくだって感じ伝わるでしょ？

ただね、難しいのは、連載仕事のかたわら長編を書いていくということだよ。前作の『月の満ち欠け』のときも同じ状況で書いたんだからできないはずはないんだけど、僕も年々年老いて体力が徐々に衰えてるしね、反対に、この宇宙は無に向かって膨張しつづけているふうの虚無感は年々増しているし、どっちもどうにか持ち堪えてるんだよ。そのうえ今回はさ、ほかに西日本新聞の隔月連載のエッセイもあるから、三つの連載の合間に長編書くのはとても難しいと思うんだ。もしかして書いていく途中で音をあげるかもしれない。そうなるのが恐くて、なかなか一行目を書き出す勇気がわかない。たぶんもうしばらく迷いつづけるよ。東根さんの出産予定日は来年一月だったっけ？　比べたりしたらまた怒られるだろうけど、どっちの陣痛が早いかってとこだね。来るものは来るんだ、とか、さっき自分で自分に言い聞かせるように書いたことが、本当であることを祈るしかない。てなわけで、じゃ、このメール送信して、長編小説のほうに頭切り替えるから、あとはよろしく。ゲラの直しはオオキくんにまかせる。うまくやっといて。

196
オオキ
2018/12/08
23:58

件名：雑音

毎月なにかと業務連絡はあります。

正午さん宛に、きのう本が一冊届きました。糸井重里さんの新刊『他人だったのに。』、正午さんの写真が掲載されたページの画像を以前ご覧いただきましたよね？　あの本です。さっそく宅配便で転送しときました。あしたには届くはずです。

　糸井さんが書いた言葉や撮影した写真一年ぶんから選《え》りすぐりをまとめた一冊、と「ほぼ日」の方からうかがいました。糸井さんとの対談が公開されて、もうじき一年なんスね。

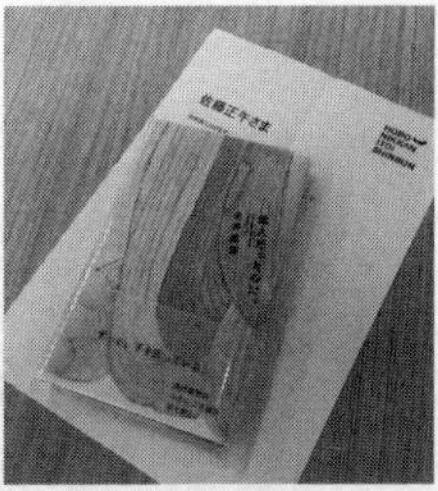

📎「他人だったのに。」.jpg

　さて。

　新作長編の話に入る前に、『小説 野性時代』12月号に掲載された「チューリップ」のことです。もちろん読みました。でもこれ以上ここに書きません。編集者が作家をヨイショしてるように思われるのもイヤですし、ましてやほかの版元で連載中の作品なんで、はんぶん外野にいるオオキの声はたぶん雑音でしょう。『月の満ち欠け』が刊行されたときも、「オオクボさんからはもう感想の手紙もらったけど、オオキくんからはいいや、なんか気持ち悪いし」って言われましたっけね。

　正午さんも、よーくご存じのはずですが、編集者も人それぞれです。作家とのつきあい方や仕事のすすめ方から、細かいことといえばゲラのクリップの留め方や宅配便の伝票の書き方にいたるまで、みんなばらばらじゃないスか？　それでも、正午さんの提案に「複雑すぎる」と指摘したオオクボさんの心中は、なんとなくお察しします。あのハトゲキの現場を担当した身にとっては、ちょっと耳が痛くもあります。

正午さんは、読者がSNSやレビューサイトとかに投稿した感想を普段ご覧になりますか？　いちいち気にしてたら小説なんて書いていられないスか？

職場でオオキはWEB関連の仕事も担当していまして、そういった読者の声を頻繁にチェックしてます。ほかの編集者が担当した作品も含め、この編集部から出てる本はくまなくチェックしてるんで、周囲からは「検索の鬼」と呼ばれています。「検索の鬼」のキーワードリストには、鳩の撃退法、のタイトルも入ってます。なんてったって山田風太郎賞受賞作のお墨つきですからね、おもしろく読んでくださった方々からの好意的な投稿がほとんどなんですけど、たまーにネガティブな意見も目に飛び込んできます。その大半が「どこまでが現実でどこからが津田伸一の書いた小説なのかわかりづらい」といった内容です。「複雑すぎる」くらいにそのへん絡み合ってますからね、ハトゲキ。オオキはたまーにこういった声に出くわすたび、作品のおもしろさをわかってもらえなかったのかなぁ、とへこみます。

まあ、読者も人それぞれですからね。みんながみんな絶賛してる作品なんて、あったとしてもなんだかソレ嘘っぽいし、どう読んでいただこうと自由なんですけど。それでもですよ、担当した作品のおもしろさを一人でも多くの読者に届けたいと本気で取り組むわけじゃないですか、編集者てやつは。そこは一致しているはずです。メモもだいぶ溜まって、ストーリーもおおよそ組み立てられ、登場人物たちの話す言葉や表情までイメージできている、で、肝心の、それをどう書くかまで考えが決まっている？　だったらもう書き出すしかないスよ！　コレまた雑音ですけど、編集者ならみんなそう言うはずです。さらにオオキの場合、正午さんが先月悪ノリした「陣痛」のたとえに相乗りしちゃって、こうなります。

もう産むしかないスよ！　正午さん、勇気出して産んでください。63歳？　まだまだイケますよ！

件名：グランプリ取るぞ！宣言（競輪の）

197
佐藤
2018/12/17
13:03

あのね、最初に断っときます、励ましは要らない。63歳？　まだまだイケますよ！とか、そういうの要らないから。イケるかどうかは自分で判断するから。これまでずっと誰かに励まされて小説書いてきたわけじゃないから。何を書くかも、どう書くかも、いつ書き出すかも、自分で決められるから、ほっといてほしい。

とキーボード強めに叩いていま書いてみて、なんかこれじゃ東根さんにカランでるみたいだなと既視感おぼえて、相手は東根さんじゃなくてオオキくんなんだし、電話でつらい声聞かせたりもする担当編集者に作家がカランでどうすんの、と反省して、もう一回メール読み返してみた。

で、こう思った。

オオキくんね、糸井さんの本の添付画像のあとに、

「糸井さんとの対談が公開されて、もうじき一年なんスね」

て書いてるでしょう？

そのあと一行空きで、

「さて」

ここから本題に入ります、て感じで話題切り替えてるよね？

本題は何かといえば、最近僕の書いた小説とこれから書く小説の話だよね？　そこらへんだよ、たぶん、既視感おぼえてカラみたくなるのは。だってそれってさ、あまりに東根さんぽくないか？　オオキくん、東根さんの代役になりきろうとして、彼女

のメールの書きかた踏襲してないか。お手本にしてないか。もしくはパクってないか。まえに電話で打ち合わせしたよね。

オオキくんの書くものが東根さんと似たり寄ったりにならないようにしよう。その一点だけ注意してやってみようって、ふたりで決めたよね。まあそれはさ、ふたりで決めたっていっても、注意して書くのはオオキくんで、オオキくんひとりに難しい仕事押しつけたことにはなるけど、仕方ないよ、ほかに引き受け手がいなくて、質問メール書く仕事を背負っちゃったんだから。

僕が思うに、今回の質問メール、

「糸井さんとの対談が公開されて、もうじき一年なんスね」

てとこまではイケてるんだ。

でもそのあと、その直後に、

「さて」

と話題を切り替えたのがイケてない。そこから東根さんと同じ方向に走り出してる。パクリが始まってる。東根さんと区別したオオキ色を打ち出すためには、そこはあっさり話題を切り替えるんじゃなくて、むしろその話題を続けるべきじゃなかったか？と僕は思うんだ。だってオオキくんは担当編集者で、去年、あの対談に同席してたんだから。対談の前後の時間も佐世保で僕と一緒に過ごしたんだから、東根さんには絶対書けないことを、オオキくんの立場ならいくらでも（多少創作をまじえてでも）思い出して書けるわけでしょう。

「糸井さんとの対談が公開されて、もうじき一年なんスね。あの対談のとき正午さんものすごく緊張してましたよね。当日の朝、オオキがタクシーで自宅まで迎えに行ったの憶えてますか。迎えに行かないと、正午さん逃げちゃうような気がしたんですよ、クニマツで待ってても絶対来ないだろうと思いました。お父さんの葬式からだって逃げて競輪行っちゃった人ですから」

とかね？

オオキくん視点で、この話題をいくらでも掘り下げられるんじゃないか、僕よりずっと記憶がしっかりしてるし。仮に今回のメールが全編この話題に終始したとしても、質問なんかひとつも書かれてなくてもぜんぜんかまわなかったと思うんだ。それなら それで、僕のほうからは、去年の話なんかいいから質問しろよ、って返信メールでワガママなツッコミ入れられるし。

だってさ、『野性時代』に掲載された小説読みましたとか、そんなのどうだっていいよ。書かなくてもわかってるから、読んでくれてるのは。佐藤正午の小説、もしオオキくんが読まないような状況になったら世界の終わりだよ。いや世界は終わらないけど、それはもう佐藤正午の小説なんか誰も読まない世界だよ。

あとオオキくんがＷＥＢ関連の仕事を担当してるのも僕はとっくに知ってるし、「検索の鬼」と周囲から呼ばれてるのは初耳だけど特に得難い情報でもないし、「正午さんは、読者がＳＮＳやレビューサイトとかに投稿した感想を普段ご覧になりますか？」という質問にいたっては、なにそれ？　その、しらじらしい、ていうかなんていうか、どう言えばいいのか、ありがちの、気合いの入らない、たとえば雑誌の記事埋め企画のアンケートみたいなヌルい質問、まさか僕が本気出して答えるとか期待してないよね、ただ質問放り投げただけだよね、と一目見て思った。

うん、わかってるよ、いまは時期が時期だしね、師走の年末進行だし、編集者としての業務が忙しいのは重々わかってる。そもそも作家にメール書くのが編集者本来の仕事じゃないのも、オオキくんが編集者であって物書きではないのも、この書き仕事に時間も精力もぜんぶ費やすわけにいかないのも、どれだけ頑張って書いても原稿料貰えないのもわかってる。それにこのロングインタビューの質問メール、たとえ誰が書いたとしても、相手が作家である以上、小説の話題に触れないわけにいかないのもわかる。くわえて年末の大一番、ＫＥＩＲＩＮグランプリを控えて緊張とストレスが高まっているのもわかる。だから、

……ま、いいよ、今回の質問メール、これはこれでいいんだ。

……ええっ、いいんスか！　じゃいったい何スか、ここまでのダメ出しは？　担当

編集者落ち込ませるだけ落ち込ませといて？

てオオキくん怒るかもしれないけど、でもいいんだ。

結局、大事なのは書くことなんだよ、何をお手本にしてもパクっても、書いてくれさえすれば、僕はこうやって揚げ足とりみたいな返信だってできるんだから。臨機応変。融《ゆう》通《ずう》無《む》碍《げ》。競輪でいえば位置決めず。どんな展開になろうと届いたメールにその都度適応するのが僕の仕事だからね、このロングインタビューにおける。しかも今月は年末進行で締切り前倒しだし、締切りのない長編書く仕事もあるし、そのために読む本だって溜まってるし、もちろん年末の大一番、ＫＥＩＲＩＮグランプリのことは常に頭の片隅にある。

いよいよだね。

一年の締めくくり、ＫＥＩＲＩＮグランプリ。

こないだ床屋行ったらさ、マエダくんとその話になって、速いですねえ一年経つのが、もうグランプリの季節ですよ、うん、ほんと速いよねって平凡な感想言い合ったんだけど、毎年言うんだよ、おたがい、十二月に入ると。床屋のマエダくんはグランプリの車券一回も当てたことがなくて、去年まで二十七連敗だったかしてるらしい。今年こそ当てますよって言うんだ。去年も言ってて、当たらなかった。

もちろん当てるのは難しい。僕も外してばかりいる。一時期やめてた競輪を再開したのが二〇〇六年で、その年のグランプリから数えて、当たったのは一、二回じゃないかな。

当たった回数もよく憶えていないのに、久しぶりに車券買ったのが二〇〇六年だと特定できるのは、確か吉岡稔真がその年のグランプリを最後に引退したっていうのもあるんだけど、でもそれより二〇〇六年は病気の年なんだよね、オオキくんも知ってのとおり。自称「心の病」で仕事から逃げ出した年、として記憶に残ってる。オオキくんが作った『正午派』の年譜にも刻まれてる。

——十一月、『身の上話』連載中断。

その年の夏までは仕事に精を出してた。まる三年くらい、だったか競輪にも手を出さなかった。外に飲みにも行かなかった。途中でタバコもやめてた。いまとなっては、もうほんとに、どうしちゃったの？　て自分で思うほど堅気の人間になって原稿書きの仕事に集中してた。そのころ夜中にさ、息抜きに本読んでたんだけど、それが小林秀雄の評論なんだよね。オオキくんは読んだことある？　刺激的な文章書くひとだよ。小林秀雄を語る資格なんて僕にはないけど、ただ、根《こん》つめた仕事の息抜きに読む本ではないと思うんだ。だって、たまに文章にしびれるだけで何が書いてあるのかほぼ理解できないんだよ。それでも毎晩毎晩読んでた。

秋に入ったとたんダメになった。なんか知らないけど、胃の調子が悪くてご飯も食べられなくて、気分が落ち込んだ。夕方になると特に気が滅入った。病院行って、安定剤処方してもらった。漢方薬もアロマも試した。独りでいるのが心細くて、いろんなひとに泣きついて相手してもらった。でも、思ってること話せる友だちいないし、みんな浅い付き合いだから、一緒にいても何のクスリにもならなかった。

ひとりだけ、年上の、腐れ縁の悪友っていうか、小説書きだす前からの三十年来の親友と呼んでもいいんだけど、ニシさんてひとがいてさ、オオキくんも佐世保競輪場で会ったことあるよね？　あのニシさん拝んでうちに泊りに来てもらって、みっともない状況を話してみたら、「アホか、そんな面白みのない生活続けてるから頭おかしくなるんだ、タバコまでやめて何が楽しいんだ、タバコ吸え！　競輪にも行け！」みたいに諭されて、言われたとおりにして、それで目が覚めた。

目が覚めたっていうのは、それで「心の病」が癒えたってことじゃないんだけどね、そう簡単にはいかないんだけど、ただ、たとえばタバコに火を点けるよね、吸うよね、たいがい美味くもまずくもなく惰性で吸ってしまうよね、ところが一日一回、たった一本、一服でも、一瞬でも、もっと言えばライターの炎のゆらぎがもたらした錯覚でも、美味いと感じる時間があるでしょう、あるんだ、あるような気がするんだよ、その一瞬、ああ、美味いなあ、と感じて幸福に浸れる時間が。ほんの束《つか》の間の幸福だけど。ささやかで、しみったれた幸福だけど。じきにまた憂鬱が訪れるんだけど。でも束の間でも、それがあると知ってれば、次の束の間の幸福を期待できるんだ。ささやかでも生きる意欲になるんだよ。つまり一本のタバコのために明日も生きてみようと思える。

そう思えるくらいには回復したってことかな。

それで連載放り出して競輪場にも通い出した。競輪やってても束の間の幸福に浸れる時間は来る。秋から毎日通って、久しぶりにその年、二〇〇六年のグランプリに参戦した。山崎芳仁と佐藤慎太郎の折り返しで二点、借金抱えなくてすむ程度の有り金賭けて、外した。だんだん思い出してきた。それまで僕、グランプリの車券一回も当てたことがなかったんだ。で、二〇〇六年も外して、そのことオオキくんに話したら、正午さん、また競輪はじめたんスか！ て急に声が生き生きして、じゃあ二〇〇七年は佐世保で一緒にグランプリ戦いましょうなんて言い出した。年の暮れ、オオキくんは佐世保に来て、たんまり払戻金を受け取り、札束をコンビニのレジ袋につっこんで持ち歩いた。僕はすっからかんになった。クニマツのコーヒー代から晩ご飯から飲み代から全部おごってもらった。

それが始まりで、それから一年も欠かさず続いてる。

毎年オオキくんは年末に佐世保に来る。

いったいいつまで続けるんだよ？　て訊いたら、正午さんがグランプリ当てるまでですよ、いつかオオキくんはそう答えたはずなんだけど、僕が初当たりしたあとも、ずっと佐世保でのグランプリの戦いが続いてる。数えてみたらもう今年で十二回目だ。

十二回目の今年、どんな予定でいるのか年末進行で大忙しのオオキくんからはまだ連絡がなく、僕は僕でこのメール送信したらしばらく小説書きに戻るけど——例の長編、冒頭部分の第二稿、ぼちぼち書いてるんだよ——ま、黙ってても来るんだろうと予想して、十二月三十日最終レース、その時刻には僕は佐世保競輪場にいる。いつものテレビモニターの前に立ってアメスピ吸ってると思う。

今年は脇本かその番手で頭堅いはずだから、たぶん余裕でね、ポケットの中の車券撫《な》でながら見てるだろう。レースが始まって数分後には払戻しだ。その前にガッツポーズだ。きっと当たる。何年ぶりかに、久しぶりに二〇一八年のグランプリ車券は的中する。ここで宣言しとく。今年の晩飯は僕がおごる。コンビニのレジ袋も用意しとく。

「書くインタビュー4」で引用された本

『文士の友情　吉行淳之介の事など』安岡章太郎（新潮文庫）
『夏の情婦』佐藤正午（集英社文庫）＊盛田隆二「解説」所収
『夜の果てまで』盛田隆二（角川文庫）＊佐藤正午「解説」所収
『鳩の撃退法』佐藤正午（小学館文庫）
『きみがつらいのは、まだあきらめていないから』
　盛田隆二（角川文庫）＊「舞い降りて重なる木の葉」所収
『ノルウェイの森』村上春樹（講談社文庫）
『ラスト・ワルツ』盛田隆二（角川文庫）
『こころ』夏目漱石（新潮文庫）
『月の満ち欠け』佐藤正午（岩波書店）
『コレラの時代の愛』ガルシア＝マルケス／木村榮一訳（新潮社）

そのほか「書くインタビュー4」で話題にのぼった本

『5』佐藤正午（角川文庫）
『アンダーリポート／ブルー』佐藤正午（小学館文庫）
『身の上話』佐藤正午（光文社文庫）
『永遠の1／2』佐藤正午（小学館文庫）

『娼婦の部屋・不意の出来事』吉行淳之介（新潮文庫）＊「食卓の光景」所収
『ビコーズ』佐藤正午（光文社文庫）
『Y』佐藤正午（ハルキ文庫）
『日はまた昇る』アーネスト・ヘミングウェイ／高見浩訳（新潮文庫）
『グレート・ギャッツビー』スコット・フィッツジェラルド／野崎孝訳（新潮文庫）
『天使よ故郷を見よ』トマス・ウルフ／大沢衛訳（講談社文芸文庫）
『アンナ・カレーニナ』トルストイ／木村浩訳（新潮文庫）
『彼女について知ることのすべて』佐藤正午（光文社文庫）
『取り扱い注意』佐藤正午（角川文庫）
『放蕩記』佐藤正午（光文社文庫）
『散る。アウト』盛田隆二（光文社文庫）
『諫早菖蒲日記』野呂邦暢（文春文庫）
『十九歳の地図』中上健次（河出文庫）
『心優しき叛逆者たち』井上光晴（新潮社）
『焼け跡のハイヒール』盛田隆二（祥伝社文庫）
『ストリート・チルドレン』盛田隆二（光文社文庫）
『ダンス・ダンス・ダンス』村上春樹（講談社文庫）
『人参倶楽部』佐藤正午（光文社文庫）
『事の次第』佐藤正午（小学館文庫）
『文鳥・夢十夜』夏目漱石（新潮文庫）
『他人だったのに。』糸井重里（ほぼ日）

＊現在、入手困難な本も含まれます。

本書のプロフィール

本書は、「きらら」二〇一七年三月号から二〇一九年二月号に掲載された「ロングインタビュー 小説のつくり方」を改題し、まとめた文庫オリジナルです。

小学館文庫

書《か》くインタビュー 4

著者 佐藤正午《さとうしょうご》

聞き手 東根《ひがしね》ユミ　ゲスト 盛田隆二《もりたりゅうじ》

二〇二一年九月十二日　初版第一刷発行

発行人　飯田昌宏
発行所　株式会社 小学館
〒一〇一-八〇〇一
東京都千代田区一ツ橋二-三-一
電話　編集〇三-三二三〇-五一三四
販売〇三-五二八一-三五五五
印刷所　——大日本印刷株式会社

この文庫の詳しい内容はインターネットで24時間ご覧になれます。
小学館公式ホームページ　https://www.shogakukan.co.jp

ISBN978-4-09-407062-0　JASRAC 出 2106639-101